JE RÉCLAME
LA
PEINE DE MORT

Heinz G. KONSALIK

JE RÉCLAME
LA
PEINE DE MORT

PRESSES DE LA CITÉ

Le titre original de cet ouvrage est :

ICH BEANTRAGE TODESSTRAFE

Traduit de l'allemand par Constance GALLET

© *Heinz G. Konsalik et Presses de la Cité*, 1969.

ISBN 2-266-00050-0

LES PERSONNAGES PRINCIPAUX :

Dr Walter DOERNBERG, *substitut du procureur.*
Rosel DOERNBERG, *sa femme.*
MONIKA, *fille des précédents.*
Dr Franz HELLMIG, *président du tribunal régional.*
Ruth HELLMIG, *sa femme.*
Sylvia HELLMIG, *fille des précédents.*
John PATTIS, *Américain, étudiant en droit.*
Fritz POHLSCHLAGER, *truand.*
Hans WOLLENCZY, *truand.*
Franz HEIDRICH, dit Franz le Chialeur, *truand.*
Joe DICACCIO, *truand.*
Doyen Peter AHRENS, *prêtre.*
Dr Siegfried BLUHM, *pasteur.*
Dr BURRMEISTER, *ministre de la Justice.*
Dr FEIND, *conseiller ministériel.*
Heinz KERPEL, *député au Bundestag.*
Friedrich MOLL, *directeur de pénitencier.*
Dr Jens KARLSSEN, *premier procureur.*
Dr Holger BIERBAUM, *procureur général.*
Helga KRAMER, *sténodactylo.*
Willy SANGER, *greffier.*

Par les hautes fenêtres — elles rappelaient celles d'une cathédrale — l'ombre tombait. Une ombre brouillée, rendue presque laiteuse par le clair de lune. La nuit était de celles qui engendrent la mélancolie, la fatigue, et vous donnent envie de s'étendre là où l'on est, de fermer les yeux et de dormir.

Dans la grande salle de la cour d'assises régnait cette atmosphère de plomb qui précède les graves décisions. Sur l'estrade, le président, les deux assesseurs et les six jurés se tenaient raides comme des figurants de théâtre sous la grosse lampe qui pendait du plafond et laissait le reste de la salle dans une demi-obscurité. A leur droite, l'accusateur public derrière une petite lampe de table... à leur gauche, le box des accusés où était affalé Peter Katucheit et, devant lui, son avocat revêtu de la traditionnelle robe noire. Ils étaient tous inondés de lumière tandis que les visages des rares curieux et des nombreux témoins restaient indistincts.

Peter Katucheit, indifférent, semblait rivé à son banc. Il se tripotait les ongles, se raclait la gorge et ricana bêtement lorsque le garde qui se tenait derrière lui le frappa légèrement sur l'épaule comme pour éveiller son attention. N'était-ce pas le moment du réquisitoire ?

Katucheit haussa les épaules. Et alors ? se disait-il, flegmatique, laissons-le dégoiser. L'accusation d'un côté... la défense de l'autre... ça, c'est du baratin... du mauvais cinéma. Ma caboche restera bien vissée sur mes épaules... y peuvent rien de plus que me condamner à perpète.

Et ça, c'est pas la mer à boire. En centrouze, on est chauffé, on a sa carrée, de quoi bouffer, pas besoin de s'faire des cheveux. Si on travaille, on peut même s'acheter des trucs à la cantine. Le dimanche, l'orchestre de la prison joue... et il y a un dimanche chaque semaine... Bon sang, pourquoi est-ce qu'y jactent si longtemps ? Peter Katucheit connaît la musique ! Avec dix ans de cabane dans le dos on n'est plus un bleu... Un vieux renard que j'suis, Monsieur le Procureur. Vous auriez dû voir le petit jardin que j'avais aménagé à la Centrale de Bruchsal... Un jardin modèle, Monsieur le Procureur... même le gros directeur en convenait et se régalait de mes poireaux. S'il n'y avait pas eu ce petit maigriot de Lönnemann, le gardien-chef du deuxième quartier... celui-là, c'était un vrai salaud. Il arrachait toujours mes fleurs... « En prison, y a pas d'fleurs » qu'il gueulait... pire qu'un juteux !

Je voulais même tuer Lönnemann à cause de ça, une fois libéré. Le type le méritait. C'qu'il a pu nous enquiquiner, ce fumier...

Et puis, il y a eu la gamine... oui, les filles valent mieux que cent Lönnemann et quand on est resté dix ans en tôle sans en voir... et qu'on a d'elles une véritable fringale ! Vous comprenez, Monsieur le Procureur... dix ans sans voir de fille, alors je me fiche pas mal de tous les Lönnemann et je m'occupe des filles. Et c'est comme ça que c'est arrivé... j'ai commis une petite erreur. Au bout de dix ans, on ne sait plus très bien comment s'y prendre avec une fille. On a perdu la main.

Déjà une heure que ce type bavarde... et je suis fatigué par-dessus le marché.

Peter Katucheit regarda le procureur et rota bruyamment, ce qui lui valut une bourrade dans le dos. Son avocat tourna la tête.

— Tenez-vous correctement, Katucheit, lança-t-il à voix basse.

— Merde ! répondit Katucheit en baissant la tête.

L'avocat se retourna en haussant les épaules.

Le Dr Walter Doernberg qui occupait le banc du ministère public interrompit un instant son réquisitoire. Il jeta un coup d'œil à Katucheit et remarqua que celui-ci était très occupé à se tailler l'ongle du pouce avec les dents.

Doernberg était encore jeune dans le métier. Lorsque la date du procès contre le meurtrier Katucheit avait été fixée, le premier procureur avait dit à son subordonné :

« Mon cher Doernberg, vous vous occuperez de cette affaire. Le cas est simple : c'est la perpétuité. Ce qui m'intéresse, c'est votre réquisitoire. »

Le Dr Doernberg respirait profondément pendant cette interruption. Il n'avait pas quitté Katucheit des yeux et s'appuyait des mains sur son pupitre. Il n'avait pas de notes devant lui. Il lui suffisait d'exprimer ce qu'il ressentait et la manière dont il le ressentait. Il était si empli d'horreur et d'effroi, de dégoût et de colère, que ses mots perdaient leur sécheresse juridique et devenaient aussi passionnés que ses sentiments.

« Nous avons devant nous un meurtrier. Un meurtrier qui a reconnu son crime. Ce n'est pas rare dans cette enceinte... mais regardez un peu ce tueur, messieurs les jurés. Voyez-vous en lui le moindre repentir ? Voyez-vous la moindre étincelle de regret pour ce qu'il a fait ? Voyez-vous trace d'émotion sur ce visage stupide ? Il est là et il se ronge les ongles. Il sourit même. Il ne sourit pas par faiblesse d'esprit. Le médecin psychiatre, le professeur Sellner, tient, il est vrai l'accusé pour un psychopathe léger. Mais celui-ci a lui-même protesté contre le résultat de l'examen et a déclaré qu'il jouissait de son entière responsabilité. »

Peter Katucheit approuva vivement de la tête. Le professeur Sellner, cette momie, se rappela-t-il. Il m'a tapé sur les genoux avec un petit marteau ; il m'a mesuré la tronche comme si j'devais me présenter à un concours de beauté et il m'a posé des questions : Qui était Cléopâtre ? Une lotion pour faire pousser les cheveux, que j'ai dit. Et puis : Connaissez-vous Damas ? Moi : Non, y m'a jamais été présenté. Et encore : Que feriez-vous si vous gagniez un million ? Moi : Je me saoulerais pendant quinze jours et m'offrirais trois filles... une seule ne me suffirait pas. Et voilà cet idiot qui déclare devant le tribunal que je suis cinglé et qu'il ne faut pas m'enfermer dans une prison mais chez les dingues. Pour le coup j'ai eu chaud. En centrouze, c'est supportable... mais à l'asile, y traitent les gens de façon qu'ils finissent par être vraiment timbrés.

Peter Katucheit hocha la tête une fois encore et sourit au Dr Doernberg qui poursuivait :

« L'accusé n'est pas un psychopathe, mais, selon
le critère de nos lois morales et de notre forme de
société, il n'est plus un homme. C'est un monstre
qui a figure humaine. Son crime — le dégoût me
noue la gorge à la seule idée de le rappeler.

« Le 17 mars de cette année, Katucheit était libéré du pénitencier de Bruchsal où il avait purgé
une condamnation à dix ans, pour vol et blessures
ayant entraîné la mort. Le 19 mars, il rencontre, à
proximité du village de Sangerhausen, où l'a mené
sa course sans but, une adolescente de treize ans,
Hannelore Lämmle. Elle revient de l'école, éloignée
de trois kilomètres, et son chemin traverse sur une
courte distance la forêt communale. Dans cette forêt, à l'écart du chemin, Katucheit est caché derrière
des buissons. Il attend qu'une femme passe, bien décidé à se précipiter sur elle. »

Le sourire de Katucheit s'élargit. Un gars qui surgit des buissons, elles aiment bien ça les bonnes
femmes, se disait Katucheit tout joyeux... Bien sûr,
elles braillent d'abord un peu, elles font semblant
d'être effrayées, mais après... Bon sang, Procureur,
tu causes, tu causes... J'ai pourtant avoué. Je suis
fatigué. Ça fait six heures que je suis dans cette salle
à me faire reluquer.

« Vers midi, donc, Hannelore Lämmle revient de
l'école. Elle voit Katucheit, sortir à demi dévêtu du
taillis et crie. Katucheit se jette sur elle comme un
tigre, entraîne dans la forêt Hannelore qui tente de
résister et là, il satisfait sur elle son envie... non pas
une, mais plusieurs fois. L'enfant à demi morte de
peur, de dégoût, de douleur, se débat désespérément
et hurle. Alors, Katucheit la roue de coups en ru-
gissant : « Veux-tu bien te taire, petite chipie. » Puis

il l'entraîne plus loin, jusqu'à une mare, plonge la
tête de l'enfant dans l'eau bourbeuse et l'y maintient
jusqu'à ce que mort s'ensuive. Katucheit emporte
alors le cadavre au cœur de la forêt et le recouvre de
brindilles et de feuilles. L'homme, l'âme tranquille,
regagne le taillis, se rhabille et se dirige tout doucement vers Sangerhausen. Au village, il mendie à plusieurs portes dont celle des parents de Hannelore
qui, auprès de la table dressée pour le repas de
midi, attendent que leur fille revienne de l'école.
Elle s'est probablement un peu attardée, peut-être
même a-t-elle été punie de retenue, pense le père,
l'artisan menuisier Lämmle. Hannelore est une enfant éveillée, parfois bavarde. Les instituteurs n'ap-
précient guère cela. Et le menuisier donne à Katucheit le meurtrier, à celui qui un quart d'heure plus
tôt a tué sauvagement la petite Hannelore, une assiette de soupe aux lentilles et deux morceaux de
pain. Et Katucheit s'assied dans l'entrée de la maison des Lämmle et mange avec calme, avec plaisir,
comme l'a dit M. Lämmle. Et quand il a savouré sa
soupe, on lui en sert une deuxième assiettée. Puis
Katucheit poursuit son chemin, en sifflant. Un che-
mineau... »

Des sanglots contenus montaient de la salle à demi
obscure. Mme Lämmle, la tête appuyée contre
l'épaule de son mari, pleurait à chaudes larmes. Le
menuisier se mordait la lèvre inférieure. Il regardait
fixement Katucheit qui suivait en souriant les mots
du procureur.

« J'aurais dû le tuer, se dit brusquement Lämmle.
J'aurais dû le tuer, quand le brigadier Buber l'a ra-
mené à Sangerhausen et l'a enfermé chez le maire.
J'étais tout près de lui alors et j'aurais pu l'étran-

gler avant que personne n'ait eu le temps de m'en
empêcher. Que va-t-il lui arriver à présent ? La Centrale ? Il va continuer de vivre. Il bouffera, il dor-
mira, il travaillera, il lira, il chantera des cantiques
avec la chorale de la prison aux offices du dimanche
et il engraissera. Mais notre enfant, mon Hannelore,
personne ne me la rendra. Elle est morte... assassinée par une brute... et cette brute a le droit de
vivre ! »

Le menuisier Lämmle ne comprenait plus le monde.
Il passa son bras autour des épaules de sa femme,
serra contre lui le corps convulsé et baissa la tête.

Il pleurait, calme, silencieux. Les larmes coulaient
le long de ses joues.

Le Dr Doernberg élevait la voix. Celle-ci emplissait à présent la salle, martelant les mots :

« Katucheit est-il encore un homme ? Peut-on
dire : nous voulons essayer de faire de lui un membre de notre société ? Le principe de la répression
pénale allemande qui n'est pas tant de punir que
d'éduquer et de transformer, se justifie-t-il ici ? Sent-
on chez l'accusé la moindre émotion humaine...
aperçoit-on la moindre étincelle de moralité que l'on
pourrait attiser avec l'espoir de la raviver ? Rien...
absolument rien. Ce meurtrier n'est rien d'autre
qu'une bête qui rôdait à travers le pays, donnant libre cours aux instincts animaux dont la nature l'a
trop libéralement doté. Le meurtre de Hannelore
Lämmle est le crime le plus abominable que nous
ayons vu perpétrer au cours de ces dernières années
et nous devons le juger en conséquence... »

La voix du Dr Doernberg s'enflait. Dans le silence
oppressant, elle s'abattait comme une masse sur l'au-
ditoire.

« Nous avons le devoir d'exclure de telles brutes de l'humanité. Aujourd'hui, de la place que j'occupe, je regrette profondément, messieurs les jurés, de ne pouvoir vous dire : *Je réclame la peine de mort !* »

Pour la première fois, le président leva la tête vers le procureur. Le visage du président du tribunal régional, le Dr Hellmig, s'était empourpré. Il levait la main, comme s'il voulait interrompre le Dr Doernberg. L'avocat de Katucheit avait bondi, lui aussi. Les deux assesseurs et les six jurés posaient sur le procureur des yeux arrondis. Tous ressentaient violemment l'invraisemblable de cette minute. Peter Katucheit était devenu blême. Il se pencha par-dessus le box et, l'œil hagard, dévisagea le procureur.

Ma parole, se dit-il fébrilement, le voilà devenu fou. La peine de mort ! Elle est supprimée, bon Dieu !

Cela a été l'acte le plus raisonnable de la justice allemande depuis qu'elle existe. Avec l'abolition de la peine de mort un crime ne comporte plus grand risque. Attaque d'une banque... cinq ans. Viol... quatre ans. Meurtre d'un chauffeur de taxi.... Bah !... pas plus de cinq ans de réclusion.

Et quand on a moins de vingt et un ans, la peine est encore allégée.

Tous ceux qui spéculent à la Bourse, tous les commerçants qui achètent des marchandises saisonnières dont la vente est fonction du temps, tous courent un risque plus grand qu'un malfaiteur.

Cinq ans de tôle qu'est-ce que c'est ? Si on est malin, on se fait classer et on peut aider les matons. On circule dans tout le bâtiment, on apprend de nouveaux trucs, on récolte des tuyaux pour les premiers jours après la libération... ah ! mes enfants, quelle vie !

Mais la peine de mort ? Se faire raccourcir ? Non, mon cher procureur, là nous ne marchons plus... c'est trop définitif. Nous n'aurions plus aucun avenir. Et attendre la vie éternelle, ça dure un peu trop longtemps. En abolissant la peine de mort, vous avez joué le père Noël pour tous les malfaiteurs. Quelle chance pour nous que vous deviez garder votre belle barbe et continuer le jeu...

Peter Katucheit se pencha vers son avocat et dit à voix haute :

— Maître... Il a pourtant pas le droit de parler comme ça.

Le président regardait le procureur d'un air désapprobateur. Il était indigné. Un instant les deux hommes se dévisagèrent... le jeune représentant du ministère public et le président grisonnant du tribunal régional, premier magistrat de la cour d'assises. Ils croisèrent le regard comme des duellistes et surent qu'en cette seconde un abîme se creusait entre eux.

Le Dr Hellmig fronça les sourcils.

La peine de mort...

La justice n'est pas là pour faire expier un meurtrier par un assassinat. On ne peut porter atteinte à l'être humain, même lorsqu'il s'agit d'un meurtrier. Sa punition est d'être exclu de la société. Cela suffit. La punition de son péché mortel lui viendra de Dieu.

Le Dr Hellmig secoua la tête. La voix du procureur avait perdu sa passion. Elle était claire, posée, neutre.

« En conséquence, je demande la réclusion à perpétuité et la privation à vie des droits civils. »

Peter Katucheit approuva d'un hochement de tête et se redressa. Il était satisfait.

La perpétuité ! Un mot idiot. Personne ne reste emprisonné toute sa vie. Celui qui entre en prison à vingt ans a une chance d'en ressortir à trente-cinq. Et trente-cinq ans, c'est le bel âge. Taïaut... tous ces messieurs du parquet, ils y pourront rien.

Katucheit calculait. Il avait trente et un ans. Au pire des cas, il tirerait vingt ans. Il aurait alors cinquante et une berges quand il serait relâché. A cinquante et un ans, la vie est encore belle et on peut conquérir le monde et avant tout les filles. Diable ! la prochaine fois, il s'y prendrait mieux, avec plus d'intelligence.

Si Dieu a créé les femmes, qu'y peut un Katucheit ?

Mais ces vingt ans, il lui faudrait les passer le plus agréablement possible. Peut-être d'abord à la cordonnerie ou à la boulangerie ? Et il se ferait aussi un jardin. Comme perpétuel on est sûrement favorisé. Encore un avantage !

Il souriait de contentement.

Si on se met bien avec l'aumônier et qu'on suit assidûment les leçons d'instruction religieuse ; si on chante dans la chorale et qu'on apprend à jouer d'un instrument — de la trompette, surtout, on en a besoin pour la fête de Noël, à la chapelle — alors, on a une de ces vies... mes enfants, je ne vous dis que ça ! Il suffit de savoir s'adapter aux circonstances. Celui qui broie du noir et prend la centrouze en grippe, il se fait mourir à petit feu. Mais celui qui s'amène la tête haute, salue le gardien d'un :

« Eh bien ! me voilà de retour. Comment ça va, M'sieur Krause ? Madame et les enfants sont toujours en bonne santé ? Mon petit jardin existe encore ? » Un gars comme ça aura la vie belle, presque aussi douce qu'à la maison auprès de sa mère.

Et puis, si pendant ces vingt ans arrive une guerre et qu'on la perde... alors, mince de chance ! nous voilà devenus des persécutés politiques et les premiers à être libérés.

Quand ils s'aperçoivent qu'on était des « droit-co » y a longtemps qu'on a pris le large. Oh ! sainte Justice !... l'humanité dans l'exécution de la peine, c'est une vraie bénédiction !

Le réquisitoire du procureur terminé, le président regarda sa montre. Dix heures du soir. Les jurés avaient les yeux bouffis et l'air exténué. Le Dr Hellmig sentait aussi monter en lui une fatigue contre laquelle il luttait. Il se pencha vers les deux assesseurs et expliqua brièvement son point de vue. Puis il fit un signe de tête au procureur.

— Le ministère public entendu, la parole est à l'avocat de la défense. Mais, en raison de l'heure tardive, je propose que le tribunal renvoie la suite des débats à demain. Etes-vous d'accord, maître ?

— Oui, Monsieur le Président, déclara le défenseur de Peter Katucheit.

Le président se leva.

— Les débats reprendront demain à 11 h 30. L'audience est levée.

Jurés et juges se levèrent dans un bruit de chaises. Les gardes ouvrirent la grande porte qui donnait sur le couloir. Les témoins et les spectateurs quittèrent la salle. La petite porte du box fut pous-

sée. Un garde mit les menottes à Katucheit et lui
fit signe de la tête.

— Viens, mon garçon.

Katucheit se pencha une fois encore vers son avocat qui réunissait ses papiers pour les mettre dans
sa serviette.

— Maître ?

— Oui ?

L'avocat se retourna. Il regarda Katucheit dans
les yeux, des yeux pâles, presque incolores, presque sans cils sous les sourcils blond-roux... des yeux
sans expression... des yeux de merlan.

— Est-ce que vous allez parler demain aussi longtemps que le procureur ?

— J'essaierai d'éviter la condamnation à perpétuité.

— Mais pourquoi donc ? Et comment ?

Katucheit avançait la lèvre inférieure.

— Je tenterai de faire admettre qu'au moment des
faits vous releviez de l'article 51 du code et j'essaierai de démontrer que vous vous trouviez dans un
état d'ivresse hébétée lorsque vous avez rencontré
la jeune fille, que sa vue a déclenché dans votre esprit, déjà déficient en soi, un véritable choc. Je
plaiderai l'homicide involontaire.

Katucheit ouvrait une bouche immense

— Mais vous n'en pensez pas un mot, voyons...
bredouilla-t-il, décontenancé.

Pour lui, la condamnation à perpétuité était une
chose acquise et voilà que cet homme en robe noire
prétendait tout changer ?

L'avocat haussa les épaules.

— Vous êtes mon client et j'agis au mieux des
intérêts de mes clients. Dans votre cas aussi, la loi

pénale allemande nous donne la possibilité d'en appeler à un article moins rigoureux du code. Si nous parvenons à démontrer votre irresponsabilité, l'accusation de meurtre se réduit à celle de coups ayant entraîné la mort sans intention de la donner. Et ce n'est plus la condamnation à perpétuité, mais à dix ans au plus. Nous allons essayer... En Amérique, vous ne couperiez de toute façon pas à la chaise électrique ou à la chambre à gaz.

Peter Katucheit avait retrouvé le sourire.

— Merci, maître.

Il se frotta les mains et les poignets, la chaîne des menottes l'écorchait un peu.

— Qu'est-ce qu'on leur doit pas, aux Ricains... les westerns, le chewing-gum, les hold-up, les blousons noirs, le pantalon à fermeture Eclair et les call-girls... une chance que notre démocratie ne soit pas assez évoluée pour leur piquer aussi leurs lois pénales.

Il adressa un clin d'œil à l'avocat et, arrivé à la porte, se tourna une dernière fois.

— D'ici qu'on les ait importées en Allemagne, je serai de nouveau libre, maître. Et alors, je ferai gaffe et je me mettrai plutôt la ceinture... risquer sa tête pour une fille, ça vaut vraiment pas le coup !

Le garde poussa Katucheit hors du box et lui fit prendre l'étroit couloir qui accédait aux cellules. Lorsque la porte se referma, l'avocat entendait encore la voix de Katucheit qui, avec un rire gras, racontait une histoire au garde.

Le procureur fut le dernier à quitter sa place. Il éteignit sa lampe et mit son dossier sous le bras. Au moment de sortir, il regarda une fois encore la salle. L'huissier éteignait le plafonnier. L'avocat de Katucheit se tenait devant le banc des témoins.

— Monsieur le Procureur ?

— Oui ?

Le Dr Doernberg se rapprocha.

— Vous avez fait intentionnellement dans votre réquisitoire une remarque qui vous causera des désagréments.

— Je le sais, maître. Je devais cependant parler ainsi et je maintiendrai mon opinion que personne plus que votre client n'a mérité la peine de mort et que c'est une défaillance du législateur, en dépit de tous les motifs raisonnables et en dépit de l'avis d'une grande partie de la population, que de se regimber contre le rétablissement de la peine de mort.

— Je partage entièrement votre opinion. Une brute comme mon client mérite certes la guillotine. Mais il s'agit, bien sûr, de mon opinion intime, que je vous confie à titre de collègue. Et ce n'est vous trahir aucun secret que de vous dire que je plaiderai demain l'homicide involontaire. L'avocat eut un sourire moqueur avant de conclure : la loi m'en offre une bonne occasion.

Le Dr Doernberg respira profondément.

— Je ne m'attendais pas à moins, mon cher collègue. Bonsoir !

Il se détourna et s'en alla rapidement, comme s'il fuyait devant l'allégorie de la Justice qui décorait le mur de la salle d'audience. Le bandeau qui cachait les yeux de la divinité était pour le Dr Doernberg par trop sinistre.

La loi était-elle devenue aveugle ?...

Dans le couloir du palais de justice, Doernberg vit le Dr Hellmig qui, déjà en tenue de ville, se dirigeait à grands pas vers la sortie. Lorsqu'il aperçut le substitut, le président s'arrêta et attendit que Doernberg arrivât à sa hauteur. Dans les yeux du vieux juge, le courroux se lisait encore. Hellmig n'était pas homme à laisser tomber son indignation en même temps que sa robe.

— Vous êtes jeune, mon cher Doernberg, dit-il en s'efforçant de donner à sa voix le ton de la réprimande paternelle. Vous avez un peu rué dans les brancards. On doit tenir la bride aux chevaux impétueux, croyez-en le vieil adage du uhlan que je suis. Il essaya de sourire. Votre sortie n'a pas été sans m'irriter.

— Je le regrette vivement, Monsieur le Président, assura Doernberg en s'inclinant avec raideur, comme l'usage le prescrivait autrefois, lorsqu'on était introduit à la popote du 2e régiment de Panzers.

« Notre plus jeune officier, mon colonel, le sous-lieutenant Doernberg. » Claquement de talons, tête inclinée, tête haute, corps droit, sourire bienveillant, poignée de main. « Donnez-vous du bon temps, mon cher, ici règne la camaraderie. Merci, Messieurs. » Demi-tour. Direction, la table ; place, tout au bout, en tant que benjamin qui n'a ensuite droit qu'à manger froid parce que le service commence au haut de la table, par le colonel.

Doernberg regardait franchement le président.

— D'autre part, je ne puis retirer aucune phrase, aucun mot de mon réquisitoire. Au contraire, je voudrais souligner davantage tout ce que j'ai dit déjà.

— Vraiment ?

La voix de Hellmig était basse, amère. De nouveau le rouge lui monta au visage, jusqu'à la racine des cheveux blancs et plats qui formaient comme une auréole argentée autour du crâne allongé.

— Vous maintenez donc votre avis que la peine de mort est une nécessité absolue ?

— Je maintiens mon avis que la législation actuelle sur les crimes capitaux peut parfois être considérée elle-même comme un crime.

— Doernberg !

Le président avait fait un pas en arrière. L'extravagance des propos du substitut s'infiltrait en lui goutte à goutte, chaque mot déchirant le manteau artificiel de la bienséance.

— Je vous en prie, dit-il à voix haute.

— Notre loi est une véritable incitation au crime capital. J'ai honte devant le peuple, honte devant moi-même lorsque, « représentant de l'Etat », j'envoie un meurtrier comme Katucheit en prison. En prison, où il n'aura aucun souci matériel et vivra comme un coq en pâte, au lieu de l'envoyer là où il appartient : sous la glissière d'une guillotine !

Le président du tribunal ne put réprimer un léger tremblement. Il se sentait personnellement visé. Une attaque contre la loi, c'était une attaque contre sa personne. Les hommes ont le droit de punir, pensait-il, mais seul Dieu a celui de juger. Il boutonna son manteau et par ce geste, il avait l'air de vouloir fermer aussi la discussion.

— Je me plaindrai de vous demain au premier procureur, le Dr Karlssen, dit-il sèchement. Je désire éviter d'avoir à collaborer encore avec vous dans une affaire où vous représenteriez le ministère public.

Le Dr Hellmig partit sans même saluer le substitut et se dirigea vers la sortie. Le Dr Doernberg resta planté dans le couloir. Il avait froid sous sa mince robe et l'impression d'être un gamin qu'on vient d'admonester.

Le gardien traînait les pieds le long du couloir mal éclairé. Il brûlait de rentrer chez lui. Il y avait un jeu radiophonique ce soir-là, peut-être arriverait-il à temps pour la seconde partie, si le Dr Doernberg faisait vite.

— Dix heures et demie, Monsieur le Procureur, dit le gardien en regardant ostensiblement sa montre.

Doernberg ébaucha un sourire.

— Vous voulez rentrer, Kroll ?

— La journée a été longue, Monsieur le Procureur. Et ce Katucheit... Ce salaud. Vous l'avez bien dit, Monsieur : la peine de mort, il faut la rétablir. Nous autres, les petits, nous sommes tous pour.

Doernberg tapa sur l'épaule de Kroll.

— Vous, mon ami, et vos collègues. Mais quelque part, dans les hautes sphères, vous savez, là où souffle la brise légère des âmes tendres et non pas le vent brutal des bassesses humaines, on croit encore à l'honneur du criminel et à la force de la pédagogie pour l'amélioration de l'individu. De là-haut, on peut être idéaliste... Nous, ici en bas, nous devons nous battre contre la canaille et nous en protéger. Car nous vivons dans la réalité... il nous faut des litres de cognac pour faire passer le goût que nous laissent les crimes les plus scandaleux et pour croire à ce que certains appellent la justice.

Le garde secoua la tête.

— Je ne comprends pas ça. Nous aurions tous été

d'accord si on nous avait demandé la tête de Katucheit... tous, Monsieur le Procureur.

Le Dr Doernberg eut un haussement d'épaules
résigné et entra dans son cabinet. *Vox populi, vox
dei...*, pensait-il, mais à quoi servent les voix du
peuple et des dieux si ceux qui devraient les entendre sont frappés de surdité ? Lorsque les cerveaux
sont devenus plus humanitaires que l'humanité, plus
démocrates que la démocratie ?

La démocratie ?

La démocratie, c'est un gouvernement où le peuple
est souverain. Et lors d'une enquête faite par plusieurs grands journaux, le peuple s'est déclaré à
98,36 % partisan de la peine de mort. Qui empêche
donc son rétablissement ? Qui dit non à la volonté
du peuple... dans une démocratie où la volonté du
peuple devrait être la règle ?

Les législateurs constituent-ils donc cette infime
minorité de 1,14 % qui s'oppose à la peine de
mort ? Est-ce cette minorité qui est l'image de la
démocratie ?

Le Dr Doernberg ôta sa robe, la suspendit à
une patère derrière la porte. En le faisant, il eut
le sentiment de se dépouiller d'une peau d'une lour-
deur accablante et de respirer plus librement.

Lorsque Doernberg ouvrit doucement la porte de
son appartement et enleva son manteau dans l'entrée, Rosel dormait déjà. Il gagna la cuisine sur
la pointe des pieds, sortit du réfrigérateur une
bouteille de bière et quelques sandwiches que Rosel
préparait toujours lorsque son mari avait une longue audience et rentrait tard.

Doernberg mangea sans appétit un sandwich, but une demi-bouteille de bière et remit l'assiette dans le réfrigérateur. L'altercation avec le Dr Hellmig et la profession de foi sincère du gardien Kroll lui pesaient sur le cœur.

Ce n'était pas l'opposition entre l'avis d'un représentant du petit peuple et celui d'un haut magistrat qui troublait si profondément Doernberg, mais bien sa position personnelle face à ces problèmes. Jamais il n'avait senti autant qu'aujourd'hui l'absurdité d'une justice qui épargne un Peter Katucheit et croit pouvoir modifier le caractère de qui n'en a pas.

L'attitude de Katucheit au cours du procès, l'incroyable absence de sentiment avec laquelle il avait écouté les déclarations des parents de Hannelore Lämmle ; son large sourire lorsque le médecin légiste décrivait ce qu'avait révélé l'autopsie, la bestialité avec laquelle le viol avait été commis, la façon presque sensuelle dont le prévenu se léchait les lèvres pendant qu'il racontait son forfait jusque dans les moindres détails, au point que même le Dr Hellmig avait dû de temps à autre boire une gorgée d'eau — pour se rafraîchir ou avaler son dégoût ; ce portrait type d'un meurtrier qui n'aurait pu être réussi dans aucun manuel de physiognomonie des criminels, tout cela perturbait si violemment Doernberg qu'il se promit de se présenter chez le premier procureur pour lui faire part de ses doutes.

Des doutes ? Il voulait se mettre en règle avec sa conscience. Il voulait dire qu'il lui était impossible de représenter dans un procès un Etat qui laissait à un tueur monstrueux la chance de reprendre, au bout de quinze ou vingt ans, sa place parmi les

hommes et de recommencer à tuer. Des statistiques ? D'après elles, 98 % des criminels se réin-
tègrent dans la société. Et les 2 % qui tuent de nouveau ? La loi est faite pour protéger le peuple.
Comment les citoyens peuvent-ils être protégés lorsqu'on redonne à 2 % des assassins la liberté de
commettre de nouveaux crimes ?

Il était assis dans la cuisine, les yeux fixés sur le
mur laqué. Il était fatigué, atrocement las, mais il
savait qu'il ne dormirait pas pour autant. Il pensait
à Katucheit dans sa cellule, allongé sur son lit-cage,
emmitouflé dans deux couvertures. On lui avait apporté son dîner ; il y avait droit tant qu'il était en
prévention. Plus tard aussi, condamné perpétuel, il
se verrait attribuer selon le règlement des quantités
précises d'aliments. Chaque semaine, 250 g de viande,
200 g de fromage, 275 g de matières grasses et 3 500 g
de pain. En plus de cela, un plat chaud tous les
midis. Et s'il travaillait, il pourrait faire des achats
à la cantine... saucisses, tabac, beurre. Il pourrait
même s'offrir de la lotion capillaire et du parfum si
le cœur lui en disait. Il pourrait s'acheter un miroir et s'y contempler : Peter Katucheit, assassin
en retraite... Il aurait peut-être pâli un peu, mais
cela s'arrangerait quand viendrait l'été et qu'il pourrait travailler au jardin. Ce qui est certain, c'est
qu'il vivrait dans une cellule chauffée, qu'il aurait
un toit sur la tête, de quoi manger et de quoi boire.
Oui, et le crime, cet affreux crime contre la petite
Hannelore ? Ça, mes bons, quel sujet de conversation avec les autres. On échangera ses souvenirs...
Si vous aviez vu les parents pleurer, dans la salle
d'audience... la femme surtout. Elle n'était pas si
moche, d'ailleurs. Elle aurait peut-être été un meil-

leur gibier que sa petite mauviette de môme. Quoi qu'on fasse on commet des erreurs...

Et puis, on ferait le compte des années. Possible qu'un quelconque président vous gracie. Si on se conduit bien et avec une attestation élogieuse de l'aumônier, une chose comme ça est possible.

Et l'âme de la petite Hannelore souillée et assassinée ? Et les âmes des parents désespérés ?

Katucheit se promettant cette nuit-là de se mettre bien avec l'aumônier de la centrale où il serait envoyé. Chanter assidûment, prier assidûment ?... Etre autorisé chaque semaine à lire la prière... avoir de temps à autre un entretien avec le saint homme sur la justice divine et la façon de se faire pardonner ses péchés par Dieu... voilà qui fait bonne impression et peut servir pour une grâce éventuelle.

Doernberg se leva, déprimé par ses pensées. Il dénoua sa cravate, retira son veston et le posa sur le dossier d'une chaise. Puis, tout doucement, il traversa le petit vestibule et entra dans la chambre d'enfant.

Monika dormait, la tête un peu sur le côté, une jambe dépassant des couvertures... une longue jambe fine et blanche. Une boucle blonde barrait les yeux clos. La petite bouche était serrée, presque boudeuse, comme si l'enfant rêvait à l'école et aux mathématiques abhorrées.

Doernberg resta un moment près du lit, à contempler sa fille. Treize ans... l'âge qu'avait Hannelore Lämmle quand Katucheit l'avait entraînée dans la forêt.

Cela aurait pu arriver à Monika, se dit tout à coup Doernberg avec colère. Un Katucheit pour-

rait aussi se jeter un jour sur elle et la tuer. Et un
autre représentant du ministère public se dresserait
et dirait : je requiers la prison à perpétuité. Et cet
autre Katucheit sourirait, heureux de pouvoir sauver
sa tête.

Doernberg gémissait doucement. Il se pencha,
remit sous les couvertures la jambe de son enfant,
replaça l'édredon sur le petit corps dont les formes
se devinaient à peine : bouton qui n'attendait que le
moment de s'épanouir... touchant, mystérieux, joyeux
éveil de la nature. Et puis un Katucheit surgissant
d'un taillis telle une bête sauvage, bavant de désir... Doernberg se détourna. Il se sentait mal. Il
était pris de nausée à l'idée que cela aurait pu arriver à Monika, à l'idée aussi de cette loi qui se veut
humanitaire et protège les assassins.

Il redressa la mèche blonde de Monika puis quitta
la pièce. Comme il entrait dans la chambre à coucher, sa femme alluma la lampe de chevet et se
redressa.

— Tu rentres bien tard, Walter, dit-elle, une note
plaintive dans la voix.

Il ne répondit que par un hochement de tête et
s'assit sur le rebord du lit.

— Tu as mangé ?

— Oui, un peu, je n'en avais guère envie.

— C'était donc de nouveau si pénible, Walter ?

Elle repoussa un peu la couverture et se glissa
vers son mari, lui caressant le visage de ses cheveux
noirs dénoués qu'elle portait le jour relevés sur la
nuque en un gros chignon. Il recula un peu la tête
puis embrassa sa femme sur la bouche... un baiser
froid, rapide, presque désespéré. Il fixa des yeux
l'abat-jour de la lampe de chevet : un abat-jour

imprimé de dessins abstraits, qui projetaient d'étranges figures sur les draps et le mur.

— Rosel, as-tu déjà eu l'impression d'être nue devant une foule immense ? Tous les gens te regardent, tous attendent que tu fasses quelque chose, que tu te couvres, que tu t'enfuies... mais tu dois rester là, nue comme tu l'es, tu dois te montrer à cette foule qui te contemple bouche bée, tu dois persévérer, parce que derrière toi se tient quelqu'un dont la voix t'ordonne : tu dois, tu dois, tu dois !

Doernberg changea de position et saisit sa femme par les épaules. Il ne se rendit pas compte de la force de son étreinte. Il ne vit pas la bouche de Rosel se crisper sous la douleur. Elle se tut cependant et secoua simplement la tête.

— C'est atroce, Rosel. Que dirais-tu si notre Monika était assaillie par un monstre à forme humaine et...

D'un geste brusque elle lui mit la main sur la bouche. L'horreur se lisait dans ses grands yeux noirs.

— Walter... pour l'amour du ciel, comment peux-tu dire... comment peux-tu penser une chose pareille ?

— Hannelore Lämmle avait elle aussi une mère, un père. Eux non plus ne pensaient pas à cela... Et puis un Peter Katucheit est venu !

Doernberg bondit sur ses pieds et se mit à arpenter la grande chambre à coucher. Il se frappait la poitrine des poings en disant d'une voix qui s'étranglait :

— Et moi, le procureur, moi le représentant de l'Etat, je me dresse pour protéger cette brute... Je dois requérir la condamnation à perpétuité ! Je l'envoie dans un nid bien chaud, où il aura la becquée, où il retrouvera d'autres tueurs dans une cellule, où le soir venu ils pourront jouer aux cartes, comme ils le feraient dans un bistrot sordide. Je me dresse et je requiers : la condamnation à perpétuité ! Tu as tué, Katucheit, tu as tué la petite Hannelore, blonde comme ma Monika ; jeune, gaie, affectueuse, confiante comme ma Monika... comme ma douce, ma tendre petite Monika... et parce que tu l'as tuée, je te dis, moi, le procureur : je te punis en t'offrant un séjour à vie aux frais de l'Etat. Tu ne pourras certes plus te promener librement dans le monde, mais pour le reste, mon cher meurtrier, mon nouveau pensionnaire, tu auras tout ce dont tu as besoin : un lit, une chambre, une nourriture suffisante, de l'air frais, un jardinet, de la musique, l'église, des distractions, un journal de la centrale, une bibliothèque, une cantine avec des friandises... J'espère, monsieur le meurtrier que vous vous sentirez bien chez nous. Engraissez, restez en bonne santé, afin que dans quinze ans nous puissions vous gracier et vous dire : vous voilà purifié, redevenu un précieux membre de la société humaine dans laquelle vous n'avez plus qu'à reprendre la place qui vous est due. Et si vous n'avez pas goûté votre séjour chez nous — ce sont des choses qui arrivent, les gardiens sont parfois quelque peu rudes et outrepassent les limites de leur compétence — alors, ayez la bonté de vous plaindre. C'est le droit strict de chaque détenu, le vôtre aussi, monsieur le meurtrier, cher monsieur Katucheit dont le seul tort est d'avoir tué une Hannelore qui aurait pu s'appeler aussi bien Monika et être ma fille !

Doernberg s'appuya contre la paroi. La sueur dégoulinait sur son visage maigre. Il avait l'air

épuisé, blême, vieilli. Il posait sur Rosel des yeux
écarquillés et sa bouche ouverte formulait un cri
muet. Il s'essuya les yeux d'un revers de main.

— Tout cela, Rosel, je l'ai dit... en une simple
petite phrase : je demande la condamnation à perpétuité... Et quand je me suis permis de parler de la
peine de mort, j'ai été considéré comme un loup
solitaire et rapace qu'il faut abattre.

— C'est vraiment horrible, dit Rosel à voix basse.

Elle sauta hors du lit et jeta les bras autour de
son mari. Tremblante, elle s'accrochait à lui comme
si elle essayait de sauver un noyé qui s'enfonçait
sous ses yeux.

— Tu n'as pas le droit de penser cela... tu ne le
dois pas, plus jamais... tu te rendras malade si tu te
forges des idées pareilles.

Elle le prit par les mains et l'entraîna vers le lit.

Il se laissa faire comme un enfant et se rassit. Elle
déplia sa robe de chambre et essuya les cheveux
mouillés de sueur.

— Déshabille-toi, viens te coucher, je vais aller
te chercher un soporifique, tu veux bien ?

Elle l'embrassa sur les yeux, lui caressa le visage
et se domina pour ne pas s'effondrer contre lui et
pleurer à chaudes larmes.

Lorsqu'elle revint de la cuisine, il était allongé
dans son lit et fixait des yeux le plafond sur lequel
se projetaient en curieuses silhouettes chinoises les
dessins abstraits de l'abat-jour. Machinalement, il
avala le soporifique dissous dans l'eau et retint la
main de Rosel qui éloignait le verre.

— Rosel ?

— Oui, Walter ?

— Je dois lutter pour la peine de mort. Je dois

lutter même si cela cause ma perte. — Il regarda
droit dans les yeux tristes de sa femme et hocha la
tête. — Je le dois à Monika... à elle et à tous les
enfants d'Allemagne. Je le dois à tous ceux qui
pourraient un jour tomber entre les mains d'un Katucheit.

Il attira à lui la tête de Rosel, respira l'odeur de
ses cheveux et du léger parfum que dégageait son
corps élancé. La sécurité de son petit univers l'em-
plit d'une joie soudaine.

— Me comprends-tu, chérie ?

— Pour le moment, tu as besoin de sommeil, dit-
elle tendrement. — Elle posa sa joue contre la sienne,
puis l'embrassa sur le front. — Je t'aime, Walter.
Je t'aime comme au premier jour... Dors, à présent.
Je reste auprès de toi.

Il l'entoura du bras et ferma les yeux. Dormir,
pensa-t-il, comment pourrai-je jamais dormir avec
cette idée qui me ronge ?

Cette même nuit, dans un appartement de la Bendergasse, à Francfort-sur-le-Main, Fritz Pohlschläger
offrait des cigarettes à la ronde. Cela fait, il mit
sur la table une bouteille de cognac et fit marcher
un peu plus fort la radio.

Musique de danse, B.B.C., Elvis Presley, son
dernier rock'n'roll.

Dans le coin de la pièce, sur un divan, la brune
Olga Katinsky, les yeux un peu gonflés, s'étirait
paresseusement. Elle travaillait comme barmaid à
la *Frankfurter Altstadt*. C'était son jour de congé
et elle en voulait à Pohlschläger de l'avoir précisément choisi pour inviter ses amis.

La réunion ne manquait pas de pittoresque.

Près de la fenêtre, trapu, massif, se tenait un homme de type gorille : tête carrée, front bas, lèvres retroussées, yeux légèrement obliques, presque pas de cou, un corps puissant avec des bras et des jambes en forme de piliers. Ce corps, on devinait qu'il devait être velu, avant même de regarder les mains épaisses, envahies jusqu'aux jointures de poils noirs : un singe pensant.

Le gorille s'appelait Franz Heidrich, se disait marchand de primeurs et était connu dans un certain milieu sous le nom de Franz le Chialeur. Il avait en effet une curieuse particularité : chaque fois qu'il était sur le point de se faire arrêter, il versait de telles larmes de repentir en proclamant son innocence que le cœur du plus endurci des policiers s'attendrissait. Mais comme Franz le Chialeur, au cours de son existence d'homme-singe, enfreignait la loi avec une régularité mathématique une fois par an au moins, ses pleurs étaient devenus un spectacle attractif bien plus qu'une preuve de sa candeur d'agneau.

Face à lui, occupé pour l'instant à tripoter son briquet qui refusait tout service, un homme d'une élégance extrême : complet gris du bon faiseur, chemise de nylon blanc, cravate de soie argent, souliers italiens gris, à bouts pointus, chaussettes à rayures blanches et grises — il attachait beaucoup d'importance à ce qu'on les vît et, en s'asseyant, tirait bien haut son pantalon étroit — ongles soignés... Presque un dandy, ce Hans Wollenczy, qui s'en était tiré tant bien que mal jusqu'ici en promettant le mariage à des dames d'âge mûr munies d'un solide compte en banque. Il avait acquis une conception fataliste du monde et son activité l'avait fait

surnommer ironiquement, par les milieux spéciali-
lisés, le Voyageur en antiquités ou encore l'Anti-
quaire en gros.

Beaucoup plus intéressant, parce que incolore et
discret, était le quatrième des hommes qui se tenaient
dans la petite pièce. Adossé contre la porte, la main
droite dans la poche du pantalon, dont la forme
arrondie était significative pour un connaisseur, il
laissait son regard quelque peu méprisant errer, avec
la prudence de l'animal qui flaire le vent, de la table
au divan et à ses trois camarades. Joe Dicaccio,
importé des U.S.A., était né dans le bel Etat du
Minnesota où, autrefois, d'énormes troupeaux de
buffles fonçaient à travers la plaine et où, montés
sur de rapides mustangs, les Sioux les attaquaient à
l'arc et au javelot. La vie de Joe était aussi obscure
que ses cheveux blonds étaient clairs. Il avait un
jour débarqué à Francfort et trouvé instinctivement
la route qui menait à Fritz Pohlschläger. Celui-ci
venait de purger une peine de trois ans de prison
pour vol avec effraction, traînait sa mélancolie dans
les bars de Francfort et cherchait un nouveau job.
Du jour de leur rencontre les deux hommes avaient
noué une vague association de travail et une solide
amitié. Si solide que Pohlschläger cédait parfois à
son ami Joe les droits qu'il détenait sur la brune
Olga. Cela avait été notamment le cas lorsque
Pohlschläger avait été mis en détention préventive,
tandis que Joe Dicaccio, influencé par des étoiles
aussi énigmatiques que bénéfiques, n'avait pas été
arrêté et était passé avec élégance entre les mailles de
l'enquête. Cela lui avait valu l'admiration de ses
amis.

— Haute école américaine, avait déclaré dans une

occasion semblable le beau Wollenczy. Ce garçon
a un sixième sens. Ça renifle pas encore le roussi
que le cor doit déjà le démanger.

Fritz Pohlschläger avait débouché la bouteille de
cognac et rempli les verres. Même Olga tendait une
main nonchalante. Joe but le premier et avala l'alcool
en jetant la tête en arrière.

— Qu'y a-t-il donc ? Pourquoi tant de mystères ?
interrogea Heidrich le Gorille.

Pohlschläger reposa son verre et déplia une carte
sur la table... le plan de la ville de Wiesbaden. Un
plan admirablement détaillé, réalisé à l'usage des
touristes, avec indication des monuments les plus
remarquables... le château, l'établissement thermal,
le théâtre, l'hôtel de ville... Au bas du plan, un ré-
pertoire où étaient mentionnés les bâtiments publics
puis le numéro du carré qui permettait de les repé-
rer sur la carte. Un nom était coché de rouge. Wollenczy se pencha pour le lire puis, ébahi, il regarda
Pohlschläger et s'exclama :

— C'est de la folie pure !

— Et pourquoi de la folie, je te prie ?

Pohlschläger posa l'index sur un point de la carte
de Wiesbaden.

— Ici se trouve l'agence de la Banque Nord-Sud.
Le 30 de chaque mois, pendant la nuit, on y apporte
quelque 300 000 marks, parce que le 31 ou le 1er,
trois firmes importantes retirent la paie de leur personnel. La banque ouvre à 8 heures... vers 9 h 30, les
encaisseurs des usines arrivent, par deux générale-
ment. C'est donc entre 8 heures et 9 h 30 que doit
se dérouler toute l'opération. Il y a peu de monde
aux guichets. Le caissier prépare, sort les liasses des
coffres et s'apprête à effectuer les paiements. C'est

chaque fois la même scène, si bien réglée que rien
n'y a jamais été changé. Je l'ai observée pendant
six mois.

Franz Heidrich remplit de nouveau son verre. Ses
mains velues serraient la bouteille comme si elles
allaient la briser.

— Tout ça, c'est bien joli, mais comment tu vois
les choses ? Y suffit pourtant pas d'entrer et de
d'mander le fric ?

Sur son divan, Olga ricana. Le gorille la regarda
et, du doigt, elle tapota son front blanc.

— Pourquoi pas contre délivrance d'une quittance,
pendant que tu y es ? se moqua-t-elle.

Elle avait une voix sourde qui plaisait à Pohlschläger ; il l'avait comparée un jour à celle de Pola
Negri. C'était un double compliment, car Olga
Katinsky était elle aussi polonaise et avait été di-
rigée sur Francfort lors d'un « échange culturel »
entre différents bordels.

Joe Dicaccio expliqua :

— Il faut faire vite. Franz reste devant la porte
et surveille l'entrée ; Hans attend dans la rue, au
volant de la voiture, moteur en marche ; Fritz et
moi pénétrons dans la banque. C'est très simple.

— C'est très simple, le singea Wollenczy. Tu
parles ! Ils nous attendent... ils se défendront ; ils
ont des dispositifs d'alarme.

Joe haussa ses épaules étroites.

— Oui, bien sûr. Il faut agir assez vite pour qu'ils
ne se rendent pas compte de ce qui est arrivé avant
qu'on ait pris le large.

Pohlschläger posa les deux poings sur la jolie
carte en couleurs de Wiesbaden... deux poings vigoureux, osseux.

— Pas question ni de rapidité, ni d'effet de surprise, ni de tout ça. Je ne veux pas prendre de risques. La moindre erreur de manœuvre et nous
sommes piégés. Je veux opérer en toute sécurité.

— La sécurité ? — Joe Dicaccio levait les sourcils. — Qu'est-ce que tu appelles la sécurité ?

L'expression de Pohlschläger était dure et résolue.

— Nous arriverons là-bas à 8 h 10. Hans reste
dans l'auto. Le Chialeur garde la porte... Joe et moi
nous arrivons en courant dans la salle des guichets
et nous descendons tous ceux qui nous barrent le
chemin.

— Quoi ? demanda le gorille stupéfait.

— Nous avons chacun deux revolvers à huit
coups. Ce qui fait trente-deux balles pour Joe et moi.
S'il y a beaucoup de monde à l'agence, ça deman-
dera cinq balles. Un employé au guichet, le caissier,
peut-être une dactylo. Ajoutons-y deux clients — il
eut un large sourire —, pas de problème avec trente-
deux coups à disposition.

Dicaccio avait sorti la main de sa poche. Son
visage déjà pâle était devenu blême.

— Non, dit-il lentement, pas de bousillage.

— Il s'agit de 300 000 marks, fiston ! — Pohlschläger s'assit devant la grande carte de Wiesbaden. — Ça fait 75 000 marks pour chacun de nous.

Joe se rapprocha de la table.

— Pas de bousillage, répéta-t-il.

Le rouge envahit le visage de Pohlschläger. Il
respirait bruyamment et regarda Wollenczy et Heidrich. Ils avaient une mine fermée, absente, mais
leurs yeux trahissaient l'hésitation et la réflexion.
75 000 marks, un chiffre qui vous brûlait, qui vous

trottait par la tête et méritait bien quelque considération.

— Qu'est-ce que tu as contre une bonne petite fusillade ? demanda Pohlschläger à Joe qui fronça les sourcils.

— Tu veux simplement abattre tous les gens qui seront à la banque ? Tous ?

— Oui, ça supprimera les difficultés. Personne ne pourra donner l'alarme, personne ne pourra se défendre, personne ne pourra appeler au secours et personne ne pourra nous gêner. En cinq secondes, tout sera terminé, avant même qu'ils comprennent ce qui leur arrive. Ensuite, on aura le temps de ramasser le fric sans nous presser. Si nous commençons l'opération à 8 h 10, nous pouvons être repartis à 8 h 15... avec 300 000 marks !

Joe Dicaccio secouait la tête en dévisageant Pohlschläger de ses yeux bleus aux reflets d'acier. Il y avait dans ces yeux quelque chose d'éteint qui causait toujours à Pohlschläger un sentiment de malaise. Aujourd'hui encore il ne pouvait se défendre d'un serrement d'estomac à la vue du regard de Joe posé sur lui.

— Pourquoi tuer ?

— Mais qu'est-ce que ça peut bien te fiche ? à toi, un dur d'Amérique ? insista Pohlschläger avec un sourire forcé.

— Et s'ils nous pincent, qu'est-ce que ça nous coûtera ?

— Pas grand-chose. — Pohlschläger se pencha en avant, sa voix se fit claire et pressante. — Franz et Hans s'en tireront avec cinq à dix ans. Ils ne les feront pas, ils seront amnistiés avant, ils n'auront fait que le guet.

— Et nous ?

Dicaccio tambourinait le plan du bout des doigts, Pohlschläger sourit de toutes ses dents.

La perpète, au pire des cas.

— Chez nous, dans le Minnesota, ce serait pour tous la chaise électrique.

— Chez vous ! Mais nous sommes en Allemagne, Joe, pas aux U.S.A. Il te faut changer de vitesse. Nous ne courons pas de risques... pas le moindre. Au contraire, si nous jouons assez vite du revolver, nous aurons la chance de ne jamais être identifiés ni arrêtés.

Dicaccio hésitait. Il regarda Olga Katinsky. Elle dormait, allongée sur le divan, les jupes retroussées haut, la tête enfoncée dans un oreiller. Ses cheveux noirs lui couvraient en partie le visage, faisant ressortir la bouche outrageusement peinte : une image qui ravit intérieurement Joe.

— Alors ? interrogea Pohlschläger, nerveux.

— Je n'ai pas envie d'aller au ciel pour 75 000 marks !

Pohlschläger tapa du poing sur la table. Olga, réveillée en sursaut, hoqueta.

— Bon sang, cria Pohlschläger furieux. La peine de mort est abolie !

— Et si on la rétablit ?

— Qui on ?

— Votre gouvernement.

Pohlschläger éclata de rire. Heidrich et Wollenczy souriaient.

— Primo, si jamais cela devait se produire, les débats devant les Chambres dureraient des années. Deuxio, toutes les tentatives pour réintroduire la peine de mort ont été pieusement enterrées, parce que, chaque fois, les députés chrétiens rappellent qu'un assassin est, lui aussi, un être humain. La peine de mort n'effraie plus, les statistiques l'ont prouvé... Quelle chance nous avons qu'il y ait des gens qui croient en la noblesse de nos âmes. Dieu leur accorde longue vie !

Pohlschläger se sentait tout heureux. Sur son divan, Olga riait. Elle sauta sur ses pieds, s'approcha de la table, passa familièrement le bras autour du cou de Joe Dicaccio et frotta sa joue contre la sienne.

— D'habitude, tu n'es pas si timide, *Darling*.

Joe prit un air renfrogné. Le Chialeur soupira, puis dit d'une voix sombre :

— Pas de scène d'amour, mes petits. La situation est déjà assez brûlante. On se décide ou pas ?

— Si Joe ne veut pas être des nôtres, on se passera de lui.

— Et ça fera pour chacun de nous 100 000 marks ! calcula rapidement Wollenczy. — Il se leva posément, avec une élégance digne de son apparence. — Moi je n'y vois aucun inconvénient. C'est pour quand, Fritz ?

— Après-demain, c'est le 30.

Heidrich approuva de la tête.

— D'accord.

— Et toi, Joe ? — Pohlschläger lança un regard en biais à Dicaccio avant d'ajouter : — Trop froussard pour marcher ?

Olga bécotait l'oreille de Joe. Il fronça les sourcils, leva les épaules, cherchant à se débarrasser d'Olga comme on essaie de faire lâcher prise à un chat importun.

— Après-demain, Okay ! — Il se leva. Olga re-

cula, ses yeux noirs étincelaient. — Tu as les armes ?
demanda Joe en se tournant vers Pohlschläger.

— Oui.

— *Good night...*

Sans plus se préoccuper des autres, Joe quitta la
pièce. Pohlschläger, songeur, le suivit des yeux. Une
curieuse angoisse l'étreignait. Il ne reconnaissait pas
Joe. Qu'est-ce qui lui prenait ? Avait-il peur ? des
scrupules ? une conscience ? Pourquoi cette répu-
gnance à descendre quelques types ?

Heidrich et Wollenczy quittèrent l'un après l'autre
la maison de la Bendergasse. Wollenczy monta au
coin de la rue dans une voiture de sport toute neuve,
d'un rouge éclatant, témoignage d'amour d'une veuve
de Stuttgart en mal de remariage. Il traversa la ville,
avec sur les lèvres le sourire blasé des gens comblés.

D'un autre coin de rue démarra la voiture de
Heidrich — une Ford américaine, sur laquelle était
peint en lettres jaunes : Importation de fruits,
S.A.R.L. — en direction de l'aérodrome où Heidrich
habitait une petite maison assez isolée.

Joe Dicaccio partit d'un pas lent, discret, à l'image
de sa personne. Un noctambule tranquille qui venait
de quitter ses amis, sortait d'un cinéma ou d'un
cabaret. Une patrouille d'agents de police ne lui
accorda pas un regard. Seule la démarche de Joe était
curieuse : souple, silencieuse, féline. Mais qui se
préoccupe de la démarche d'un homme, à une heure
du matin ?

Heidrich, le gorille, le dépassa avec sa Ford et
le salua de trois petits coups de klaxon ; il lui fit même
un petit signe de tête amical, puis l'auto disparut dans
l'obscurité. Joe continua son chemin, pensif, hésitant

et détaché intérieurement de ce qui allait arriver deux jours plus tard.

— Idiot, siffla-t-il entre ses dents au moment où Heidrich passait.

Joe enfonça ses mains dans ses poches et sentit entre ses doigts le contact froid et métallique d'un revolver. Vivement, il retira la main et la laissa exposée à l'air frais de la nuit comme pour la débarrasser d'une odeur répugnante.

De la casse ?... 75 000 marks !

Une vie avec Olga... une vie calme et aisée. Une vie où les baisers se mêleraient aux parfums des grandes plaines de l'Ouest, aux grondements des fleuves, à l'ombre des immenses forêts et des vergers sans fin.

Joe Dicaccio haussa ses épaules étroites. Il frissonnait.

Descendre des types ? 75 000 marks !

Il avait beau s'ennuyer de son Minnesota bienaimé... il était content d'être en Allemagne où on ne jouait pas sa vie en commettant un assassinat.

Olga Katinsky s'était déshabillée. En petite chemise de nylon, elle était affalée sur le divan et regardait Pohlschläger qui, penché sur son plan de la ville, dessinait au crayon rouge un tracé à travers les rues.

— Tu viens ? demanda-t-elle en bâillant.

— Dans un instant.

— Qu'est-ce que tu fais donc ?

— Je marque le chemin par lequel nous filerons. Il ne doit y avoir aucune hésitation.

— Tu penses à tout, quoi ? — Olga se passa la

main dans les cheveux. — Qu'est-ce que nous ferons tous les deux, si ça marche ?

— Nous nous tirerons.

— A l'étranger ?

Pohlschläger releva la tête.

— A l'étranger. Et pourquoi donc ? Dans le monde entier, il n'y a pas pour notre profession d'endroit plus sûr que la République fédérale. Nous serions idiots de quitter ce paradis.

Il posa son crayon, se leva, s'étira et regarda Olga. La lampe de chevet éclairait la chemise de nylon d'un rayon jaune... une chemise légère comme un voile. Pohlschläger sourit.

— Eve en personne, murmura-t-il.

Ils roulaient à bicyclette : direction la forêt.

C'était le mercredi après-midi, jour de congé officiel pour les fonctionnaires. Le soleil brillait, la journée de printemps était belle. Déjà le vert tendre des feuilles fonçait. Dans les jardins, pivoines et rhododendrons s'épanouissaient.

Willy Sänger avait posé son veston sur le guidon. Sa chemise à manches courtes se gonflait au vent. A ses côtés pédalait Helga Krämer, vêtue d'un pantalon collant en velours rouge et d'un pull jaune. Ses cheveux blonds étaient protégés par un foulard de mousseline imprimée dont la pointe lui flottait derrière la tête comme un petit drapeau. Willy Sänger glissait de temps à autre un regard sur sa compagne et chaque fois il sentait monter en lui une bouffée de chaleur. C'est ainsi quand on aime, se disait-il. On perd le souffle, on sent son cœur battre, battre à se fendre. On a la gorge nouée au point de ne plus pouvoir avaler sa salive.

Il détourna les yeux de Helga et regarda de nouveau droit devant lui la route poudreuse. Au loin, on distinguait le ruban vert de la forêt, annonciateur de tranquillité et de fraîcheur.

Après le déjeuner, Willy et Helga s'étaient retrouvés avec leur vélo devant la maison de la jeune fille.

— Que faisons-nous cet après-midi ? avait demandé Helga.

Willy Sänger était greffier près le tribunal et chargé de consigner les déclarations des témoins et des accusés. Il était très habile en sténographie, ce qui lui valait d'être préféré à ses collègues lors des grands procès.

Helga Krämer travaillait comme sténodactylo à la chancellerie. Elle avait vingt et un ans, était aimable et souriante. Entre la blonde Helga et Willy un courant de sympathie n'avait pas tardé à s'établir. Ils s'étaient d'abord rencontrés, par hasard, dans l'escalier, à la sortie des bureaux. Chacun se hâtait, la serviette sous le bras, comme s'il était pressé de prendre le tramway. Le lendemain, ils s'étaient croisés, toujours par hasard, dans un des couloirs de l'immense palais de justice. Deux jours encore et Willy Sänger traversa le hall, espérant une rencontre « fortuite ». Il attendit près de la loge du concierge que Mlle Krämer descendît d'un pied léger le large escalier, à l'heure de la fermeture des locaux. Willy s'absorba dans une conversation avec le concierge. Puis il suivit Helga, remarqua qu'elle prenait un tram de la ligne 12, qui menait dans une direction exactement opposée à celle qu'il devait suivre lui-même, ce qui le dépita profondément.

Les rencontres accidentelles se multiplièrent visiblement. Au bout de deux semaines, Willy Sänger osa

saluer Mlle Krämer. Au bout de trois, il lui parla
dans un couloir. Le destin voulut que Helga eût à
porter un dossier à Willy Sänger, pour qu'il le
complète et le transmette au tribunal régional compé-
tent.

L'entretien commencé avec des battements de cœur
se termina avec le sentiment de s'être conduit en
parfait idiot... ce qui est d'ailleurs la marque classique
de l'amour naissant.

Willy Sänger prit le dossier des mains délicates de
Mlle Krämer et s'essuya le front d'un geste quelque
peu théâtral. Il brûlait intérieurement et se sentait
en même temps glacé. Il demanda spirituellement :

— Ne trouvez-vous pas que la chaleur est oppres-
sante pour la saison ?

— Ah ? répondit Helga Krämer en penchant un
peu la tête sur le côté.

— Peut-être est-ce le fœhn, ah ! ah ! ah !

Après cette téméraire incursion dans le royaume de
l'humour, une affreuse impression de vide s'empara
de Willy Sänger. Il se mit à feuilleter le dossier,
donna à son visage une expression juridique et scientifique et chercha comment poursuivre une conversation si brillamment commencée.

— Un cas mineur, déclara-t-il après avoir parcouru
quelques lignes du dossier. Cela doit être ennuyeux
pour vous aussi de transcrire un pareil fatras.

— Oh ! On s'y habitue, déclara Mlle Krämer en
faisant la moue pour donner du poids à ses paroles.

Willy Sänger vit cette moue qui lui donna une
envie irrésistible d'embrasser la bouche ; il sentit sa
gorge se nouer, avala plusieurs fois sa salive, s'essuya
de nouveau le front et confirma :

— C'est certainement le fœhn.

— Si loin des montagnes ?

— Oui, oui, précisément. Il doit être très violent pour souffler jusqu'ici et cela ébranle terriblement le système nerveux.

Mlle Krämer jeta un coup d'œil effrayé sur sa montre-bracelet. Willy Sänger remarqua alors que la jeune fille utilisait un vernis à ongles incolore et qu'elle ne portait pas de bague de fiançailles. Elle avait une petite tache d'encre sur l'index droit. Une jolie petite tache, toute ronde, attendrissante, qui acheva de couper le souffle à Willy Sänger. Il chercha une échappatoire, regarda lui aussi sa montre et s'exclama :

— Mon Dieu... les dossiers ! A demain, Mademoiselle.

Il s'en alla, le dossier sous le bras, prit un couloir secondaire et s'arrêta hors de la vue de Helga Krämer. Il reprit haleine, examina son image que lui renvoyait le carreau d'une fenêtre et se fit un petit salut en s'exclamant à voix haute :

— Pauvre idiot !

Un magistrat qui passait sursauta et se retourna : le couloir était vide, Willy Sänger avait regagné son bureau. Le magistrat poursuivit son chemin en hochant la tête. Les nerfs... ils vous jouent de ces tours. Il serait temps de prendre quelques jours de repos... aux frais de la princesse.

De ce premier contact avec Helga Krämer naquit l'amour. Qui s'en étonnerait ? Une conversation engagée à propos du fœhn doit logiquement aboutir à une tempête de sentiments.

Willy Sänger prit la liberté de reconduire chez elle Mlle Krämer et, un soir, l'embrassa sous la porte cochère de la maison paternelle. Comme Helga ne réagit pas par une gifle, Willy supposa qu'elle n'avait pas jugé cet acte si stupide et renouvela son assaut.

Et à présent, par ce mercredi après-midi ensoleillé, ils avaient quitté la ville pour la campagne.

Devant une auberge, ils mirent pied à terre et poussèrent leurs vélos, jusque dans un coin du parking. Il y avait une terrasse plantée de tables blanches sous des parasols de couleur. Peu d'entre elles étaient occupées : il était encore tôt... la plupart des dames buveuses de café feraient leur apparition avec l'autobus de 16 heures.

Près du mur de soutènement de la terrasse, assis sous un parasol à rayures rouges et vertes, Joe Dicaccio buvait un jus de fruits en lisant *Stars and Strips*, un journal destiné aux soldats américains. Il ne prêta aucune attention aux nouveaux arrivants. Willy et Helga passèrent devant lui, s'assirent trois tables plus loin, également le long du mur, commandèrent deux cafés et contemplèrent l'orée de la forêt toute proche, derrière laquelle se dissimulaient les endroits secrets de leurs amours heureuses.

Sur le plateau il y avait un ticket avec indication du prix et de la date : 29 juin.

Mercredi, le 29 juin.

Joe Dicaccio avait le regard perdu dans son verre. Encore une nuit. Demain matin, à 7 h 30, ils se retrouveraient devant la maison de Pohlschläger. Avec une voiture que l'élégant Wollenczy devait voler cinq minutes plus tôt — c'est précisément à son élégance qu'on faisait confiance, personne ne mettrait en doute que la voiture lui appartenait — et puis ils partiraient pour la banque. Pohlschläger regarde-

rait sa montre. Comme autrefois lors de l'attaque
éclair dans les Ardennes...

Encore dix heures... huit... sept... six... trois...
deux... une... zéro ! Sortir de la voiture, gravir le
perron, ouvrir la porte... trois, quatre visages étonnés
derrière un long comptoir surmonté de guichets en
verre... les revolvers hors des poches, menaçant les
têtes abasourdies... coups de feu... cris... gémissements. Deux bonds par-dessus les guichets, l'argent
enfoui dans un sac... à l'entrée, Heidrich le Chialeur,
retenant tout bêtement par le menton un client
matinal... plus vite, plus vite... la caisse était vide,
à côté du guichet des paiements, le caissier était
allongé, le visage fracassé par deux balles... un autre
bond par-dessus le comptoir... dégringoler le perron...
s'engouffrer dans la voiture...

300 000 marks !

Quatre morts, merde !

Une boucherie !

Mais, dans l'appartement de la Bendergasse, Olga
Katinsky attendait. « *Darling*, dirait-elle, tu es un
véritable héros. » Puis la nuit avec Olga, une nuit
entière... avec en poche 75 000 marks qui lui permet-
traient de faire voir le monde à Olga et de rentrer
au Minnesota, son pays à lui.

La ferme de ses parents, les grands troupeaux de
bœufs, les champs de blé aussi vastes que toute la
Rhénanie. Le père serait debout devant les escaliers
de bois de la maison, les yeux écarquillés. « Hello,
Joe, crierait-il, te voilà de retour. » Et il répondrait :
« Hello *Daddy* ! Je te présente Olga, celle que
j'aime. »

Une boucherie ?

Ne pas y penser... Le Minnesota était loin et Olga était son premier grand amour...

Il élèverait des bœufs. Il labourerait les champs au tracteur ; il ferait la culture du tabac, des céréales et des fruits. Et Daddy serait heureux d'avoir un aussi bon fils. Et Mammie... la chère vieille et rondelette Mammie... qu'il n'avait jamais vue autrement que vêtue d'un vieux tablier, et de qui émanait toujours une odeur de pâtée aux cochons et de lait aigre. Chère, brave Mammie.

Quatre morts... De l'assassinat ?

D'un geste brusque, Joe Dicaccio repoussa son verre et se leva. Il jeta un mark sur la table et s'en alla en passant devant Willy Sänger et Helga Krämer qui, la main dans la main, avaient le regard perdu sur la forêt.

— Nous allons au bord du petit lac ? interrogea Helga d'une voix douce.

Willy fit un signe de tête affirmatif.

— Tu t'y plais donc tant ?

— C'est le plus bel endroit du monde... avec toi.

Joe entendit des bribes de leur conversation. Il ne put retenir un petit sourire. Toujours la même rengaine... que ce soit Olga ou cette poupée blonde...

Au volant d'une petite voiture française qu'il avait achetée d'occasion, Joe regagna la ville. Il n'avait pas choisi cette auto parce qu'elle lui plaisait particulièrement, mais parce que le réservoir d'essence était sous le capot avant. En cas de poursuite, on ne pourrait pas le lui crever d'une balle.

Ce jour-là, devait sortir de la maison centrale de Rheinbach un homme dont la tenue, les manières, l'état psychologique — d'après les médecins — les dispositions religieuses — d'après l'aumônier de la

prison — et la conduite au pénitencier étaient aussi
moyens que son nom bien allemand : Kurt Meyer.

Meyer, avec y... il attachait à cela une grande
importance. Lors de toutes les enquêtes, de tous les
interrogatoires, il avait toujours précisé : « Meyer
avec y... » et au pénitencier on ne le désignait plus
autrement.

Friedrich Moll, conseiller du gouvernement et
directeur du pénitencier de Rheinbach, toisa du regard
Kurt Meyer qui avait bien une tête de moins que lui.
Meyer, dans le costume bleu foncé qu'il avait à son
arrivée, quatre ans plus tôt, se tenait à la porte du
cabinet directorial. Le nœud de cravate était correct.
Il s'était fait couper les cheveux une dernière fois
par le coiffeur de l'établissement : courts derrière,
une coupe militaire. Le visage, un peu jaune, mais
lisse, était rasé de frais. L'homme posait sur Friedrich
Moll un regard presque candide.

Le directeur prit un dossier, le feuilleta et déclara :

— Vous serez libéré aujourd'hui, Meyer.

— Monsieur Meyer, dit l'homme avec un sourire
indulgent. Ma peine est purgée, je redeviens donc
Monsieur Meyer. Je suis également réintégré dans
tous mes droits civils.

Friedrich Moll cherchait en vain une trace d'ironie
dans cette voix ni aiguë ni grave mais réellement
quelconque qui convenait à Meyer avec y comme
l'estampille d'un article de série.

— Vous avez accompli votre peine jusqu'au bout.
Quatre ans pour falsifications graves de documents,
dit Moll en levant les yeux du dossier.

Le regard de Meyer était indifférent, presque las.

— Vous savez... hum... Monsieur Meyer... que
vous étiez également soupçonné d'assassinat ?

— On n'a jamais pu apporter aucune preuve contre moi.

— Cela ne veut pas dire que...

Kurt Meyer leva la main.

— Vous permettez ! J'ai protesté autrefois devant la police criminelle, devant le parquet et lors de mon procès, devant le tribunal, contre cette calomnie. On voulait faire de moi l'assassin du marchand de primeurs en gros dont j'avais falsifié les chèques ; j'aurais ainsi supprimé le principal témoin. Je ne voudrais pas, au moment de me séparer de vous, et alors que j'ai appris à beaucoup vous apprécier, être dans l'obligation d'introduire contre vous une plainte en diffamation.

Friedrich Moll se mordait les lèvres. Il ferma le dossier d'un coup sec, s'approcha de son bureau et dit, très haut :

— Meyer...

— Monsieur Meyer, je vous prie.

— Vous allez recouvrer la liberté après avoir passé quatre ans ici et il est de mon devoir de vous dire quelques mots... le règlement le veut. Vous qui connaissez si bien le règlement... vous qui pendant ces quatre ans l'avez si souvent invoqué...

— J'étais dans mon droit, Monsieur le Directeur. En tant que citoyen, je...

— Bon... Vous comprendrez d'autant mieux alors pourquoi je saisis l'occasion de l'ordre qui m'est imparti de vous adresser quelques paroles d'adieu, pour que celles-ci puissent vous être utiles.

— Je vous écoute, Monsieur le Directeur.

La voix était obséquieuse, d'une humilité qui frisait l'insolence, pensa Moll.

— Ce ne sera pas facile pour vous de vous réinsérer dans la société.

— Disons, si vous le voulez bien, que cela ne regarde que moi.

— Avez-vous l'espoir de trouver bientôt un emploi ?

— Comment pourrais-je le savoir ?

— Avez-vous des relations ?

— Peut-être...

— Puis-je vous aider d'une manière ou d'une autre ?... vous recommander ?

— Non, merci.

— Je pourrais vous procurer une place de comptable. Vous auriez pendant les trois mois un salaire d'essai, ce n'est pas beaucoup... mais réfléchissez que...

Kurt Meyer leva le bras. Ce geste rendit Moll prudent, il s'interrompit.

— J'ai purgé ma peine et ne désire plus qu'on me parle comme à un forçat. Depuis aujourd'hui à midi, heure de l'Europe centrale, je suis un homme libre et rétabli dans tous ses droits civils.

Friedrich Moll haussa les épaules. Il hésitait encore à tendre à Meyer l'attestation de libération, qui lui permettrait de se proclamer un homme comme les autres.

— Où habiterez-vous ? Vous avez indiqué Cologne comme résidence probable ?

— Oui.

— Vous êtes de Duisbourg et vous y étiez domicilié en dernier lieu. Il est vrai que votre femme a obtenu le divorce et que l'appartement lui a été attribué... mais pourquoi choisir précisément Cologne ? Y avez-vous des parents ? des amis ?

— Oui.

— Vous savez que dès votre arrivée à Cologne, vous devrez vous présenter à la police ?

— Je connais la loi jusque dans ses moindres détails.

— Bien sûr, bien sûr... j'avais oublié. — Moll sourit d'un air entendu. — J'espère que nous n'aurons plus à nous rencontrer dans cette maison... Monsieur Meyer.

— Je l'espère aussi.

— Et écrivez-moi pour me dire comment s'arrangent les choses pour vous, ce que vous devenez.

Meyer acquiesça d'un hochement de tête et affirma avec douceur :

— Vous entendrez parler de moi, Monsieur le Directeur.

Friedrich Moll ne prit pas garde au double sens de cette réponse ; pour lui ce n'était là que manière de parler. Il rejoignit son bureau, s'assit et signa d'un élégant paraphe le certificat de libération de Kurt Meyer avec y.

Officiellement, Kurt Meyer était un homme libre.

Il regardait d'un air satisfait le papier que Moll allait lui tendre. Quatre ans, se disait Meyer. Quatre ans dans cette caserne. Des années effroyables... pas extérieurement, tout était réglé comme du papier à musique. La précision allemande et une administration bien rodée veillaient au grain. Mais intérieurement... quatre ans à ronger son frein... L'abandon de sa femme, les témoignages accusateurs de ses deux meilleurs amis, le réquisitoire écrasant du procureur, qui lui avait valu d'être si sévèrement condamné... De cela Meyer n'avait rien oublié en quatre ans.

A présent, il était libre : Meyer, citoyen de la République Fédérale. On lui délivrerait une carte d'identité, une allocation temporaire, jusqu'au moment où on lui aurait procuré un emploi. On lui en procurerait un rapidement, car les services d'assistance officiels n'ont pas pour habitude de dilapider leurs fonds.

Friedrich Moll tira Meyer de ses pensées en lui tendant le certificat.

— Voilà, Monsieur Meyer.

— Merci, Monsieur le Directeur.

— Je souhaite ne jamais vous revoir, Meyer.

— Monsieur Meyer, Monsieur le Directeur...

Il s'inclina comme le fait un comptable distingué en présentant le grand livre à son patron. Puis il gagna le couloir au bout duquel se trouvait la grille.

Le gardien Puck, qui était appuyé contre la paroi, s'en approcha.

— Terminé, Meyer ?

— Monsieur Meyer... A partir de maintenant, Monsieur, toujours Monsieur. Je tiens particulièrement à cette appellation bourgeoise.

Le gardien Puck eut un large sourire et, nullement impressionné, poursuivit :

— Amène-toi, mon gars. Ta valise est déjà chez le concierge. On vient te chercher ?

— Non.

Meyer louchait vers Puck. Le jovial gardien, un peu trop gras, marchait à son côté en faisant tinter son trousseau de clés. C'était le symbole de Puck, ces clés ! Même la nuit, lors de sa ronde, il les faisait cliqueter et, à leur bruit, on le suivait d'étage en étage...

Au bout d'une semaine, Meyer avait déposé une plainte officielle : d'après le règlement de la centrale, les détenus ont droit au sommeil pendant la nuit. Or le sommeil était dérangé par le bruit de clés du gardien Puck. Au bout d'un an, Meyer avait compris qu'une plainte ne servait à rien. Puck faisait cliqueter ses clés aussi naturellement qu'un chien aboie...

— Vous avez toujours été gentil pour moi, Monsieur Puck, si je le peux je vous ferai parvenir une boîte de bons cigares. Vous ne me la renverrez pas, j'espère ? dit Meyer un instant avant de quitter le quartier administratif.

Le gardien Puck souriait de toutes ses dents.

— Bien sûr que non, il ne s'agit pas de corruption de fonctionnaire, vous êtes un homme libre, Meyer.

— Monsieur Meyer.

Vingt minutes plus tard Kurt Meyer était dans la rue. Il avait plu quelques instants auparavant, mais à présent le soleil faisait scintiller la chaussée bitumée et en absorbait gloutonnement l'humidité. Au loin, les champs se dessinaient à peine. La porte blindée s'était refermée derrière Meyer. Il sentait encore dans sa paume la poignée de main du gardien Puck et celle du concierge, l'athlétique gardien Schmitz.

Meyer regarda sa montre. Après quatre ans, il venait enfin de la remonter. Elle tictaquait, douce, régulière, fidèle, comme si pendant quatre ans elle n'avait pas été abandonnée au greffe de la prison.

Une heure et demie. Il aurait dû être libéré à midi. Un long retard ! Encore une raison de se plaindre. Que deviendra l'Etat si les autorités font si bon marché du temps !

Meyer posa sa valise sur l'asphalte encore mouillé et regarda le ciel. Un ciel bleu avec de petits nuages blancs. Des cirro-cumulus, se dit-il, c'est ainsi qu'on les appelle. Six ans plus tôt il avait lu une étude sur la formation des nuages. Curieux, comme certains détails vous restent gravés dans la mémoire.

Il plongea la main dans la poche intérieure de son veston et en sortit son portefeuille. Comme quatre ans auparavant, il s'y trouvait quelques feuilles de papier et un crayon soigneusement taillé à la main. Méticuleusement, d'une belle écriture, bien moulée, Kurt Meyer écrivit sur l'une des feuilles quatre noms :

Anna.

Johann Kabel.

Peter Heidenberg.

Dr Gotthart Berger.

Il les inscrivit l'un au-dessous de l'autre. Ce fut son premier acte d'homme libre, alors que les murs de la centrale de Rheinbach se dressaient juste derrière lui. Puis il remit la fiche dans son portefeuille et le portefeuille dans la poche intérieure, reprit sa valise et partit en direction de la petite gare. Il rencontra deux gardiens du pénitencier et les salua d'un sourire aimable et cordial.

— Bonne chance, lui lança le gardien Barth.

— J'en ai besoin, répondit Meyer.

A la gare, il prit un billet pour Cologne.

Mais c'est à Duisbourg qu'il se rendit.

Au cours de la nuit qui suivit, Mme Anna Zierner, divorcée Meyer, fut assassinée dans son lit. Le meurtrier s'était servi du pied en fer de la lampe de chevet pour lui fracasser le crâne.

A l'aube, Kurt Meyer, un peu fatigué mais content, poussait la porte de la gare principale de Cologne.

Sur la fiche, le nom d'Anna était biffé.

Et à Cologne habitait l'homme qui figurait en deuxième position sur la liste.

Kurt Meyer, planté sur la place de la Gare, la tête rejetée en arrière, regardait les flèches de la cathédrale, roses sous les premiers rayons du soleil. Il admirait le dôme, il était presque émerveillé. Quel édifice, se disait-il ! Il pensa à la chapelle de la centrale où, deuxième ténor, il avait chanté trois ans avec la chorale « Loué soit le Seigneur » et « Jésus nous te suivons »... L'aumônier était un brave homme... et la dernière année, Meyer lui avait servi en quelque sorte de sacristain.

Kurt Meyer redressa la tête et s'éloigna d'un bon pas. Un homme parmi des centaines d'autres. Un homme effacé, sans signe distinctif.

Il monta dans un tram de la ligne 21 et on perdit sa trace. Les journaux, quinze jours plus tard, publièrent un modeste entrefilet, dans la rubrique des faits divers, à la troisième page :

« ... On a repêché dans le Rhin le corps d'un certain Johann Kabel. Noyade accidentelle due probablement à l'ivresse... »

« Mort mystérieuse par intoxication au gaz du comptable Peter Heidenberg à Krefeld... »

« On recherche le Dr Gotthart Berger, expert en graphologie. Il n'est pas rentré chez lui depuis cinq jours. Il était en parfaite santé lorsqu'il a quitté son domicile. Prière de communiquer tous renseignements utiles au commissariat... »

Lancés de la fenêtre d'une mansarde de Bonn, quelques lambeaux calcinés de papier s'envolèrent dans le vent d'été et tourbillonnèrent un instant dans le ciel bleu : les derniers restes d'une petite fiche blanche qui avait été brûlée après que les quatre noms qu'elle portait eurent été rayés.

L'ordre est la qualité fondamentale pour qui exerce la profession de comptable.

Le lendemain matin, sur le coup de 9 heures, le

Dr Doernberg entra dans le cabinet du procureur avec l'impression d'avoir passé une nuit blanche. C'était comme si le sommeil qu'il devait au soporifique n'avait interrompu que quelques instants ses pensées révoltées. Il s'était levé de fort bonne heure, avait pris une douche et s'était installé à sa table de travail afin de rédiger une lettre de démission. Il expliqua clairement les raisons pour lesquelles il désirait quitter le parquet.

Puis, relisant les premières lignes, il avait eu le sentiment que sa lettre était une sorte de fuite devant les responsabilités. Il déchira la feuille de papier et en fit une boulette qu'il jeta dans la corbeille.

Il n'allait pas se réfugier dans la tranquillité, dans l'abandon, mais combattre. Combattre avec les moyens que lui donnaient la loi, la raison, la réflexion, les faits et le bon sens commun. Il n'avait pas l'impression d'être un martyr en frappant à la porte du procureur. Mais il devinait qu'il s'était engagé dans une voie qui lui vaudrait plus de blâmes que d'approbations.

Il entra dans la pièce et y trouva le président du tribunal, le Dr Hellmig, le cigare aux lèvres, assis dans un fauteuil d'osier, face au Dr Karlssen. Fumer un cigare dès le matin, cela marquait chez Hellmig un état grave d'agitation qui exigeait le stimulant de la nicotine. Il tourna la tête vers la porte au moment où Doernberg entra.

— Quelle coïncidence, Doernberg, dit-il avec une ironie mordante.

Doernberg s'inclina et s'adressa au procureur.

— Cette coïncidence, je l'ai provoquée. Je suppose que Monsieur le Président est venu vous parler de mon réquisitoire d'hier ?

Le regard déconcerté du procureur allait de Hellmig à Doernberg. Il haussa les épaules. Son visage
étroit, aux tempes grises, exprimait un étonnement
sincère. Les montures dorées de ses lunettes étincelaient au soleil qui entrait par la fenêtre. Doernberg
pensa brusquement au surnom que l'on donnait à
Karlssen, entre collègues : le Beau... le type à femmes, élégant, distingué, la parole facile, la repartie
vive. Ses réquisitoires, prononcés dans les très grandes affaires seulement, étaient des modèles éblouis-
sants d'art oratoire. Les avocats le craignaient... ses
arguments étaient si clairs et si incisifs qu'ils jetaient
des étincelles, comme un diamant.

Le Dr Hellmig posa son cigare dans le cendrier.

— Je n'en ai pas encore parlé, Doernberg. Mais
puisque vous abordez ce pénible sujet, autant nous
expliquer.

Les yeux du Dr Karlssen continuaient à aller de
l'un à l'autre. Finalement, il eut un petit sourire.

— Messieurs, je ne comprends pas... Y a-t-il eu
controverse entre le tribunal et le parquet ?

— Pas exactement.

Le Dr Hellmig avait repris son cigare et en contemplait la pointe. Ses mains tremblaient légèrement
d'excitation contenue.

— Je me sens personnellement visé dans ma façon
de concevoir la loi pénale et, comment dirais-je, of-
fensé aussi, par une déclaration faite hier à la fin de
son réquisitoire par le Dr Doernberg.

Karlssen lança à son subsistut un regard rapide,
comme s'il attendait de lui une explication plus claire.
Mais déjà Hellmig poursuivait :

— M. Doernberg, entraîné, je pense, par son ardeur juvénile et par l'horreur justifiée que lui causait

le crime qu'avait à juger le tribunal, s'est exprimé
d'une façon que, comme président, je me dois de blâ-
mer. Vous permettez que je vous cite, Doernberg ?

— Je vous en prie. Monsieur le Président, répliqua sèchement Doernberg.

Hellmig, les yeux droit dans ceux de Karlssen,
cita mot pour mot : « Aujourd'hui, de la place que
j'occupe, je regrette profondément, messieurs les
jurés, de ne pouvoir vous dire : je réclame la peine
de mort ! »

Karlssen, interloqué, demanda :

— Doernberg a dit cela ? En ces termes ?

— Littéralement.

— Et alors, Monsieur le Président ?

Hellmig reposa son cigare, le goût lui en paraissait brusquement amer. Le « et alors ? » du procureur était une question qui ressemblait à un défi. Hellmig respira profondément.

— Vous approuvez la déclaration de M. Doernberg ?

— Ce serait trop dire.

Karlssen glissa un regard vers Doernberg. Comme
il est vert, pensa-t-il, ce garçon n'a pas fermé l'œil
de la nuit.

— Je suppose que notre collègue a laissé parler
davantage ses sentiments personnels qu'il n'a mani-
festé son opinion juridique. L'affaire Katucheit, il
faut bien le reconnaître, est d'une sordidité révol-
tante.

Doernberg secoua la tête. Hellmig et Karlssen le
regardaient, abasourdis, tandis qu'il expliquait d'une
voix ferme :

— Non ! Non... J'ai pesé chacun de mes mots.

Hellmig bondit sur ses pieds, le visage rouge de colère.

— C'est incroyable ! La peine de mort a été abolie en vertu de l'article 102 de la Constitution de la République fédérale allemande. La décision a force de loi. Elle a été prise, après discussion et vote du Parlement, en date du 5 juin 1949. Elle est parue au Journal officiel du 23 juin de la même année. Pour des raisons morales et religieuses, j'approuve entièrement cet article 102... et cela, Messieurs, vous ne devriez pas l'ignorer !

— C'était il y a huit ans. Pour tenter d'effacer le passé, nous nous sommes montrés plus démagogues que démocrates. — La voix de Doernberg tremblait. — Pendant ces huit ans, depuis que les coupables ne risquent plus leur tête, les crimes graves se sont multipliés à une vitesse effroyable.

Hellmig abattit son poing sur le guéridon.

— Je récuse cette affirmation. Les statistiques ont démontré qu'après une guerre perdue la criminalité augmente toujours, et qu'il faut une longue période de calme pour que la vie redevienne normale.

— La guerre est terminée depuis douze ans, Monsieur le Président. Je ne crois pas que la normalisation — d'après les statistiques — englobe toute une génération.

La voix du Dr Karlssen calme, distinguée à son habitude, faisait grincer les nerfs du Dr Hellmig.

— Attaques à main armée, hold-up, crimes passionnels et sexuels accomplis par des jeunes gens, voire par des adolescents sont devenus si nombreux que cela donne à réfléchir, mon cher collègue. Il est exact que les délits mineurs vont en diminuant. Le niveau de vie s'est amélioré. Cela ne vaut plus la

peine de cambrioler pour quelques marks ni de voler
des pommes. Sur ce point les statistiques ont raison...
régression de la criminalité. Mais, en revanche, le
nombre des forfaits s'accroît.

Le Dr Hellmig lissait de la main ses cheveux
blancs. Il finit par dire, d'une voix coupante :

— J'ai eu tort de venir vous voir, Monsieur le
Procureur. J'aurais dû penser que le parquet trouvait
plus simple et moins fatigant de faire trancher la tête
d'un homme plutôt que d'essayer de lui faire racheter son âme, en l'aidant à découvrir ce qu'il y a en
lui de bon et de pur. Chaque homme, fût-il un assassin, a une âme. Et cette âme, la créature la doit à
Dieu. Nous n'avons pas le droit de séparer l'âme du
corps en mettant fin à la vie par le couperet d'une
guillotine. Cela, Messieurs, c'était l'idée que se faisaient de la justice les peuplades primitives.

Karlssen n'eut pas l'air d'attacher la moindre importance à la remarque déplaisante concernant le
parquet et Doernberg ne put s'empêcher d'admirer
son supérieur qui demanda, aussi calme que jamais :

— Le meurtre n'est-il pas lui aussi un acte primitif ?

Le président Hellmig sursauta.

— Un meurtre résulte toujours d'un coup de folie.

— L'assassinat aussi ?

— Je ne crois pas au meurtre avec préméditation.

— Ah ? Le procureur regardait avec intérêt Hellmig démonté. — Et l'assassinat avec vol ? Ce qu'il
est convenu d'appeler le crime crapuleux ?

— Un homme qui prend la décision d'en tuer un
autre n'agit pas dans son état normal. Meurtre par
jalousie... L'excitation psychique supplante la raison.
Meurtre pour des raisons sexuelles... la nature sub-

merge les concepts moraux. Meurtre par cupidité, par esprit de lucre, tous les crimes crapuleux... l'auteur se trouve dans un état de détresse, de désespoir, qui lui fait oublier la loi, et sa panique intérieure est telle qu'il s'empare du bien d'autrui en agissant par la force, sans plus penser à ce qu'il fait. Le meurtre par vengeance ?... Là encore la puissance des sentiments annihile toutes les règles morales.

Hellmig s'approcha de la fenêtre. Le soleil matinal jouait dans ses cheveux blancs.

— Nous oublions toujours que nous ne sommes que des hommes. Nous dépendons de nos sentiments, de notre dissociation intérieure. Mais notre âme, c'est Dieu qui nous l'a donnée. Aurons-nous l'audace de corriger par la guillotine la création de Dieu ?

Karlssen regardait son bureau. Sa voix calme troua tout à coup le silence qui avait suivi la déclaration passionnée de Hellmig.

— De Dieu nous vient aussi le cinquième commandement : « Tu ne tueras point. »

Hellmig pivota, prêt à répondre, mais Karlssen ne lui en laissa pas le temps.

— Quelque chose m'a tout l'air de ne pas cadrer dans votre conception de la volonté de Dieu, Monsieur le Président.

Hellmig était revenu au milieu de la pièce.

— Le cinquième commandement est un frein spirituel. Peut-être est-ce là un jargon qui vous sera plus compréhensible ? dit-il avec brusquerie.

— Ainsi, d'après vous, chaque assassin est un contrevenant à la circulation instituée par Dieu ? Un être dont des freins ne fonctionnent pas ?...

Karlssen souriait aimablement. Hellmig secoua la tête. Il y avait dans son geste quelque chose de si

définitif, de si abrupt, qu'il était presque un outrage
pour Karlssen.

— J'avais espéré que vous feriez preuve d'un peu
de compréhension et ne m'attendais certes pas à vous
entendre ironiser sur de graves questions. Vous ne
m'en voudrez pas, Messieurs, de rapporter notre
conversation à Monsieur le Procureur général.

Hellmig se retourna brusquement. Il avait les larmes aux yeux. Sans saluer, il quitta la pièce. Il était
bouleversé et se demandait sous quelle forme il pré-
senterait l'incident au procureur général. Il fallait
aussi mettre au courant l'autorité supérieure. Il y
allait de l'honneur de la loi et de la justice. Et il
n'était pas disposé à se laisser fléchir.

D'un pas rapide, saccadé, le Dr Hellmig regagna
son cabinet pour se préparer au dernier acte du procès Katucheit. Encore une demi-heure...

Il sortit une gourde du tiroir de son bureau, avala
un verre de cognac et feuilleta les journaux du matin
pour y lire le compte rendu des débats de l'affaire
Katucheit.

Les commentaires étaient tous identiques : « Le
procureur a raison... » « Quand la peine de mort sera-
t-elle rétablie ?... » « Pourquoi le Bundestag reste-t-il
muet ? » « Que dissimule l'abolition de la peine de
mort ? » « Quand sera-t-il fait droit au sens social
du peuple ?... »

Hellmig replia les journaux et, plein de dégoût, les
mit en pile.

— Répugnant, grommela-t-il entre ses dents. Le
sens social du peuple ; ça veut dire quoi ? Avoir le
ventre plein...

Il regarda sa montre et enfila sa robe. Cette robe
dont les plis ondoyants symbolisaient son droit à

proclamer devant tout un chacun son opinion de représentant de la justice et de juge indépendant.

Le procureur secoua la tête en voyant le Dr Hellmig quitter la pièce avec précipitation. Karlssen était ennemi de toute précipitation. Il ne boxait pas, il donnait une touche... il ne désarçonnait pas, il éperonnait. Et c'est sans élever le ton qu'il remarqua :

— Vous avez dépassé le but, mon cher Doernberg... Prenez exemple sur les diplomates. S'ils disaient tout ce qu'ils pensent, le monde serait en état de conflit permanent... Votre déclaration ne vous aura rien apporté sinon une petite guerre privée avec Hellmig. Une guerre froide... les coups vont être subrepticement portés et consisteront surtout en calomnies chuchotées de bouche à oreille. Votre carrière était prometteuse. Cela risque de lui nuire.

Doernberg se mordait les lèvres.

— J'étais venu, Monsieur le Procureur, avec la ferme intention de vous présenter ma démission. Ma conscience ne me permet plus de dresser des réquisitoires et de réclamer des peines que je trouve absurdes, c'est le moins que je puisse en dire.

Karlssen dévisagea son interlocuteur.

— C'est là votre grand tort, Doernberg. Vous n'avez pas à plaider avec votre bon sens d'homme, mais avec votre cerveau de juriste. C'est ce que le parquet réclame de vous ! Vous devez vous en tenir à une ligne fixe, tracée d'avance pour chaque procès. Cette ligne ne déborde pas la loi, le paragraphe ; tout au plus pouvez-vous ajouter un commentaire ou invoquer une décision qui fait jurisprudence. Tout ce qui est au-delà ressortit à vos convictions personnelles ; elles n'intéressent pas les autres et surtout pas l'Etat que vous avez charge de représenter. Il en est de

même pour la peine de mort. L'Etat l'a supprimée..
par conséquent, nous respectons cette décision et
requérons la réclusion à perpétuité. A moins que vous
ne vouliez tout chambouler ?

— C'est bien ce que je veux.

— Vous êtes un chimérique, mon cher Doernberg.

— Et dès aujourd'hui, je m'élèverai contre cette
loi. Je veux secouer l'inertie des esprits. Je sais que
la majorité du peuple partage mon opinion.

— Vous allez encore me parler statistiques !

— D'une réalité que personne ne peut ignorer.

— On le peut parfaitement, croyez-moi. Vous
vous casserez le nez. Dites-vous bien que vous n'avez
pas seulement pour adversaire le pouvoir légal, le
gouvernement et le Parlement, mais aussi une puissance spirituelle, religieuse, qui les appuie.

— Je m'en référerai à une loi vieille comme le
monde : *Vox populi, vox dei...*

— Seigneur ! s'exclama Karlssen en joignant les
mains. Si vous ne vous réclamez que de cela ! La voix
du peuple ! Il est plus important d'avoir pour soi quelques chefs de file d'un parti que de réunir des milliers
de signatures sur une pétition réclamant le retour à
la peine de mort.

Doernberg se tenait au milieu de la pièce et baissait
les yeux. Jamais encore il ne s'était rendu compte à
quel point il était seul. Bien plus, il était devant un
mur trop haut, trop long, trop épais pour être franchi. Et il se rappelait ce que lui avait un jour dit son
proviseur, quand il s'était élevé contre une injustice
commise par un professeur : « Mon cher Doernberg...
dans la vie, rappelez-vous que le mur est plus fort
que la tête qu'on cogne contre lui. »

— Je m'adresserai aussi aux chefs de parti, déclara-t-il avec obstination.

Karlssen secoua la tête.

— Un dernier tuyau, Doernberg, la femme du président est la sœur cadette du cardinal Eberhardt Kernmayer — il haussa les épaules —, laissez tomber, Doernberg.

— Non, Monsieur le Procureur. Et si vous désirez que je cesse immédiatement mes fonctions, je suis prêt à le faire. Je voudrais aussi que le procureur général soit mis au courant.

— Hellmig se chargera de l'informer, faites-lui confiance ! — Karlssen se leva, s'approcha de Doernberg et lui tapa amicalement sur l'épaule. — Pour le moment, occupez-vous de l'affaire Katucheit.

Prévue pour 11 h 30, l'audience fut retardée. A peine sorti de sa cellule, Katucheit, menottes aux poignets, demanda à être conduit aux cabinets.

— Y a eu de la soupe aux pois, hier soir. J'ai mal au ventre.

— Vous auriez pu y penser avant, grogna le garde, les juges...

— Très bien... Si j' peux pas m' retenir, je chierai dans le box, devant tout le monde.

Le tribunal dut attendre que Katucheit eut commodément déposé sa crotte tout en chantant un air à la mode.

Le garde Kroll qui passait par là regarda d'un air étonné son collègue planté dans le couloir.

— Qui c'est ?

— Katucheit !

— Et il chante ?

— Tu l'entends !

— Nom d'un chien !... Pourquoi qu'on l'envoie pas simplement se faire raccourcir la tronche...

— J'ai pas fait la loi... Si ça tenait qu'à moi...

Les débats commencèrent avec un quart d'heure de retard. La parole était à la défense.

L'avocat, le Dr Klimsch, plaida sans passion mais avec habileté. Il réclama une contre-expertise. Elle prouverait, selon lui, qu'au moment des faits son client n'était pas en possession de toutes ses facultés mentales ; que les cris de l'adolescente avaient provoqué chez lui un état de panique et de frayeur dont son geste était la conséquence. La mort de l'enfant était donc le résultat d'un accès de folie. Katucheit reconnaissait le viol ; à ce moment-là, il n'avait pu réprimer son désir, mais le meurtre qui avait suivi était involontaire. On ne pouvait laisser croupir un homme sa vie durant dans une prison pour un acte commis sous l'empire d'un instant d'aberration mentale et morale.

— C'est pourquoi, en vertu de l'article 51 de la loi, je demande au tribunal de ne retenir que le viol suivi de coups ayant entraîné la mort. Je prie le jury de faire montre de mansuétude envers mon client et de lui accorder les circonstances atténuantes.

Peter Katucheit hochait la tête et souriait béatement. Un fameux avocat, ce Dr Klimsch. Mine de rien, il veut me faire passer pour un sombre idiot...

Le substitut regarda Katucheit et, en voyant le sourire de l'assassin, il se sentit pris de nausées. Il pensa de nouveau à Monika, sa fille, et serra les poings sur son pupitre. Son visage se crispa. Il avait du mal à se dominer, à ne pas bondir sur ses pieds, à ne pas prendre à témoin toute cette salle, à ne pas tonner : « Regardez le sourire de cette brute ! Vous êtes

là, soixante ou soixante-dix, quittez donc vos bancs,
arrachez cette bête à son box, pendez-la, étranglez-la,
lynchez-la. L'Etat ne vous protège pas ! Il va donner
asile à ce monstre ; il lui assurera un lit, deux couvertures, une cellule chauffée, la nourriture et la bois-
son, des livres, des jeux et un journal chaque semaine.

Doernberg posa les yeux sur le président. Le visage
du Dr Hellmig était impassible. Lui aussi avait remarqué le sourire satisfait de Katucheit. Mais il ne
voulait pas s'y arrêter : l'homme correspondait trop
bien à l'image que le substitut avait brossée de lui.
Le président se tourna vers Doernberg.

— Le ministère public a-t-il encore une question
à poser ?

Doernberg se leva. Sa voix était lasse. Son impuissance, l'impuissance du peuple au nom duquel on
était censé rendre la justice, le terrassait.

— Le ministère public s'élève contre un nouveau
renvoi du procès pour contre-expertise demandé par
la défense. L'attitude de l'accusé, ses propos clairs,
les déclarations des témoins ont donné un tableau
qu'une contre-expertise ne saurait modifier. L'accusé
est entièrement responsable de ses actes.

Katucheit se pencha par-dessus le box et tapa sur
l'épaule de son défenseur qui se retourna.

— Oui ?

— Laissez tomber la contre-expertise, maître. Ça
n'a pas de sens. L'autre, en face, est un fumier. S'il
se fait descendre un jour, il l'aura pas volé.

— Katucheit !

L'avocat se détourna.

Entre-temps, le Dr Hellmig avait parlé à ses deux
assesseurs et aux jurés. Il rassembla devant lui les
pièces du dossier avant de déclarer :

— La demande de la défense est refusée. Quelque chose à ajouter ?

Le Dr Klimsch secoua la tête. Hellmig se leva dans un bruissement de robe.

— L'audience est suspendue pour délibérations.

Il n'accorda pas un regard à Doernberg et disparut par la petite porte, au fond de l'estrade. Katucheit fut également emmené hors de la salle. Il tint des propos animés à son gardien et lui expliqua en termes imagés comment, lorsqu'il s'était délecté de soupe aux pois, ses intestins se vengeaient.

Dans le couloir, Doernberg rencontra le procureur qui l'attira dans un parloir inoccupé et lui offrit une cigarette.

— Le procureur général voudrait vous parler dès que l'audience sera terminée. De plus, il m'a demandé un rapport sur votre compte.

Doernberg hochait la tête, songeur. Il tirait à grandes bouffées sur sa cigarette et expulsait aussitôt la fumée. Karlssen lui tapa sur l'épaule et dit, presque sur un ton de camaraderie :

— Je vous soutiendrai, Doernberg. J'apporterai de l'eau à votre moulin.

— Vous, Monsieur le Procureur ?

Karlssen lui donna une claque dans le dos.

— Mais ne flanchez pas, mon vieux. Si nous voulons déclencher ne fût-ce qu'une étincelle, il nous faudra avoir les nerfs solides. Disons même qu'il vaudrait mieux que nous n'ayons pas de nerfs du tout... nous sommes en passe de devenir des rebelles... Depuis des centaines d'années, le sort leur a été tragique...

Quatre heures plus tard, Peter Katucheit était condamné à la réclusion à perpétuité et privé à vie de ses droits civils.

Le président du tribunal regarda un instant Katucheit.

— Le condamné a-t-il quelque chose à déclarer ?

— Oui. — Katucheit se leva et posa sur le substitut des yeux emplis de haine et de férocité sauvage.
— J'espère qu'il y aura une nouvelle guerre. Alors,
je serai libre. Je n'oublierai pas les noms de ceux qui
m'ont condamné aujourd'hui.

— Faites sortir le condamné !

Le Dr Hellmig baissa la tête. Il se sentit honteux
devant Doernberg.

Le soir apporta au Dr Hellmig quelque apaise-
ment. Il avait été frappé par la pénible déclaration
finale de Katucheit. Quel triomphe avait dû en tirer
Doernberg ! Mais la situation ne faisait que fortifier
le cœur du président : plus que jamais il s'opposait à
punir un criminel selon les méthodes sanglantes du
Moyen Age... pour Hellmig, c'était cela, la peine de
mort.

Ruth Hellmig, la sœur du cardinal-archevêque
Kernmayer, invitait souvent quelques amis triés sur
le volet. Hellmig n'aimait pas les réceptions bruyan-
tes. Il appréciait le calme, l'esprit, le réconfort d'une
conversation intéressante ; une partie d'échecs agrémentée d'un verre de porto ou une « tabagie » devant
la cheminée du grand salon. Il trouvait là recueille-
ment et idées nouvelles, contentement intérieur et
confirmation que le rythme de son existence était bon,
voire fructueux.

La présence de Mr. John Pattis apportait ce soir-là
une note particulièrement intéressante. John Pattis,

un grand garçon mince, de vingt-cinq ans, au visage taillé à coups de serpe était venu de Los Angeles en Allemagne pour poursuivre ses études juridiques et se familiariser, notamment, avec le droit allemand. Il s'était un jour présenté au Dr Hellmig — au cours des débats sur une attaque à main armée — et celui-ci avait dit : « Ma femme et moi serions très heureux que vous veniez passer une soirée à la maison, Mr. Pattis. »

John Pattis avait pris à la lettre cette vague invitation et, avec la rapidité de réaction due à son caractère américain, était arrivé deux jours plus tard chez les Hellmig. Le jeune homme apportait des fleurs pour la maîtresse de maison, ce qui montrait bien qu'il s'était déjà adapté aux usages allemands.

Intentionnellement, le Dr Hellmig évita de parler du droit pénal américain. Il savait qu'aux Etats-Unis la peine de mort existait ; qu'une loi spéciale — la loi Lindbergh — punissait de la peine capitale l'enlèvement d'un enfant, même si celui-ci était rendu vivant à ses parents. Il savait aussi que les sanctions de la justice américaine étaient dans certains cas, notamment le viol, beaucoup plus sévères que celles de la justice allemande.

Hellmig s'entretint avec Pattis de l'Amérique en général, des chutes du Niagara et des mœurs de Hollywood, ce qui lui permit de glisser quelques remarques mordantes sur la moralité du monde du cinéma.

Pattis était sur le point de prendre congé lorsque Sylvia rentra.

Elle revenait du cinéma et portait un imperméable en popeline bleue dont l'étroite ceinture faisait valoir non seulement la minceur de sa taille, mais les jolies proportions de tout son corps.

Le Dr Hellmig quitta son fauteuil devant la cheminée et fit un geste de la main.

— Sylvia, je te présente Mr. Pattis. Il vient d'Amérique pour étudier auprès de nous, austères juristes, le droit allemand et son application. — Et s'adressant à Pattis : — Ma fille, Sylvia...

Sylvia Hellmig sentit sa main prise dans l'étreinte vigoureuse de celle de Pattis et lut sur son visage une lueur d'admiration. Voilà tout à coup un homme qui surgit dans notre petit cercle, se dit-elle, sarcastique. Après toutes les mauviettes d'étudiants et les stagiaires compassés qui s'inclinent chaque fois que papa a prononcé une phrase ou qui, frappés d'un saint respect, restent collés contre le manteau de la cheminée à écouter les paroles qui tombent de la bouche de monsieur le président du tribunal, voilà tout à coup un garçon d'un genre nouveau, différent et qui m'enserre la main comme dans un étau...

Elle souriait, réservée.

— Bonsoir, Monsieur. Vous êtes depuis longtemps en Allemagne ?

— Oui... oh !... non, balbutia Pattis.

Les yeux de Sylvia le troublaient. Il regarda Hellmig qui tirait sur son cigare.

— Depuis quelques semaines... *La Germany*... Je trouve que c'est merveilleux.

— L'Allemagne ?

— Aussi...

Sylvia Hellmig riait sans retenue.

Pattis rougit et, pour se donner une contenance, enfouit ses mains dans ses poches.

Sylvia desserra sa ceinture, se dépouilla de son

imperméable et le jeta sur le bras d'un fauteuil. Elle était vêtue d'un fourreau de lainage réséda. Pattis ne la quittait pas des yeux.

— Vous racontiez certainement à mon père une vieille légende indienne ? dit-elle pour relancer la conversation.

John Pattis avala sa salive.

— Nous nous entretenions de la construction de la grande voie qui mène à l'Alaska.

Il parlait d'une voix profonde et presque sans accent. Il attendit que Sylvia se fût assise et se laissa tomber en face d'elle, sur un siège rembourré. Elle croisa les jambes et il eut tout loisir de les admirer.

John Pattis prit son verre et avala une forte gorgée du porto cher à Hellmig. Celui-ci ne savait pas si c'était un porto d'origine. Il l'achetait par tonnelet, parce qu'il était bon marché, dans une maison de vins en gros qui faisait régulièrement de la publicité dans le journal des fonctionnaires. C'était pour Hellmig une garantie de qualité. Quand on propose ses articles dans le journal des fonctionnaires, c'est qu'ils doivent être bons... De plus, ce vin lui plaisait... il ne lui donnait pas d'aigreurs d'estomac.

Mme Hellmig se leva et présenta à la ronde un plat de sandwiches. Cela aussi était d'usage chez les Hellmig. Même si les plats étaient préparés à la cuisine par la domestique, c'était la maîtresse et le maître de maison qui faisaient à leurs invités les honneurs du service. La bonne n'apparaissait qu'à de rares occasions, lors des grandes réceptions... et en tenue quelque peu démodée : bonnet tuyauté et tablier de dentelle sur une classique robe de soie noire, bas foncés. Mme Hellmig le voulait ainsi.

John Pattis, habitué aux sandwiches, y mordait à

belles dents. Sylvia l'observait à la dérobée. Un grand
gamin, se disait-elle, amusée. Un fruit vert, gauche,
un peu dégingandé... et pourtant d'une virilité qui
déconcertait.

La conversation se poursuivait calmement. L'apparition de Sylvia semblait avoir cloué la langue de
Pattis, mais son appétit n'était pas coupé pour autant,
et il choisissait sans en avoir l'air les sandwiches à la
tomate et aux oignons.

— Chez nous, à Los Angeles, dit-il en coulant un
regard à Sylvia, la tomate est surtout le produit de
base du Ketchup. De temps à autre on l'utilise aussi
pour bombarder un personnage impopulaire.

Il éclata de rire, tandis que Hellmig émettait un
gloussement discret. Mme Hellmig hochait la tête,
indulgente.

Lorsque, un peu plus tard, John Pattis se retira,
Sylvia l'accompagna jusqu'à la porte d'entrée et lui
dit, avec naturel :

— Revenez bientôt nous voir, Mr. Pattis. C'était
une excellente soirée. Et prévenez par téléphone.. je
vous achèterai un plein cageot de tomates !

Pattis bégaya un au revoir et traversa à grandes
enjambées le jardinet. Une fois dans la rue, il se
cacha derrière un arbre et regarda Sylvia refermer
la porte. Il aperçut un instant le corps mince de la
jeune fille se profiler en ombre chinoise, derrière
la porte vitrée.

A very nice girl, se dit-il à mi-voix. Il alluma une
cigarette et resta adossé à l'arbre jusqu'au moment
où, devant la maison du Dr Hellmig, la lampe s'éteignit.

Il descendit ensuite lentement la rue, vers l'endroit
où était garée sa petite voiture. Tout près de là, se

tenait un homme, de taille moyenne, vêtu d'un imperméable bleu et dont les cheveux blonds voletaient au
vent d'été.

John Pattis ralentit encore le pas et examina l'inconnu. Il jeta sa cigarette, plongea la main dans la
poche de son manteau et empoigna son petit revolver.
En entendant les pas se rapprocher de lui, l'homme
qui attendait se retourna, un large sourire lui barrait le visage.

— Hello ! dit-il d'une voix douce.

Pattis s'immobilisa.

— Qui êtes-vous ?

Dicaccio leva le bras.

— Que je vous explique d'abord... J'ai vu au numéro de votre voiture que vous veniez du Wisconsin.
Ça m'a donné un coup. Quelqu'un de chez toi, me
suis-je dit, ici, en plein cœur de l'Allemagne. D'où
êtes-vous ?

— De Green Bay, dit Pattis avec réticence.

— Tout au bord de l'eau, sur le lac Michigan...
Green Bay, je connais ! Le soir, lorsqu'on est sur
la rive au moment où le soleil se couche, le lac devient
rouge sang. Le ciel flambe et les nuages sont
des charbons ardents. Ces soirs-là, je me jetais à
l'eau et je nageais loin... loin. Et j'étais heureux...
autrefois, dans mon Wisconsin...

Pattis dressait l'oreille. Il y avait dans la voix de
l'homme des accents qui effaçaient la peur que Pattis
avait d'abord ressentie devant le personnage immo-
bile. Il se rapprocha de Dicaccio.

— Et c'est pour me raconter cela que vous m'avez
attendu ?

— Pas seulement. Je vous ai vu sortir de chez le

Dr Hellmig. Je le connais... par ce qu'en disent les journaux. Il condamne les mauvais garçons.

Dicaccio souriait légèrement. Pattis se sentit de nouveau envahi par ce curieux sentiment de crainte et de vigilance. Il s'appuya contre sa voiture et dévisagea Dicaccio. Celui-ci haussa les épaules, on aurait dit qu'il frissonnait malgré la chaude nuit d'été.

— Une minute, *my friend*. Il faut que je vous parle.

— Pourquoi ?

— Parce que vous venez du Wisconsin. Pour cela, uniquement pour cela. De temps à autre, on a dans la vie une minute de faiblesse, une poussée sentimentale, vous comprenez ? Alors, on se dit que seule compte l'âme et quand on essaie d'y voir de plus près, le cœur se soulève. C'est une situation stupide. Elle n'est pas faite pour nous, elle est contraire à notre métier... On projette une énorme saloperie... pour demain matin.

Pattis sursauta.

— Contre Hellmig ?

Dicaccio secoua la tête. Pattis ouvrit la portière et fit signe du menton.

— Vous voulez monter ? demanda-t-il, la voix rauque d'excitation.

— Okay.

Dicaccio s'installa à côté de Pattis. Lorsque celui-ci voulut démarrer, il lui mit la main sur le bras.

— Où allons-nous ?

— N'importe où. Nous pouvons d'ailleurs rester ici.

Il retira la clé de contact et la mit dans sa poche, à côté du revolver chargé.

— Que voulez-vous me dire ?

— Je m'appelle Joe Dicaccio... Je me conduis comme un salaud en vous parlant de ça. Mais je voudrais être sûr, voyez-vous. Je ne donnerai pas de nom et si vous essayez de m'empoigner ou de faire n'importe quelle autre bêtise, je...

Dicaccio se frappa le creux de l'aisselle. John Pattis hocha la tête. Revolver en bandoulière, pensa-t-il.

— Eh bien, parlez...

— Nous allons ratisser une banque.

— Ah !... C'est à la mode.

Il prit son étui en or et offrit une cigarette à Dicaccio.

— Et pourquoi me dites-vous ça ?

— Les autres veulent flinguer.

— Quels autres ?

— Le boss... et je suis censé tirer aussi. Mais j'aimerais bien ne pas m'en mêler. C'est pourquoi je voudrais vous demander : si vraiment je dois me servir de mon feu et que je descende un Allemand, est-ce que je serai extradé aux Etats-Unis ?

— D'où êtes-vous originaire ?

— Du Minnesota.

— Vous y êtes recherché ?

— Pas dans le Minnesota, mais à New York, au Wisconsin et au Texas.

— Assassinat ?

— Kidnapping.

— Hum ! — John Pattis se tourna vers Dicaccio. — Le kidnapping c'est le plus sûr moyen que vous pouviez trouver pour finir sur la chaise électrique. Vous le savez bien.

— Les autorités allemandes me livreront ?

— Je pense que oui. Pour ça, vous n'avez besoin

de tuer personne... vous serez extradé aussi si vous vous faites prendre dans un hold-up. Vous feriez mieux de laisser tomber tout ça. Qu'est-ce que vous avez fait jusqu'ici ?

— De petites effractions.

— Restez-en là et vivez honnêtement, se moqua Pattis.

— Ils me traiteront de lâche...

— Les autres ?

— Et Olga.

— Parce qu'il y a une femme dans le coup ?

— C'est seulement pour elle que j'ai accepté... Je veux emmener Olga au Minnesota.

Dicaccio plissa les yeux. Un instant, il eut l'air dangereux, bestial, cruel. Pattis mit la main à la poche, comme s'il voulait y prendre sa clé de contact. Dicaccio sourit méchamment.

— Laissez votre joujou où il est, ordonna-t-il sèchement. J'aime Olga.

— Et elle vous aime aussi ?

— Oui.

— Vous en êtes certain ?

Joe réfléchissait. Il pensait à Fritz Pohlschläger qui vivait avec Olga. A vrai dire, lui, Joe, n'était que le favori d'Olga... quand Pohlschläger était en tôle. Tant que le beau Fritz vivait en liberté, il surveillait Olga comme un joyau et imposait avec brutalité son droit de priorité.

— Il y aura encore une discussion à son sujet, finit par déclarer sombrement Joe.

Pattis haussa les épaules, mit la clé de contact, laissa le moteur faire quelques soubresauts et regarda Dicaccio.

— On s'en va ou vous débarquez ?

Le ton comme la question étaient ambigus.

— Je débarque...

— De votre galère aussi, Dicaccio ?

— Il y a 75 000 marks en jeu, *boy*... et Olga.

— Vous cuirez dans votre jus à Sing-Sing, Joe. Ils vous extraderont, aussi sûr que deux et deux font quatre.

Pattis donna un coup de coude à Dicaccio.

— Etes-vous sûr que votre Olga vaut ça ?

— Vous ne la connaissez pas !

— Dieu soit loué !

— C'est la réplique, en brune, de la Monroe.

— Même pour Marilyn, je ne me ferais pas griller sur la chaise.

Dicaccio ouvrit la portière et descendit. Puis il se pencha à l'intérieur et tendit la main à Pattis.

— Au revoir, *boy*. Vous apprendrez sûrement pourquoi je vous ai abordé et raconté toutes ces bêtises.

Dicaccio referma la portière. Il jeta un dernier regard à Pattis à travers la glace, puis s'éloigna, bientôt absorbé par l'obscurité de la nuit, d'un pas souple, feutré... un pas de chat.

Lorsque Dicaccio eut complètement disparu de sa vue, Pattis se sentit l'âme plus légère. Il se passa la main sur le front et, quand il la retira, se rendit compte qu'elle était mouillée, visqueuse et froide.

Dans sa tête tourbillonnait ce que lui avait raconté Dicaccio. Un véritable tourniquet de pensées, de plans, de décisions. Il démarra et partit à toute allure. A la police... ce fut la première idée de Pattis ; ou aux rédactions des journaux, ou à la radio... toutes les banques, toutes les agences de caisses d'épargne devaient être prévenues. Brusquement, il freina et fit faire demi-tour à sa voiture. Retourner chez Hellmig... il n'y avait pas pensé plus tôt. Mais que pouvait faire Hellmig ? En le prévenant, Pattis mettrait peut-être Sylvia en danger. Il connaissait les méthodes des gangsters qui se vengeaient sur des innocents. Troublé, inondé de sueur, il s'arrêta devant un café et descendit. Il s'assit dans un coin, commanda un cognac et l'avala d'un trait, ce qui le fit tousser.

Qu'avait dit exactement Dicaccio ? Nous allons ratisser une banque ? Peut-être s'agissait-il d'une mauvaise plaisanterie, d'un vulgaire canular ? Un type qui a l'intention de dévaliser une banque ne le raconte pas en pleine rue, la nuit, à un gars qu'il ne connaît ni d'Adam ni d'Eve, simplement parce que celui-ci a une plaque minéralogique du Wisconsin. Un homme sur le point de faire un mauvais coup la boucle !

Pattis but encore un cognac. C'était sûrement une blague, une galéjade éhontée. Qui pourrait être assez fou pour prévenir un inconnu qu'il est sur le point de dévaliser une banque ?

Et pourtant si c'était vrai ?

— Je vais à la police, énonça Pattis à mi-voix.

Il commanda un troisième cognac. Pendant qu'il payait, le bistrot le dévisagea et interrogea :

— Vous aviez déjà bu avant de venir ici ?

— Oui.

— Alors, prenez les petites rues. Une rencontre avec les flics pourrait bien vous coûter votre permis de conduire.

Troublé de nouveau, Pattis quitta le café. Il se hissa derrière son volant. Il avait tout à coup la tête lourde, comme s'il avait pendant des heures coltiné sur la nuque un sac de cent kilos... Il se prit les tempes entre les mains et ferma les yeux.

Il faut que j'aille à la police, se dit-il, il faut absolument que j'avertisse la police. Dicaccio, c'est le nom du bonhomme. Dicaccio, un gars du Wisconsin, né dans le Minnesota, au bord du lac Michigan. Cambriolage de banque, meurtre, peut-être.

Il repartit à travers la ville, roulant à tombeau ouvert, le cerveau embrumé par l'alcool. Il rentra dans sa pension de famille et s'étendit tout habillé sur son lit. Il pensait à Joe Dicaccio, au jeune homme fluet et blond du Minnesota, qui voulait reprendre la ferme de son père et qui était prêt à commettre un crime, voire un assassinat pour les beaux yeux d'une putain. Puis il songea à Sylvia. Il ferma les yeux et la vit devant lui. Il entendait sa voix, son rire, ses mots taquins. Il voyait la flamme des grands yeux bleus et la danse des boucles autour du charmant visage.

Pattis chercha à tâtons une cigarette et l'alluma d'une main mal assurée. Zut, se dit-il, trembler en pensant à une femme ! Mon garçon en serais-tu arrivé au même point que ce petit gangster de Dicaccio ? Il a son Olga... tu penses, toi, à une Sylvia !

Il se releva, regarda d'un œil absent la fenêtre éclairée par la lune, puis il déboucha une bouteille de whisky et se mit à boire à même le goulot, histoire de calmer son excitation.

Une heure plus tard, complètement ivre, il se déshabilla en hoquetant un refrain à la mode et se glissa sous son édredon. Ses vêtements gisaient épars dans la pièce.

L'aube grise se levait au-dessus des toits lorsqu'il perdit conscience et s'endormit, allongé sur le dos, la bouche ouverte, la respiration haletante, d'un sommeil de plomb qui dura jusqu'à midi.

Il cuva son vin, oublieux des vies humaines qu'il aurait pu sauver par un coup de téléphone, une mise en garde, une déclaration.

Le caissier de la Banque Nord-Sud, à Wiesbaden, avait ouvert son guichet et comptait les liasses de billets avant de les déposer dans les compartiments de son tiroir-caisse. Il les empilait soigneusement les unes à côté des autres... Les liasses de billets de mille marks, celles de cinq cents, celles plus épaisses de coupures de dix et de cinq marks... A 8 h 30 — comme le 30 de chaque mois — les encaisseurs des trois usines viendraient chercher l'argent nécessaire à la paie. Pour faciliter l'opération, les sommes étaient préparées. Inutile de les vérifier, trois personnes s'en étaient chargées et avaient apposé leur signature sur le bordereau de délivrance. A côté du guichet de caisse, un employé mettait dans la machine comptable un rouleau neuf. Le 30 était toujours une « journée de grande bataille »... la soirée n'en serait que plus agréable. Chaussons de feutre, pipe, radio, une bouteille de bière, un cigare et un bon fauteuil, les journaux avec les dernières nouvelles... cambriolages, attaques de chauffeurs de taxi, hausse du prix de la viande, insuccès du lancement d'une fusée américaine, tension au Proche-Orient... hold-up d'une banque à Essen...

Ça n'arriverait pas chez nous, pensait-il, avec le dispositif d'alarme qui nous relie au poste de police le plus proche. Les bandits n'auraient pas eu le temps de quitter la banque que déjà le panier à salade serait

devant la porte, prêt à les cueillir. A Wiesbaden on
est armé contre ces types-là.

L'employé referma la machine comptable, poussa
sur le rouleau le revêtement de tôle et glissa la clé
dans la poche de son pantalon.

Huit heures. L'employé poussa la porte à battants
du comptoir, ouvrit la porte vitrée extérieure, appuya
sur un bouton. Les grilles de fer forgé s'écartèrent
sans bruit.

La banque était ouverte. Il y avait dans la caisse
exactement 145 346 marks. 200 000 marks supplémentaires reposaient dans un coffre. On irait les
chercher en cas de besoin.

Le caissier s'assit derrière son guichet. Il sortit
de sa serviette à documents deux petits paquets et
les glissa dans un des compartiments du tiroir. Des
sandwiches au jambon... cette chère Erna avait pensé
à tout — elle savait que la journée serait dure et
qu'il serait content de se sustenter un peu quand il
aurait un instant de répit.

Deux clients matinaux — des professeurs qui ne
commençaient leurs cours qu'à 9 heures — furent
rapidement servis.

A 8 h 10, une belle voiture gris perle s'arrêta
devant la porte. Une puissante voiture de tourisme,
pilotée par un homme fort élégant. Sa cravate, assortie
à la couleur de la carrosserie, resplendissait sous le
soleil matinal. La main qui tenait le volant était
blanche et soignée. A la main gauche étincelait un
diamant qui, s'il était vrai, valait plus cher encore
que la voiture.

A travers la porte vitrée, le caissier jeta un regard
rapide sur l'auto grise. Un directeur général, se dit-il.
Prévoyant, il ouvrit son tiroir-caisse pour avoir les

liasses de mille à portée de la main. Servir le client avec rapidité... c'est une des règles à laquelle ne doit pas faillir une banque digne de ce nom.

Fritz Pohlschläger, assis à l'avant au côté de Wollenczy, tourna un visage dur, déterminé, vers Dicaccio et le Chialeur.

— Tout est bien clair ? demanda-t-il d'une voix calme.

Heidrich fit oui de la tête. Il avait la gorge nouée et était incapable d'articuler un son ; ses lèvres tremblaient. C'était le plus gros coup auquel il avait jamais participé.

Pohlschläger eut un petit sourire.

— Tu mouilles ta culotte, le Chialeur ?

— Ta gueule, grogna Heidrich.

Pohlschläger toisa Dicaccio. Il se tenait sur la banquette dans la position d'un fauve prêt à bondir. Sous son veston le revolver dessinait une bosse.

— Ton feu est chargé ?

Dicaccio ne répondit pas. Pohlschläger pinça les lèvres.

— C'est à toi que je parle, Joe.

Dicaccio hocha la tête.

— Okay.

Pohlschläger posa la main sur la poignée droite, leva le bras gauche pour faire remonter sa manche et jeta les yeux sur sa montre-bracelet.

— Encore seize secondes, dit-il, sans rien dans la voix ni dans le ton qui trahisse la moindre agitation.

Heidrich transpirait à grosses gouttes. Il sentait la sueur dégouliner de son front, lui couler dans la nuque. Wollenczy, décontracté, très élégant, d'une indifférence qui frisait l'inconscience, était derrière son volant. Voyant une jolie jeune fille qui, la jupe

virevoltante, passait devant la voiture en faisant cla-
quer les talons de ses escarpins rouges, il s'exclama,
admiratif :

— Belle gosse !

— Encore dix secondes... huit...

Comme dans les Ardennes, se disait Dicaccio, le
jour où on s'est battu corps à corps et où la bataille
a dégénéré en boucherie. Une saloperie de guerre,
une guerre féroce... pour sauver la civilisation en
Europe... qu'on nous disait !...

— Encore quatre secondes... trois, deux, une... al-
lons-y !

Pohlschläger ouvrit la portière. A travers les autres
se précipitèrent Heidrich et Dicaccio. Ils enjambè-
rent les quelques marches qui menaient à la porte.
Le Chialeur se plaça au haut de l'escalier, énorme,
massif, invincible, tandis que Pohlschläger et Dicaccio
faisaient irruption dans la salle des guichets et ti-
raient. Sans un avertissement, sans une parole, sans
une hésitation... ils tirèrent dans les yeux effarés du
caissier et du guichetier, dans les yeux incrédules et
écarquillés, qui ne comprenaient pas ce qu'ils voyaient,
qui ne saisissaient pas ce qui se passait et qui s'étei-
gnirent en gardant cette expression stupéfaite tandis
que leur corps s'affaissait. Le caissier tomba par-dessus son tiroir ouvert, la tête sur les deux sandwiches,
préparés par son Erna pour ce pénible 30 du mois,
qui s'imbibèrent de sang.

L'autre employé s'effondra en actionnant, dans un
geste désespéré, le dispositif d'alarme... une sonnette
résonna dans toute la maison ; sur le toit une sirène
hurla. Heidrich, sur l'escalier, tressaillit comme s'il
avait reçu un coup de massue ; Pohlschläger visa
une fois encore l'homme mourant pendant que

Dicaccio était déjà en train de rafler l'argent et de
le mettre dans un sac. Les liasses de billets, les
rouleaux de monnaie qui étaient dans un autre tiroir,
à gauche de la caisse. Pohlschläger arracha le sac des
mains de Dicaccio et se précipita vers la sortie. Déjà,
Heidrich courait vers la voiture. Wollenczy avait mis
le moteur en marche et, une main à son volant, l'autre
sur le levier de vitesses, le pied sur le démarreur, il
était prêt à partir.

La sirène hurlait toujours. Dicaccio dégringolait
les marches, revolver au poing. Il vit, au coin de la
rue, tirer d'une auto vert foncé. Wollenczy tremblait.
Heidrich et Pohlschläger tombèrent dans la voiture.
Dicaccio courait comme un possédé... encore quatre
pas... trois...

Une rafale partit de l'auto verte. Dicaccio se baissa.
Il tira à son tour sur les uniformes verts qui défer-
laient par les portières et par les fenêtres. Il vit un
policier lâcher son arme et s'étaler sur le pavé. Puis
il atteignit la voiture grise, se jeta sur la banquette
arrière et, faisant voler la glace en éclats, tira une fois
encore sur deux policiers qui avaient enjambé le corps
de leur camarade.

Wollenczy démarra. Un bond en avant... le grince-
ment des changements de vitesse... et la puissante
voiture filait le long des rues, marquées d'un trait
rouge sur le plan que, pour plus de sûreté, Wollenczy
avait épinglé sur le tableau de bord.

Franz Heidrich était penché en arrière, le visage
blême, le corps secoué d'un tremblement.

— Bon Dieu ! Bon Dieu ! bégayait-il.

Pohlschläger hocha la tête et un pâle sourire illu-
mina son visage.

— Oui, Joe est un bon tireur... style Chicago de

première classe. Je te dois des excuses, Joe... un moment, j'ai cru que tu allais flancher.

Dicaccio ne répondit pas. Affalé sur son siège, il regardait d'un œil absent les rues que la voiture parcourait pour sortir de Wiesbaden et se rapprocher du Main.

Ces yeux, se disait-il avec lassitude, ces yeux... Et ces bouches ouvertes dont s'écoulait le sang. Comme le policier a levé le bras... A-t-il crié ? Je n'ai rien entendu. Oh ! c'était effroyable, effroyable...

Pohlschläger serra un peu plus fort le sac contenant l'argent.

— Tu auras une prime spéciale, Joe. Tu nous as débarrassés des flics.

D'un mouvement rapide, Dicaccio leva son revolver.

— Ferme ta gueule, cria-t-il d'une voix aiguë. Un mot de plus et je te descends.

Pohlschläger se recroquevilla et se retourna. La bouche mauvaise, il regarda la grande route sur laquelle ils filaient à présent. Un peu plus loin dans un bois, sa voiture attendait. Ils laisseraient là l'auto volée et se dirigeraient ensuite tranquillement vers Francfort, avec dans le coffre arrière un sac contenant une somme de rêve.

Heidrich avait sorti de sa poche une gourde et lampait de la gnôle à grandes gorgées. Le spectacle du policier s'effondrant sous les balles de Dicaccio avait eu raison de ses nerfs. Il aurait voulu pleurer mais n'arrivait à exprimer sa frayeur qu'en tremblant de tout son corps. C'était la première fois qu'il voyait mourir un homme... Même pendant la guerre, personne n'était tombé sous ses yeux, puisqu'il était cuisinier dans une caserne à Mülheim, dans la Ruhr. Et voilà maintenant qu'il était mêlé

à un coup où on avait descendu un flic en moins
de temps qu'il n'en faut pour le dire, froidement, sans
pitié, en quelques secondes. Cette idée fit perdre à
Heidrich le peu de courage qui lui restait. Il vida
la gourde et dit d'une voix rauque et haletante, comme
celle d'un mourant. `

— Je ne vous suis plus... Je ne veux pas être mêlé
à cette histoire. Vous êtes des tueurs, de vulgaires
assassins. Oh ! Bon Dieu ! Bon Dieu !

Lorsqu'ils arrivèrent à Francfort, à la Bendergasse, Heidrich, complètement ivre, roula hors de
la voiture. Dicaccio et Wollenczy durent le porter
dans la maison. Ils le jetèrent dans un coin de la pièce
et entourèrent Pohlschläger qui vidait le contenu du
sac sur la table.

Des liasses... des rouleaux de pièces... quelques
billets épars...

134 000 marks.

Dicaccio regarda Olga. Les yeux écarquillés, elle
contemplait l'argent. Ses lèvres d'un vermillon outra-
geux tremblotaient.

— Nous quittons Francfort ce soir même, annonça
Pohlschläger d'une voix calme d'homme d'affaires.
Personne ne sait quelle direction prend l'autre. Nous
nous retrouverons dans trois mois à Munich, au
Bayerischerhof. Donc, rendez-vous à l'hôtel le 30 oc-
tobre, à 11 heures du matin. D'ici là nous perdons la
trace les uns des autres.

Wollenczy se mit à répartir les liasses en quatre
petits tas... Pohlschläger partageait les rouleaux de
pièces. Dans son coin, Heidrich geignait. Il dormait
et, dans son sommeil, il tressautait parfois et criait :

— Salauds... Salauds que vous êtes !...

Dicaccio regarda de nouveau Olga. Mais lorsque

leurs yeux se croisèrent, ceux de la jeune femme
étaient indifférents.

Avant d'affronter le procureur général, le Dr Doernberg alla chercher son supérieur direct, le Dr Karlssen.

Le procureur prit sous le bras un mince dossier,
une chemise bleu clair portant une référence écrite à
l'encre de Chine.

— Le rapport vous concernant, Doernberg.

— Et aussi ma demande de quitter le parquet ?

Karlssen poussa devant lui Doernberg pour le faire
sortir de son cabinet.

— Je suis un simple et parfois tatillon représentant
de la justice. Comment pouvez-vous me demander de
coucher sur le papier des plaisanteries ?

— C'est on ne peut plus sérieux, Monsieur le Procureur.

— Et votre lutte pour la peine de mort ? —
Karlssen s'arrêta et dévisagea Doernberg à travers
ses lunettes. — Vous savez fort bien qu'un corps
exsangue ne peut être sauvé que par des transfusions,
par un apport de sang frais et nouveau. Considérez
la justice allemande comme une grande malade et
vous-même comme un donneur de sang.

Il précéda Doernberg dans le couloir. Celui-ci
hésitant à le suivre, le procureur se détourna à demi.

— Acceptez les conséquences de vos actes, Doernberg, dit-il gravement. Vous êtes passé à l'attaque du
mur de la bureaucratie allemande et vous avez donné
de la tête contre ce mur, un mur vermoulu, croulant,
Doernberg. On vous réclame à présent les frais de
réparation. Ne vous dérobez pas.

— Ça, je peux vous l'assurer, Monsieur le Procureur.

— Bon ! Allons voir le procureur général. Le Dr Bierbaum est un juriste de grande classe. Lorsque la loi constitutionnelle a été votée et l'abolition de la peine de mort introduite par l'article 102, il a offert une tournée aux amis avec lesquels il se retrouve régulièrement au café et a trinqué à la santé des criminels. Puis il a calculé à quelle époque les maisons centrales auraient fait le plein et le moment où il faudrait en construire de nouvelles pour loger décemment messieurs les criminels, tandis que les braves gens continueraient à s'entasser dans des appartements trop étroits. Déjà actuellement, dans tous les Länder, l'administration pénitentiaire a beaucoup de difficultés à trouver des places pour les grands criminels. Une centaine d'assassins au moins font la navette entre les pénitenciers de Hammeln et de Celle.

Karlssen donna libre cours à son cynisme.

— Vous n'avez pas idée, Doernberg, des soucis que la malheureuse justice allemande a déjà avec ses enfants adoptifs... les détenus condamnés à quelques années de prison seulement.

Ils prirent le large escalier du Palais de Justice et montèrent au deuxième étage où se trouvaient les cabinets des hauts magistrats régionaux.

Sans passer par le secrétariat du Dr Bierbaum, Karlssen frappa directement à la porte de celui-ci. Une voix l'invita à entrer.

A l'arrivée de Karlssen et de Doernberg, le procureur général quitta son fauteuil de bureau. C'était un homme trapu, au crâne rond et chauve. D'un pas lourd, il alla au-devant de ses visiteurs, leur serra la main avec cordialité, leur désigna du geste les fauteuils en face de son bureau et reprit sa place.

Le procureur général posa devant lui la chemise apportée par le Dr Karlssen. On verra ça plus tard, signifiait le geste. Avant de lire le rapport, voyons un peu ce jeune magistrat qui paraît ne pas encore avoir très bien compris son rôle de fonctionnaire. Ce sont des choses qui arrivent, chez les jeunes juristes surtout. Leurs supérieurs bienveillants appelaient ces élans incontrôlés les « complexes des assesseurs ». Bierbaum, lui, ne voulait pas à son parquet de passionnés, mais des gens réfléchis, qui avaient en tête les paragraphes du Code et dominaient leurs impulsions.

— Messieurs, inutile de vous expliquer pourquoi je vous ai demandé de venir, déclara d'entrée le procureur général.

— Notre collègue Hellmig est connu pour aller vite en besogne, répliqua Karlssen avec sa tranquille ironie.

Bierbaum, qui contemplait ses mains, leva un instant les yeux et se renversa dans son fauteuil. Le procureur lui jetait-il le gant ?

— Notre collègue a l'impression que vous l'avez bafoué.

— C'est là une interprétation un peu trop personnelle d'une opinion, contraire à la sienne, sur la loi pénale allemande.

— Je ne crois pas que vous ayez le droit d'émetttre une critique sous cette forme.

— Il s'agit pour nous moins d'une critique que d'une rectification.

— Vous dites ?... — Le procureur général se pencha en avant, sa grosse tête chauve inclinée vers Karlssen. — Vous aussi, Karlssen, vous voulez *rectifier* la loi ?

— Je voudrais me déclarer solidaire de notre jeune collègue Doernberg qui, dans un accès justifié d'indignation, a exprimé ce que pensent des milliers de gens de l'extérieur.

— De l'extérieur, mon cher Karlssen, de l'extérieur. Mais nous sommes de l'intérieur, c'est là toute la différence. C'est entre ces murs que se prononce la justice. Nous ne sommes plus au Moyen Age où la populace lynchait le criminel, où le tribunal siégeait sous un chêne, où l'on s'amassait sous l'arbre de justice et où des paysans vêtus de peaux de bêtes et le chef orné de cornes de vache déclaraient simplement : il faut le pendre. Entre les Cimbres et les Teutons d'autrefois et notre époque, l'humanité a fait quelques progrès. Nous avons appris à mieux connaître les hommes et leur mentalité. Nous avons appris que ces hommes, quelle que soit leur apparence, quels que soient les vêtements qu'ils portent, ont une âme. A l'extérieur, Messieurs, ces millions d'êtres auxquels vous vous référez ont encore le désir instinctif de tout simplifier, de tout réduire à de commodes alternatives : vivre ou mourir, manger ou être mangé, marcher ou crever ! Adultère ? voleur ? assassin ? imposteur ? Qu'on les pende au chêne le plus proche ! Au petit voleur, on coupera tout bêtement la main droite... en public, sur la place du marché, un jour de fête... comme on le fait encore de nos jours en Arabie Saoudite. Dix mains coupées exposées sur la place, peut-être même transportées dans une voiture exposition, de ville en ville, bien conservées dans du formol... et voyez comme les vols diminuent. Les petites crapules se font casseurs de cailloux pour

garder leur main droite. Une solution simple, efficace,
la pierre angulaire d'une sage justice. C'est vraiment
à quoi vous voudriez revenir, Messieurs ?

— Il n'est pas question d'une justice aussi primi-
tive, dit prudemment Karlssen.

Doernberg croisa les mains, regarda le procureur
général et demanda :

— Puis-je émettre une considération ?

— Je vous en prie...

— Je voudrais rappeler que la justice allemande
a déjà été contrainte une fois de combattre à l'aide
d'une loi spéciale un nouveau genre de crime.

— Les voleurs qui dressaient des barrages sur les
routes pour piller les voitures.

— Il a fallu voter une loi pour juger sommaire-
ment et condamner à mort tout pillard de voiture pris
sur le fait. En quelques semaines, ce genre d'attaques
a disparu. Tant que la loi spéciale a été en vigueur,
on n'a plus entendu parler de pillards d'autos.

Le Dr Bierbaum pinçait les lèvres. Il posa les
mains à plat sur son bureau et déclara :

— C'est décidément curieux... non seulement la
presse, mais les magistrats attachés à mon parquet
rappellent les lois et les jugements d'une époque
révolue ! Les lois d'exception dictées par le « Füh-
rer ». Gloire au sauveur de la justice allemande ! —
Bierbaum bondit sur ses pieds. — Les Américains
ont promulgué la loi Lindbergh... Les enlèvements
d'enfants ont-ils cessé pour autant ?

— Les détrousseurs d'autos ont disparu, répéta
Doernberg.

Bierbaum tambourinait des doigts son bureau.

— Vous avez été soldat, Doernberg ?

— Oui, sous-lieutenant.

— Vous êtes-vous jamais « organisé » ?

— Comment dois-je entendre votre question, Monsieur le Procureur général ?

— Vous étiez en Russie ?

— Et en France aussi.

— Que de bonnes occasions d'enfreindre la légalité ! En France, vous avez certainement volé un jour ou l'autre un cochon, pas vrai ? Ou peut-être une poule seulement ? On appelait cela « s'organiser », n'est-ce pas ? Ne me regardez pas de cet air étonné... Je reconnais que moi aussi, pendant la guerre, j'ai mis la main sur un certain nombre de poules et d'oies, derrière le dos des paysans. Mais, vous comme moi, nous savions que c'était interdit ! Légalement, cela s'appelait de la rapine.

Les yeux de Bierbaum transperçaient ceux de Doernberg.

— Donc, mon cher collègue, d'après les usages de l'Arabie Saoudite, nous devrions l'un et l'autre être privés de notre main droite. Nous avons volé, nous avons rapiné, Doernberg. Le droit de la guerre n'exclut pas le droit civil privé. Et le septième commandement reste toujours valable : « Tu ne voleras pas ! » N'empêche que nous avons volé, vous et moi et Karlssen et des milliers de nos compatriotes. Nous avons volé. Nous sommes tous des délinquants, monsieur Doernberg. Des délinquants selon la loi, selon un certain paragraphe du Code : sera puni de deux mois d'emprisonnement au moins celui qui... C'est écrit, mais oui. Et tous nous savions que nous commettions un acte défendu... et nous le faisions quand même. Et pourquoi, Doernberg ? Poussés par la faim ? Ne me dites pas qu'en France notre intendance fonctionnait mal. Ce serait un infâme men-

songe. Pour varier un peu nos menus ? Mais, mais..,
est-ce là un motif suffisant pour justifier un vol ou
l'assassinat d'une volaille ? Et pas plus que la loi
ne nous a empêchés de voler, pas plus que la loi Lindbergh n'a mis fin aux kidnappings, pas plus que
les mains coupées n'ont fait s'éteindre la race des
voleurs en Arabie Saoudite, la peine de mort — et
nous voici, Messieurs, au cœur du problème — ne
mettra fin aux meurtres dans notre société. S'imaginer le contraire, ce serait méconnaître la mystérieuse structure de l'être humain, ce serait prétendre,
en supprimant certains hommes, rendre les autres
meilleurs que ne les voulait le Créateur.

Le procureur général regarda Karlssen, prit entre
les mains le mince dossier contenant le rapport sur
Doernberg et le renvoya à son auteur à travers la
table.

— Je pense que vous ferez bien de relire vos déclarations, conclut-il avec un sourire pincé qui rendit
Karlssen prudent.

Les vues du procureur général, si étonnamment
semblables à celles du Dr Hellmig, ne seraient in-
fluencées par aucune explication. Mais ce que ne
comprenait pas Karlssen, c'était ce qui avait pu modifier à ce point les conceptions de Bierbaum.

Il fut cependant dispensé de répondre. On entendait
des éclats de voix, la secrétaire s'opposait à un visiteur. Puis quelqu'un cria :

— Et quand ce serait le président de la République,
peu m'importe ! Laissez-moi passer !

La porte s'ouvrit brusquement. Un homme à la
carrure athlétique se précipita dans la pièce, claqua
la porte derrière lui et jeta sur un siège le manteau

qu'il portait sur le bras. Bierbaum. Karlssen et Doernberg s'étaient levés.

L'homme excité tapa du poing le bureau de Bierbaum et, dans sa colère, envoya sur le sol le mince
dossier bleu concernant Doernberg.

— Une saloperie, hurla-t-il, et c'est votre faute...
Vous êtes responsables, vous et votre justice pour
enfants de chœur ! — Il brandissait vers Bierbaum
un index menaçant. — Les responsables sont tous
ici, à se congratuler probablement. Il y a de quoi
vomir !

Il se jeta dans un fauteuil et posa ses poings
fermés sur les accoudoirs.

— A quoi dois-je l'honneur de votre tumultueuse
visite, Monsieur le Préfet de police ? demanda Bierbaum sur le ton d'un homme qu'aucune catastrophe
ne peut ébranler.

— L'honneur ? parlons-en ! Mes agents descendus
en pleine rue, comme du bétail ! Deux employés de
banque assassinés. 150 000 marks volés... Voilà ce
que peuvent se permettre des criminels. Ils tirent sur
la police, sur mes hommes, parce qu'ils savent que
s'ils sont pris, ça ne leur coûtera pas plus de quinze
ans de prison.

— La réclusion à perpétuité, corrigea Karlssen.

Pelzer, le préfet de police, bondit sur ses pieds.

— Ça revient au même ! hurla-t-il.

Puis il se laissa retomber dans son fauteuil et se
prit la tête entre les mains.

Bierbaum s'était approché de la fenêtre et regardait
la cour intérieure du palais de justice. Il voyait les
cellules du tribunal où étaient installés les accusés
pendant les débats.

— Qu'allez-vous faire, à présent ? interrogea Pelzer d'une voix lasse.

— Le procureur Karlssen va s'occuper du procès.

— Procès ! Vous n'avez tous que ce mot à la bouche. Nous ne tenons pas encore les meurtriers et si nous leur mettons la main dessus, l'accusation ne pourra même pas demander dans son réquisitoire une peine qui endigue un jour ce flot d'assassinats !

Pelzer bondit de nouveau sur ses pieds, s'approcha de Bierbaum et s'exclama, la voix dure :

— Je revendique le rétablissement de la peine de mort !

— Le procureur général hocha la tête, gravement.

— Je m'y attendais ! La peine de mort... la panacée d'un Etat. Décapitons... Messieurs ! Les assassins en puissance deviendront de doux agneaux !

— L'heure n'est pas à la plaisanterie, hurla Pelzer hors de lui. Trois victimes innocentes, deux malheureux employés de banque et un policier. Neuf enfants qui pleurent leur père. Neuf enfants orphelins, Monsieur le Procureur général. Des gosses de deux à quinze ans, qui, plus tard, devront écrire dans leur curriculum vitæ : « Mon père a été assassiné le 30 juin. Ils l'écriront avec une main qui ne tremblera pas, parce que cette phrase ils l'auront prononcée toute leur vie... Mon père a été assassiné... Au jardin d'enfants, à l'école, aux leçons de religion on leur aura demandé : « Que fait ton père ?... Il a été assassiné ! » Assassiné tout simplement par un beau matin d'été. Cela n'a duré que quelques secondes... Il avait vécu trente ou quarante ou cinquante ans... et il a suffi de dix secondes !... Alors, j'ai le droit de vous demander, Monsieur le Procureur général, et, par ma bouche des millions d'êtres, anxieux devant la recrudescence de brutalité des criminels, vous posent la question : que fait l'Etat pour nous protéger ?

— C'est à moi que vous le demandez ?

— N'êtes-vous pas le représentant de l'Etat ?

— Je ne suis pas législateur... je suis seulement chargé de veiller que la loi soit appliquée, rien de plus.

— Alors, qui donc est le législateur ?

— Le peuple.

— Le... — Le préfet de police regarda Bierbaum, les yeux écarquillés, puis éclata d'un rire aigu, nerveux. — Le peuple ! Le peuple il la réclame, lui, la peine de mort.

Bierbaum se mit à arpenter la pièce d'un pas lourd.

— C'est au Parlement qu'il appartient de modifier la loi constitutionnelle... vous le savez tous, Messieurs. Alors, pourquoi vous en prendre à moi ? Pourquoi me bombardez-vous de demandes, de reproches, d'accusations ? Qu'est-ce qu'un procureur général ? Le qualificatif de général est trompeur. Dans l'armée, un général a un commandement. Dans la justice, il n'est qu'un rouage de la loi.

Pelzer était livide, il serrait les mains à se faire craquer les jointures.

— Je vous demande de transmettre aux plus hautes autorités notre plaidoyer pour le rétablissement de la peine de mort. Je vous demande votre appui. Entendez-moi bien... ce n'est pas une prière que je vous adresse... Je n'ai pas à prier quand la sécurité de chacun de nous est en jeu... Je vous somme d'agir.

Le procureur général leva les bras au ciel et tonna :

— Comprenez donc, Messieurs, que l'émotion soulevée par ce nouveau crime ne doit pas nous faire perdre notre sang-froid. A l'époque du nazisme, on a appliqué la peine de mort avec autant de facilité qu'on promène un plumeau sur les meubles pour les débarrasser de la poussière. La justice du Troisième Reich a fait exécuter seize mille condamnés... dont onze mille pendant la guerre. Seize mille exécutions capitales entre 1933 et 1945. Y avez-vous jamais réfléchi ? En douze ans, seize mille fois le couperet, la corde ou les balles. Chaque année, mille trois cent cinquante condamnations à mort. Chaque mois, les représentants du ministère public ont prononcé cent douze fois la phrase fatidique : « Bourreau, accomplissez votre tâche ! » Chaque jour, trois ou quatre hommes, le torse nu, le pantalon flottant autour du corps, ont traversé une porte étroite, pénétré dans une cour où ils étaient tués en l'espace de trente secondes... Trois ou quatre exécutions capitales par jour... pendant douze ans ! Et je devrais insister pour qu'on en revienne à ce système ? Et je devrais dire : soyons fermes, Messieurs, coupons les têtes. Les deux ou trois meurtres juridiques que nous commettrons peut-être ne comptent pas face aux milliers de criminels que nous libérerons au bout de quinze ans et qui pourront assassiner de nouveau si le cœur leur en dit ! Ce poids sur les épaules de la justice allemande, ce monceau de seize mille squelettes, dois-je demander qu'on l'augmente de seize mille nouveaux cadavres ?

— Nous sommes atterrés, énervés, dit Karlssen. — Il était grave et avait perdu tout son cynisme. — Ce dernier crime — nous allons certainement en connaître tous les détails d'un instant à l'autre par la police criminelle — nous démontre que la thèse prétendant que la guerre augmente la brutalité des hommes n'est pas tout à fait exacte, et que c'est la guerre qui *a changé* les hommes, en Allemagne tout au moins. Nous avons le miracle économique, mais nous assistons à un autre miracle, beaucoup moins réjouissant : une effroyable recrudescence de la criminalité. Dans les années qui ont suivi la guerre, films, radios, livres ont diffusé à plaisir toutes les finesses des méthodes de gangsters. Nos petits voyous ont profité de ce cours de perfectionnement et sont devenus d'habiles criminels, prêts à tout. Nous sommes donc contraints de réviser nos opinions. De les réviser non pas en songeant aux seize mille morts dont a parlé Monsieur le Procureur général, mais en ayant présent à l'esprit le fait que pas un meurtre, pas un assassinat, pas une attaque à main armée, pas un viol, pas un enlèvement... bref pas un crime capital n'est puni de la peine de mort. Leurs auteurs ne risquent pas leur tête. Voilà la situation... crime sans risque. Il peut arriver qu'un criminel réclame en pleurant la mort plutôt que quinze ans ou toute une vie de réclusion... Mais au pénitencier, au bout d'un an d'acclimatation il se prendra le front dans les mains en se traitant d'idiot.

— Des mots, des mots, intervint Pelzer qui allumait une cigarette d'une main tremblante. Neuf enfants ont perdu leur père. Trois corps gisent à la morgue... Les mots ne sont plus de mise... il faut passer aux actes.

— Pouvez-vous prouver la préméditation ?

La voix du Dr Bierbaum était lasse.

— Quand on sort d'une voiture un revolver chargé à la main, c'est qu'on a l'intention de s'en servir en cas de besoin...

— En cas de besoin, oui, insista Bierbaum.

— En cas de résistance de l'attaqué. Ou bien la

police est-elle coupable parce qu'elle a tiré la première ? Ces pauvres criminels ont peut-être agi en
cas de légitime défense, pendant que vous y êtes !

— Ecoutez, Pelzer, est-ce pour me dire cela que
vous êtes venu ? J'aurais plutôt pensé que vous diri-
geriez l'enquête sur place, que vous...

Pelzer leva la main. L'excitation disparut de son
visage qui parut tout à coup vieilli et ridé.

— Je ne suis pas venu uniquement pour cela, dit-il
lentement. J'aurais pu vous en parler demain en vous
remettant un rapport détaillé. Mais... il y a dans cette
histoire un point sur lequel je voudrais avoir votre
avis.

— Si je puis vous être utile...

— Des témoins oculaires ont affirmé qu'un homme
mince, blond, de type américain, a tiré sur mes policiers. Cet homme a été remarqué hier, incidemment, par un veilleur de nuit. C'était en banlieue,
l'homme se tenait devant une voiture immatriculée
en Amérique et parlait à un autre jeune homme
qui venait de quitter la maison du Dr Hellmig.

Le procureur Karlssen écrasa sa cigarette d'un
geste si brutal que le cendrier faillit basculer.

— Le président du tribunal ?

— Oui. Depuis le moment où le crime a eu lieu,
nous avons disposé de quatre heures pour rassembler
les premiers éléments de l'enquête. Aucun doute n'est
possible : un des assaillants de la banque parlait,
hier au soir, à un inconnu possesseur d'une voiture
avec plaque d'immatriculation américaine et qui sortait de chez le Dr Hellmig. C'est surtout pour cela
que je suis venu vous voir, Monsieur le Procureur
général. L'affaire est si grave qu'il serait extrême-
ment désagréable que le Dr Hellmig y fût mêlé.

Avant de pousser plus loin nos investigations, je voulais vous demander ce que vous pensiez de cette complication.

Le Dr Bierbaum se passa la main sur le crâne, mais ne fit pas attendre sa réponse.

— Rien ! Nous allons demander à Hellmig de nous rejoindre. Je lui parlerai personnellement. — Il regarda Karlssen, puis Doernberg. — Curieux... cela fait deux fois aujourd'hui que le nom du Dr Hellmig nous suscite des difficultés !

Il tendait la main vers le téléphone lorsqu'on frappa à la porte.

Pelzer écrasa sa cigarette. La secrétaire entra, quelques papiers à la main. Elle les remit au procureur général en jetant un regard de biais au préfet de police. Bierbaum parcourut les feuillets.

— Le premier rapport de la brigade criminelle. Les assaillants ont réussi à s'enfuir... destination inconnue. La voiture volée dont ils se sont servis pour attaquer la banque a été retrouvée dans un bois, au nord de Wiesbaden. On suppose que les criminels ont pris la direction de Francfort. La police a été alertée et ratisse déjà la ville.

Bierbaum jeta les feuillets sur son bureau. Le préfet de police hochait la tête, amer.

— Si ces types pouvaient se faire abattre par quelques citoyens décidés, ce serait autant de gagné. S'ils tombent entre les mains de la Justice, ils sauveront leur peau !

— Je vous en prie, Monsieur le Préfet de police, intervint le Dr Bierbaum furieux. — Il regarda Karlssen et Doernberg qui se tenaient près de la fenêtre et ajouta, la voix mordante : — Messieurs, le sens de notre entretien a été faussé par les inci-

dents qui se sont produits ici ce matin et par les propos orageux qui ont été tenus. Je ne retiendrai
pour le moment qu'un seul fait : Monsieur le substitut Doernberg refuse de présenter des excuses à
Monsieur le président Hellmig.

— Sous aucun prétexte, confirma Doernberg avec
courage.

Karlssen lui fit un petit signe de tête approbateur,
Bierbaum, qui avait remarqué le geste, se mordit
les lèvres.

— Je dois vous préciser, Messieurs, que, quelles
que soient les suites que pourrait comporter cette
affaire, vous ne devez pas compter sur mon appui.
Je réprouve la façon dont vous avez agi.

Karlssen avait écouté attentivement. Il tira sur
son veston et répliqua :

— Je me rappelle fort bien avoir entendu en 1950,
dans un café, un de mes collègues établir un compte.
Selon les calculs de ce collègue, les pénitenciers ne
devaient pas tarder à être bondés. Puis, il a levé
son verre à la santé des criminels qui, grâce à l'abolition de la peine de mort, pourraient couler des
jours tranquilles. Il est dommage que ce collègue ne
soit pas parmi nous pour nous démontrer la sagesse
de son attitude et de ses propos.

Le crâne de Bierbaum avait viré au rouge. Il respirait bruyamment. Trop de tension, se dit Doernberg, un jour, il s'affaissera sur le sol, victime d'un
infarctus.

Bierbaum tripotait les boutons de sa veste. Finalement, il dit, très bas :

— Ce collègue qui levait gaiement son verre... ne
pouvait pas savoir alors... il y a sept ans...

— Qu'il deviendrait un jour procureur général, compléta Karlssen

Bierbaum se retourna et ordonna :

— Retirez-vous, je vous prie.

Lorsque les trois hommes eurent quitté la pièce, le procureur général appuya son front brûlant contre le carreau de la fenêtre et posa la main droite sur son cœur.

A la tombée de la nuit, un long cortège silencieux parcourait le centre de Wiesbaden.

Les gens avançaient portant des lanternes dont s'échappaient de petits nuages de fumée. La police précédait le cortège et barrait les rues. La police contenait le cortège, mais les policiers tenaient eux aussi des lanternes.

La foule traversa le centre de la ville... colonne muette, sans banderoles, sans haut-parleurs, sans fanfare... un cortège funèbre, fantomatique, nappé dans la fumée des lanternes... Et si aucun des participants ne parlait, tous se comprenaient. Au bout d'une heure, le cortège avait pris les proportions d'un serpent géant, apocalyptique... Une démonstration émouvante et silencieuse eut lieu devant la banque attaquée. Les têtes s'inclinèrent comme pour une prière

Puis le cortège repartit, passa devant le théâtre, devant la gare, devant le château...

Un cri du peuple !

Appuyé à la balustrade en fer forgé d'un petit balcon, devant une porte-fenêtre, Heinz Kerpel regardait. Sa femme l'avait appelé lorsque, voulant fermer les rideaux, elle avait aperçu le serpent humain qui s'approchait.

Heinz Kerpel était député au Bundestag.

— En quel honneur, ce cortège aux flambeaux ? Est-ce l'anniversaire d'un haut fonctionnaire municipal ? interrogeait Mme Kerpel.

Kerpel n'avait pas eu le temps de se remettre de son étonnement ni de répondre qu'une fenêtre proche de la sienne s'ouvrait. Le Dr Bluhm, le pasteur, se penchait par-dessus la barre d'appui.

C'était une douce nuit d'été, agrémentée d'une légère brise. Le pasteur et le député échangèrent un regard.

— La police est avec eux ! dit le Dr Bluhm, éberlué.

— Avec des lampions... Je dois avertir Bonn immédiatement.

Il allait rentrer dans la pièce pour demander la communication avec le Parlement, lorsque le pasteur intervint.

— N'en faites rien, Monsieur le Député, c'est une manifestation provoquée par le hold-up de ce matin.

— C'est ridicule ! La police doit protéger les citoyens contre de telles extravagances. Qu'est-ce que ces gens espèrent obtenir ?

Le pasteur se détacha de la fenêtre.

— Ils réclament la peine de mort, dit-il doucement.

— Quelle impudence ! s'exclama Kerpel. Venez donc prendre un verre de vin.

Il quitta le balcon et referma derrière lui la porte vitrée avec une violence telle que les carreaux tremblèrent. D'un geste rageur, il tira les rideaux. Au même moment, le pasteur entrait dans la pièce.

— Est-ce que cette manifestation a été autorisée ?

Le pasteur sourit :

— Si la police marche en tête du cortège avec des lanternes...

— Inouï ! La peine de mort ! Vivons-nous au Moyen Age ? — Kerpel pointa l'index vers le pasteur. — Et vous, quelle est votre opinion, monsieur le pasteur ?

— Oh ! je vous en prie, ne me posez pas la question.

— Vous devez bien avoir un avis.

— Je m'occupe des âmes et non pas de querelles juridiques, à moins qu'un des criminels ne vienne m'avouer son forfait.

— Et que lui diriez-vous alors ?

— Je lui conseillerais de s'en remettre à la justice temporelle en lui rappelant que celui qui a causé du tort à son prochain doit le réparer selon ses moyens et en payer le prix... Quant à ses péchés capitaux, Dieu seul lui en parlera un jour.

— Hum... Hum... c'est une solution simple.

Kerpel, mécontent, regardait le pasteur.

— L'Eglise indique toujours le chemin le plus simple et le meilleur.

— Oui... bien sûr... Mais ce que font ces fanatiques... c'est un coup porté à la démocratie.

La sonnette de la porte d'entrée changea le cours de ses pensées. Tiens, se dit-il simplement, qui cela peut-il bien être ?

Mme Kerpel faisait entrer un homme qui s'inclina et s'approcha de Kerpel.

— Doernberg, substitut du procureur.

— Ah ! Ah ! — Kerpel lui tendit la main, puis lui désigna un fauteuil. — Asseyez-vous, je vous prie, Monsieur le Procureur.

— Merci, Monsieur le Député. Je n'ai que quelques mots à vous dire et il est préférable que je reste debout.

Kerpel se détendait. Le fait de s'entendre appeler « Monsieur le Député » le chatouillait toujours agréablement. Représentant du peuple... à la tête de quarante millions d'êtres. Cette élection, c'était le zénith de son existence.

— Comme vous voudrez, dit-il aimablement au Dr Doernberg qui s'était incliné devant le pasteur. Qu'est-ce qui vous amène chez moi ? Est-ce en rapport avec la manifestation de ce soir ?

— Oui et non.

La voix de Doernberg était claire et sèche.

— La manifestation est née de l'indignation qu'éprouvent les habitants de cette ville et que partage avec eux la majorité du peuple allemand. Je pense que vous savez ce qui a provoqué ce mouvement de révolte. Ce matin, deux employés de banque et un agent de police ont été abattus par quatre gangsters, lors de l'attaque d'une banque. Les victimes laissent neuf enfants mineurs.

— C'est atroce, dit Mme Kerpel, ce qui lui valut un regard sévère de son député de mari.

Il avançait le menton, sentant confusément qu'il allait être attiré dans une affaire importante, retentissante, et que son nom allait sortir de la grisaille de la masse du parti. Il allait certainement avoir à prendre une décision personnelle de poids.

Il avança encore un peu plus le menton — il jugeait que cela donnait à son visage une expression énergique —, mit les mains derrière son dos et pencha légèrement la tête : l'attitude classique du parlementaire pensif.

— Les meurtres ont été commis avec une détermination, un sang-froid répugnants. Si la police parvient à arrêter les criminels, ils seront envoyés devant un tribunal... devant une cour d'assises. Ce tribunal ne peut qu'appliquer la loi pénale allemande.

— Bien entendu ! confirma Kerpel.

— La loi pénale actuellement en vigueur. C'est-à-dire que les brutes qui ont tué trois hommes, détruit trois foyers, compromis l'avenir de neuf enfants, que ces criminels qui ont tué simplement pour de l'argent seront à peine punis. La loi pénale allemande leur offre un séjour dans un pensionnat... leur vie durant, selon le jugement. Mais nous savons par expérience que cela se traduit en fait par quinze, au grand maximum vingt ans de réclusion. Ensuite, on les graciera et ils seront remis en circulation !

Le député fit un signe de tête affirmatif et déclara, sentencieux :

— Ces quinze ans de pénitencier les auront métamorphosés.

— Ils arriveront dans un monde qui ne les comprendra pas. Ce monde les rejettera avec le sentiment, bien naturel, qu'un homme capable d'un triple assassinat garde en lui-même des instincts meurtriers, que sa mentalité profonde ne s'est pas modifiée même après quinze ans de détention.

— Permettez-moi de contester ces affirmations, intervint le pasteur d'une voix douce.

Le jeune magistrat se retourna et vit, posés sur lui, les yeux bleus du pasteur, des yeux qui avaient l'air de tout connaître, de tout comprendre de l'âme humaine.

Le pasteur avait su dès l'arrivée de Doernberg comment interpréter sa visite à Kerpel.

— On a vu des criminels qui, après quinze ans

de pénitencier, ont admirablement repris pied dans l'existence, au point qu'ils pourraient servir d'exemple à nombre de gens qui considèrent que la vie est un fardeau et accusent Dieu de leur avoir réservé un si triste sort.

— Est-ce là votre opinion de pasteur ou d'homme ?

Doernberg sentait le danger. Le pasteur sourit.

— Comment pouvez-vous séparer l'homme du pasteur ? Ils forment un tout ; l'un est fonction de l'autre.

— Comment pouvez-vous alors, en tant qu'être doué de bon sens et de réflexion, croire à l'amendement d'un criminel invétéré ?

Comme le Dr Bluhm allait répondre, Doernberg l'arrêta du geste. Il savait fort bien ce que le pasteur allait dire et voulait prendre les devants. Il poursuivit :

— Je sais qu'il y a des meurtriers amendables : ceux qui ont tué sous l'emprise de la passion... vous y pensez certainement. Et ceux aussi qui ont tué par jalousie, voire ceux qui ont un instant perdu la tête et sont juridiquement coupables d'homicide involontaire, de coups et blessures ayant entraîné la mort sans intention de la donner... comme nous disons. Mais celui qui tue pour des motifs crapuleux, par appât du gain ? Ceux qui pillent les banques, s'acharnent sur des chauffeurs de taxi, des automobilistes isolés, des couples d'amoureux ou des personnes âgées ? Ceux qui assassinent parce qu'ils convoitent un héritage ou une prime d'assurance ? Croyez-vous réellement que vous puissiez « sauver leur âme » ? Allez voir, à Celle, ce véritable massacreur qu'est Pleil. Vous le trouverez rose et gras, apparemment satisfait de son sort à la Centrale. Que croyez-vous

que vous dirait Pleil si vous lui parliez de son âme ?
Il vous glisserait dans la main les quatre cahiers
d'écolier où il a consigné ses Mémoires... les Mémoires les plus effroyables qui aient jamais été couchés
sur le papier. Et il vous montrerait le titre écrit
avec soin sur chaque cahier : « Mon combat... par
Rudolf Pleil, tueur en retraite. » Voilà son âme,
monsieur le pasteur.

— Mais jamais un homme comme Pleil ne sera
gracié, affirma Kerpel.

— Ce sont des images apocalyptiques, dit le
pasteur.

— Ce sont des images que nous avons tous vé-
cues... après 1945... et que nous vivons aujourd'hui
encore. Comment pouvez-vous parler de morale
quand, au cours d'une génération, la morale a été
une fois au moins trahie et violée.

Le pasteur saisit son verre de vin et avala une
gorgée pour se remettre de son trouble intérieur. Il
avait besoin de quelques secondes pour se concentrer,
de quelques secondes pour demander à Dieu sa misé-
ricorde et une arme pour riposter à Doernberg.

— Notre morale, c'est l'amour, dit-il très bas.
Nous sommes tous fautifs... et notre devoir est de
nous aimer les uns les autres. C'est par amour que
Jésus-Christ est mort sur la croix. Il s'est laissé
tuer par des hommes dont il voulait, par sa mort,
racheter les péchés. C'est là une preuve d'amour
dont nous autres, pauvres créatures, devrions nous
inspirer plus souvent.

Le député Heinz Kerpel se passa l'index entre col
et cou, puis il frappa sur le rebord de la cheminée
à gaz et dit d'une voix forte :

— Vous me demandez mon appui, Monsieur le

Procureur, afin de poursuivre la police et les manifestants pour troubles à la paix publique. Eh bien, je suis à votre disposition. Je suis prêt à attester que le citoyen que je suis se sent violenté et menacé.

Abasourdi, Doernberg regardait Kerpel. Puis, d'une voix qui trahissait son étonnement, il déclara :

— Je crois, Monsieur le Député, que nous nous comprenons mal. Il ne s'agit pas de la manifestation, mais d'une révision de la loi pénale. Je voudrais que vous et les autres députés de votre parti déposiez au Bundestag une demande pour que soit modifiée la loi pénale et que soit aboli l'article 102 de la Constitution.

— Que je demande une modification de la Constitution ? Moi ?

Heinz Kerpel comprenait la grandeur de sa mission... mais il recula bien vite d'effroi à l'idée des complications que cela entraînerait pour lui.

— Mais voyons, c'est impossible !

— Il nous faut la majorité des deux tiers. L'article 102 est comme le suicide de la justice allemande. Il équivaut à un suicide humanitaire du peuple !

Le pasteur avait croisé les bras.

— Disons-le clairement, Monsieur le Procureur. Vous réclamez le rétablissement de la peine de mort. Ce qu'ont fait les manifestants par leur cortège silencieux à travers les rues, vous voudriez le faire, de façon démocratique et légale, avec l'aide des députés au Parlement fédéral ?

Heinz Kerpel enfonça les mains dans les poches de son veston pour dissimuler leur tremblement. La sueur perlait sur son visage.

— La peine de mort... vous venez me demander de déposer une motion pour le rétablissement de la peine de mort ? Vous me demandez ça à moi ?

Il avait légèrement élevé le ton, sa voix était rauque. Mme Kerpel se retira dans le fond de la pièce. Lorsque son Heinz avait la voix rauque, l'explosion de colère n'était pas loin.

— Ne connaissez-vous pas la position de mon parti sur la question ? Votre démarche, Monsieur le Procureur, est une provocation plus outrageante encore que cette stupide marche silencieuse de la populace.

Il pivota brusquement et se perdit dans la contemplation du tableau suspendu au-dessus de la cheminée. C'était un paysage d'hiver au clair de lune. Un chevreuil courait dans la neige à travers bois. Il avait certainement faim et cherchait pitance. Heinz Kerpel aimait cette toile et lui avait réservé dans son salon la place d'honneur. « Il y a tant de poésie dans ce tableau », expliquait-il chaque fois qu'un visiteur se croyait tenu d'exprimer son admiration.

— Je ne discuterai pas cette question avec vous, reprit-il au bout d'un moment. Je réprouve la peine de mort, pour des raisons morales et religieuses.

— Mais votre morale n'est pas gênée de consolider une loi qui traite avec plus d'humanité les assassins que ceux que ces mêmes assassins ont privés de leur soutien naturel et acculés parfois au désespoir.

— Il s'agit là de regrettables erreurs commises par les services d'assistance sociale. Une condamnation à mort, suivie d'exécution, est, elle, irréparable. Combien de meurtres juridiques...

— Monsieur Kerpel, vous n'allez pas alléguer le doute, dans ce cas particulier ? Trois hommes ont bel et bien été assassinés ce matin par quatre voleurs.

— Mais lequel des quatre a tiré ? Si vous le pouviez, lesquels enverriez-vous à la mort ?

— En tout cas, les deux hommes qui ont fait

irruption dans la salle des guichets. Il est prouvé
qu'un autre gangster a tiré à l'intérieur de la
banque en plus de celui qui a fait feu sur la police... les deux meneurs sont donc aussi les assassins. C'est on ne peut plus clair !

— Dans ce cas... mais il y en aura des centaines
d'autres où un assassin présumé ne sera pas le vrai
coupable. Les journaux ont été assez remplis d'histoires de ce genre !

— Je réclame une loi qui rétablisse la peine capitale en précisant qu'une condamnation à mort ne
peut intervenir que lorsque le crime a été exécuté
pour des raisons sordides et par esprit de lucre, la
peine de mort pour les viols suivis de décès, pour
tous les genres d'attaques à main armée contre les
chauffeurs de taxi.

— Même quand il n'y a pas mort d'homme ?

— Oui, une loi spéciale qui punisse de mort toutes
les agressions contre les taxis.

Heinz Kerpel sortit les mains de ses poches, fit
quelques mouvements comme s'il voulait chasser la
fumée et l'odeur des cigares et ironisa :

— Vous ne pourriez pas arriver à exécuter tout
le monde. Il vous faudrait faire des heures supplémentaires... comme les bourreaux sous Hitler !

Le Dr Doernberg ne releva pas le propos. Il avait
compris que Heinz Kerpel était beaucoup trop in-
féodé à la politique générale de son parti pour oser
jamais s'en écarter d'un pas et exprimer une opinion
personnelle.

— Nous n'avons plus rien à nous dire, Monsieur
le Procureur. Je suis un adversaire résolu de la peine
capitale. Elle est immorale !

Doernberg s'inclina sèchement.

— Merci... Puis-je vous demander, Monsieur le Député, qui vous a élu au Bundestag ?

Kerpel respirait par saccades, éberlué par l'insolence de la question.

— Le peuple ! cria-t-il.

— Le peuple, ah ! oui. Le peuple vous a choisi pour son représentant ?

— Oui !

— Alors, vous avez le devoir, au nom de ce peuple qui vous a élu et dont vous êtes le porte-parole, de demander le rétablissement de la peine de mort, parce que la majorité de vos électeurs en est partisane. Allez à la fenêtre, regardez le cortège silencieux qui parcourt la ville... Vos électeurs sont parmi les manifestants, Monsieur le Député ! Ils sont là ceux qui vous ont envoyé à Bonn, ceux qui vous ont fait confiance ; ceux qui ont cru que vous défendriez leurs intérêts... et non pas l'idéologie de votre parti et de ses chefs de file.

Doernberg pivota brusquement et, d'un pas rapide, quitta la pièce. Lorsque la porte se referma, Heinz Kerpel, le visage blême, se tenait près de la cheminée. Le chevreuil du paysage d'hiver au clair de lune le regardait... Il avait certainement faim...

Kepler se retourna vers le pasteur qui, pensif, vidait son verre et bégaya :

— C'était un outrage... une attaque contre les fondements de notre démocratie. J'en informerai le bureau directorial du parti et le ministre de la Justice, à Bonn.

Il avait peine à respirer et alla ouvrir la fenêtre. Sous son balcon les lampions scintillaient de nouveau. Le silencieux cortège revenait sur ses pas, des milliers d'hommes et de femmes, la tête nue,

demandaient justice et protection. Furieux, Kepler
referma la fenêtre, puis les rideaux et tambourina
des doigts sur le dossier du fauteuil.

— Non ! affirma-t-il d'une voix tonitruante,
comme s'il occupait la tribune de la Chambre. Non,
jamais je n'y consentirai. Et ce qui vient de se passer ne fait que renforcer mes convictions.

Le petit paquet qu'apporta le gardien Puck à
M. Friedrich Moll, directeur du pénitencier, était
léger, rectangulaire et soigneusement ficelé. L'adresse
était libellée en jolies lettres rondes. Seul le nom de
l'expéditeur manquait... et ce manquement aux usages éveillait en Moll aussi bien qu'en Puck quelques
soupçons. Tous deux avaient la même pensée : un
paquet contenant une bombe explosive, comme celui
expédié un jour par Hallacz, cet Hallacz qui avait
fait sauter trois hommes pour voir son nom à la une
des journaux et qui vivait à présent au pénitencier
de Celle dont il affectionnait le jardin, disait-on.

Moll examina le paquet sous toutes les coutures.
Puck s'était rapproché de la porte et observait son
supérieur.

— Comment est-il arrivé ?

— Par courrier ordinaire, Monsieur le Directeur... avec les lettres.

Moll se penchait sur le petit paquet. Le cachet
postal était écrasé, mais lisible : Bonn I.

— Cela vient de Bonn...

Puck hocha la tête.

— D'autant plus suspect, sourit-il.

Friedrich Moll releva un instant la tête et toisa le gardien.

— Ce n'est pas le moment de vous livrer à de stupides plaisanteries, Puck. L'affaire est sérieuse. Nous devrions avertir la police et faire venir un artificier. — Il fit le tour de son bureau, se pencha de nouveau sur le joli petit paquet et déclara : — Il semble pourtant qu'il n'y ait rien de suspect.

— Peut-être à l'intérieur, Monsieur le Directeur, peut-être qu'il suffit de défaire le papier pour déclencher un contact.

— Possible, possible. — Moll examinait avec attention l'adresse : — Monsieur le Dr Fr. Moll, directeur du pénitencier de Rheinbach. Personnel.

« Il y a même la mention « personnel ».

— Précisément, Monsieur le Directeur, c'est bien ce qui me surprend, « personnel » et pas de nom d'expéditeur.

— Cette écriture ne m'est pas inconnue... ces lettres arrondies, ces volutes... une écriture de comptable de la vieille école, entraîné à écrire debout à un pupitre. Comptable !

Le visage de Moll s'éclaircit. Une pensée lui traversait l'esprit. Une pensée qui rendait absurde tout soupçon.

— C'est l'écriture de notre ami Meyer, Puck, Meyer avec y !

Le gardien hésita un instant, puis s'approcha. Il regarda l'adresse et hocha la tête.

— Ça pourrait bien être ça, dit-il, prudent.

— C'est cela ! affirma Moll. Il prit le paquet, le secoua, l'approcha de son oreille : aucun tic-tac. Un paquet qui a été secoué des heures dans un wagon postal, que le facteur a coltiné dans sa sacoche de cuir, ne doit pas être bien dangereux.

— Rien, annonça Moll, je crois que nous faisons injure à notre Meyer en le suspectant. Ouvrons ce paquet, Puck.

Ils coupèrent prudemment la ficelle avec des ciseaux, déroulèrent le papier du bout des doigts et découvrirent une boîte enveloppée dans du papier de soie. Sur la boîte, il y avait une lettre.

Moll, la déplia, c'était un court billet dactylographié.

Monsieur le Directeur,

Rendu à la liberté, grâce à l'humanité de notre Gouvernement, je ne voudrais pas manquer de vous remercier du fond du cœur pour l'excellent traitement dont j'ai bénéficié dans votre « établissement ». Je tiens aussi ma promesse de vous envoyer en témoignage de ma reconnaissance une petite boîte de cigares de La Havane. J'ai longtemps cherché avant de les trouver, car je sais que vous êtes un connaisseur... non seulement de cigares, mais aussi de bon vin.

Lors de mon départ, vous avez insisté pour que je me montre courageux. Il ne m'a pas été difficile de suivre votre conseil. J'étais, en effet, à peine libéré que mon destin changeait. Mon ex-femme a été assassinée ; mes deux amis ont perdu accidentellement la vie ; l'expert responsable de mon procès a disparu et on n'a pas retrouvé trace de lui à ce jour... Je vis donc seul et m'efforce de me faire de nouvelles relations et de devenir un brave homme. Je fréquente assidûment l'église et fais partie de la chorale. Ce qu'il y a de plus intéressant, ce sont les cours du soir d'évangélisation. Notre curé est un homme

*très bien. Il a une telle confiance en l'âme humaine
qu'il m'appelle toujours « mon fils ».*

*Je vous envoie ce paquet de Bonn, mais j'aurai
quitté cette ville lorsque les cigares vous parvien-
dront. L'Allemagne est un grand pays et un petit
comptable peut trouver partout à s'employer.*

*Recevez les meilleurs souvenirs de votre Kurt
Meyer... avec y.*

Le directeur Moll laissa retomber la lettre, son
visage était de cendre. Puck était livide, lui aussi, et
sur le point de s'évanouir. Ses mains tremblaient.

— Il les a tués tous les quatre, bégaya-t-il.

D'un revers de main, Moll envoya valser à bonne
distance la boîte de cigares. Cette lettre inouïe lui
coupait le souffle. Il avait l'impression d'être enfermé dans une pièce sans air.

— Je n'arrive pas à y croire, murmura-t-il. Le
petit Meyer, fluet, insignifiant, cet être poli, tatillon... un assassin.

Moll se passa la main sur le visage, il était trempé
de sueur froide.

— Et il chante dans la chorale paroissiale, et le
curé l'appelle « mon fils ». Puck... je suis sur le
point de perdre tout espoir dans l'humanité et dans
la justice.

— Qu'est-ce que vous allez faire ?

— Ce que je vais faire ? Avertir le parquet. Cette
lettre est un aveu. — Il frappa du poing sur la table. — Quelle saloperie ! Quelle saloperie !

— S'ils lui mettent la main dessus et le jugent.
Meyer reviendra chez nous... cette fois comme
condamné à vie. Il nous saluera tous aimablement,
réclamera un vase à fleurs dans sa cellule, vérifiera

la qualité des saucisses et de la margarine et se plain-
dra lorsque son repas lui sera servi tiède. Et surtout, il réclamera l'honneur de servir de nouveau de
sacristain à la chapelle du pénitencier.

— Taisez-vous, Puck, cria Friedrich Moll. Cela
me donne la nausée ! Un type comme Meyer mérite
la guillotine. Ce n'est plus un homme, mais un monstre cynique !

— Il fera certainement notre bonheur pendant une
vingtaine d'années. Meyer jouit d'une bonne santé,
il a trente et un ans. Il vieillira tranquillement...
chez nous.

Moll saisit le téléphone.

— Je vais parler immédiatement au parquet. Je
vais demander au ministre de la Justice de me recevoir d'urgence. Si la loi permet qu'un Kurt Meyer
vive, alors, il faut modifier la loi !

Il décrocha le récepteur et posa son gros index
sur le cadran.

— Si le cas Meyer ne réveille pas le cerveau en-
gourdi de nos responsables, alors que l'un d'eux
m'explique une bonne fois ce qu'il entend par
« amendement et redressement ». Un homme qui a
passé quatre ans au pénitencier est libéré et tue quelques heures plus tard son ex-femme, puis dans les
jours qui suivent trois de ses ennemis personnels
dont les déclarations l'ont envoyé à juste titre en prison. C'est une vendetta, un règlement de comptes...
et cet homme, lui, aura droit à une plaidoirie pathétique et il sera « condamné » à vivre dans un pénitencier modèle... où il sera bien nourri et occupé à de
légers travaux qui lui laisseront tout le temps de se
rappeler qu'il est un mauvais garçon, coupable d'avoir
tué quatre personnes et qu'il doit se repentir.

« Un si vilain garçon, allons ! au coin ! Nous ne voulons plus vous voir, fils dénaturé ! On va vous attribuer une petite pièce bien tranquille et vous allez tresser des nattes ou des corbeilles. Cela vous apprendra, méchant que vous êtes !

Moll frappa de nouveau son bureau du poing.

— C'est insensé, Puck, non, c'est infect ! Ce n'est plus faire preuve d'humanité, c'est avoir l'esprit complètement bouché !

Le gardien Puck approuvait de la tête. Il prit la boîte sous le bras.

— Que faut-il faire des cigares, Monsieur le Directeur ?

— Les jeter au feu. Vous ne vous imaginez pas que je vais les fumer, non ?

Puck quitta la pièce. Il entendit encore Moll demander le ministre de la Justice et hurler avec le standardiste de Bonn qui voulait connaître la raison pour laquelle un directeur de pénitencier prétendait déranger un ministre à l'heure du déjeuner.

Le soir, Puck était installé chez lui et écoutait la radio : un pot-pourri d'opérettes : *le Pays du sourire... la Veuve joyeuse... Frasquita...*

Il avait retiré ses lourds brodequins de service et se sentait à l'aise. La chemise ouverte, un verre de bière devant lui, il lisait le journal. De sa main s'élevait, discrète, la fumée d'un cigare dont le parfum emplissait la pièce. Mme Puck humait avec délices ; elle aimait l'odeur des cigares. La boîte de havanes était posée à côté de la bouteille de bière.

C'était contraire aux principes moraux de Puck de jeter au feu des cigares d'un tel prix. Cela aurait été du gaspillage. Le directeur devait bien s'en rendre compte. Il avait sûrement donné l'ordre de détruire les cigares sous l'emprise de la colère. En tout cas, c'est ainsi que Puck l'avait interprété et il avait décidé de brûler les cigares en les fumant personnellement... au nom de la morale.

A la radio un ténor chantait : « Oui, tout cela je le fais pour l'honneur et pour l'honneur j'en ferais plus encore... »

Le gardien Puck fredonna la mélodie avec satisfaction.

Qu'il était bon d'être un paisible citoyen.

Ce même soir, à Bonn, le comptable Kurt Meyer — Meyer avec y — s'installait dans son nouvel appartement. Il s'appelait à présent Schultze et travaillait comme aide-comptable chez un marchand de fer. Lorsqu'il eut mis en place ses meubles tout neufs, achetés à tempérament, il s'assit, comme Puck, auprès de son poste de radio — tout neuf lui aussi — feuilleta un journal et s'abandonna aux délices d'une belle soirée d'été... agrémentée de musique, d'une orangeade et d'un cigare — bien meilleur marché que celui que fumait Puck à Rheinbach.

Meyer lut dans le journal l'attaque à main armée contre la banque de Wiesbaden ; il lut aussi qu'il y avait eu une manifestation en faveur du rétablissement de la peine de mort pour les assassins.

Kurt Meyer souriait, rêveur. Il connaissait la lenteur législative et la lutte entre le cœur et la raison. Il épluchait l'article d'un bout à l'autre, comme s'il s'agissait d'un excitant compte rendu sportif relatant la mise hors de combat par K.O. d'un champion du monde. Puis il tourna la page et se divertit à la lecture d'une nouvelle, une histoire très drôle vraiment.

Meyer souriait avec complaisance et but son orangeade. Le cigare lui irritait la gorge... il n'en achèterait plus de cette marque-là.

Kurt Meyer trouvait merveilleux, lui aussi, d'être citoyen allemand.

L'enquête de la police criminelle fut facilitée. Le président du tribunal téléphona pour prévenir que Mr. Pattis venait de l'informer qu'il avait parlé à un des assaillants de la banque. Le jeune Américain était dans le cabinet du Dr Hellmig.

Le préfet de police, auquel on avait communiqué la nouvelle chez le procureur général, se rendit immédiatement chez le Dr Hellmig et y trouva John Pattis, le visage défait, affalé dans un fauteuil. Hellmig arpentait la pièce de long en large en tirant sur son cigare.

— Une histoire désagréable, Monsieur Pelzer, dit-il sèchement. Mr. Pattis a parlé la veille du crime à un des assaillants de la banque. Mr. Pattis voulait avertir la police... mais il avait bu... et il a commis alors une invraisemblable étourderie... en bref, il a dormi au lieu de prévenir vos services.

— Hum !

Le préfet de police dévisageait John Pattis qui s'était levé en flèche. Son front était couvert de sueur. Il souffrait manifestement de sa défaillance et ne trouvait ni mots ni raisons pour s'en excuser. Il était « passible d'une peine » — ainsi s'exprimait le Code pénal allemand — et il le savait.

— Vous connaissez l'assassin ? interrogea Pelzer qui avait peine à se dominer.

— Oui.

La voix de Pattis était rauque... Joe Dicaccio, du Minnesota, se disait-il, le petit jeune homme blond, stupide au point d'avoir agi ainsi pour les beaux yeux d'une certaine Olga. Celui qui rêvait d'une ferme au milieu des prairies et avait pour cela descendu un homme. Pour une femme, pour de l'argent... Pattis avait la gorge nouée et lança péniblement :

— Il s'appelle Joe Dicaccio.

— Américain ?

— Oui.

— Vous le connaissez ?

— Il était auprès de ma voiture, lorsque j'ai quitté la maison du Dr Hellmig. Mon auto est immatriculée dans l'Etat d'origine de Dicaccio.

— Et il vous a parlé du hold-up projeté ?

— Oui. J'ai voulu l'en dissuader.

— Vous auriez mieux fait de le retenir sous le premier prétexte venu et de le remettre immédiatement entre les mains de la police.

— Je sais, mais il était armé. Il m'a menacé.

— Et puis, il vous a quitté... et vous êtes rentré chez vous et vous vous êtes couché. Au lieu de prévenir la police vous avez dormi.

Pelzer éleva la voix.

— Vous portez la responsabilité de la mort de trois hommes.

Le Dr Hellmig intervint, d'une voix saccadée.

— Permettez... Je vous ai déjà dit que Mr. Pattis avait bu...

Pelzer secouait la tête et interrompit Hellmig avec brutalité :

— Mr. Pattis était le seul à pouvoir empêcher ce crime et il dormait ! Avec ou sans alcool, c'est une autre histoire. Mais nous connaissons au moins le nom de l'assassin... Mr. Pattis voudra bien nous en donner une description exacte. Nous n'aurons plus alors qu'à diffuser le signalement.

— La population...

D'un geste de la main, Pelzer empêcha une fois de plus Hellmig d'exprimer jusqu'au bout sa pensée.

— La population ! Supposons que grâce au signalement, elle nous aide à découvrir le meurtrier. Qu'adviendra-t-il de celui-ci ? On le mettra en détention préventive. Le parquet dressera l'acte d'accusation ; la cour d'assises passera deux ou trois jours à écouter de sordides explications, la presse et la radio ne nous laisseront ignorer aucun détail de la vie de l'accusé, depuis sa naissance jusqu'au jour de sa comparution devant le tribunal... enfance difficile, fréquentations douteuses, adolescence pendant la guerre... le psychiatre interviendra et définira le comportement moral de l'accusé en termes savants que personne ne comprendra. Réquisitoire, plaidoirie, jugement, condamnation à perpétuité.

Le Dr Hellmig avait rougi et regardait Pelzer du coin de l'œil.

— Epargnez-vous de parler plus avant, Monsieur le Préfet de police. J'ai entendu de la bouche d'un jeune procureur les mots que vous allez prononcer.

— Je me permettrai donc d'interrompre cet entretien, Monsieur le Président... Je suis, malheureusement, dans l'obligation d'emmener avec moi Mr. Pattis.

Celui-ci, la tête penchée, les mains dans les poches, se tenait debout derrière son fauteuil.

— Bien entendu, rétorqua Hellmig, c'est votre devoir. — Hellmig s'assit derrière son bureau. — Il est possible que Mr. Pattis n'ait pas eu l'attitude correcte qui...

— L'attitude correcte ?... tonitrua Pelzer furieux. Quand trois hommes se font tuer parce qu'un quatrième s'est montré négligent, vous parlez de correction ?

Pelzer s'approcha de Pattis, lui posa la main sur le bras et lui dit d'un ton sec :

— Venez ! Je suis heureux que le règlement de police me permette d'agir avec correction en vous emmenant.

La tête toujours basse, Pattis sortit de la pièce le premier. Il traînait les pieds le long du couloir et il tenait les mains dans le dos, comme s'il portait des menottes.

Hellmig éprouva un instant l'envie de prendre un des cigares de la boîte de cèdre, mais il y renonça, car il savait qu'il ne l'apprécierait pas. Deux fois dans la même journée un vent de tempête avait fait irruption dans l'atmosphère douillette de son existence : l'assassin Katucheit qui l'avait menacé de ne pas l'oublier le jour de sa libération, puis ce jeune Pattis qui avait parlé à un assassin et, malgré cela, s'était endormi bercé par les vapeurs de l'alcool, causant ainsi la mort de trois hommes.

Hellmig prit le téléphone et composa le numéro de son domicile.

— Franz ?

La voix de Mme Hellmig était inquiète. Il était

rare que son mari téléphonât pendant ses heures de travail.

— Je ne rentrerai pas déjeuner. J'ai encore quelques personnes à voir.

— Tu seras là pour le dîner ?

— Bien sûr. A tout à l'heure.

Le poing sous le menton, Hellmig regarda la cour du Palais de Justice. Ses yeux s'arrêtèrent sur le mur gris de l'aile opposée... quatrième étage, la fenêtre en face de la sienne... quelques trous dans la pierre... des éclats d'obus lorsque les Alliés avaient bombardé la ville, en 1945.

« Trente ans au service de la Justice, songeait-il. Depuis sept ans président du tribunal régional. Durant la moitié de ma vie d'homme, j'ai tenu entre mes mains le sort de nombre de mes semblables. J'ai rendu la justice en mon âme et conscience. Je n'ai jamais eu à rougir de mes sentences. J'ai toujours considéré la créature humaine dans son ensemble, sans m'arrêter au seul fait qui devait être jugé. Je n'ai jamais perdu foi en la bonté de l'homme. Je n'ai jamais renié la force créatrice de Dieu en disant : cette créature est mauvaise... débarrassons-nous d'elle ! Aucun homme n'est foncièrement mauvais, il ne peut pas l'être puisque Dieu l'a créé à son image et lui a insufflé une âme immortelle. »

Il regarda ses mains. Trente ans elles avaient fermé sa robe, ajusté au col le rabat blanc ; trente ans elles avaient saisi le verre d'eau, lorsque les débats se prolongeaient, trente ans elles s'étaient levées pour prêter serment et avaient feuilleté d'épais dossiers. Des dossiers pleins d'horreurs et d'infamies... d'actes démentiels et dégénérés... Trente ans d'erreurs humaines, de mensonges, de cris, de pleurs, de dénonciations, de parjures, de faux témoignages, de protestations, de dissimulations, de colères, de menaces et d'effondrements.

Et malgré tout il croyait en la bonté naturelle de l'homme. Elle existait, même chez un Peter Katucheit, même chez un Joe Dicaccio. Eux aussi avaient un père et une mère, eux aussi étaient des enfants de Dieu. Ils seraient isolés du reste de l'humanité... mais punir de mort, Dieu seul en avait le droit.

Hellmig réfléchit encore un instant puis, trouvant le silence de la pièce, il dit à haute voix : « Et quand ils seraient tous contre moi, jamais je ne prononcerai la peine de mort... »

Pendant ce temps-là, à Francfort, Pohlschläger et Dicaccio étaient assis l'un vis-à-vis de l'autre. Heidrich le Chialeur et l'élégant Wollenczy nantis de leur part de butin s'étaient éclipsés : destination inconnue.

Dicaccio aurait dû, lui aussi, avoir quitté la ville depuis longtemps. Pohlschläger avait été étonné, furieux, lorsque quelques instants plus tôt, ouvrant la porte en réponse à un coup de sonnette, il s'était trouvé en face de l'Américain.

— Tu es cinglé, non ? chuchota-t-il en attirant Joe à l'intérieur. — Il referma la porte et, méfiant, dévisagea le blondinet. — Tu n'as pas ton compte ? Tu as pourtant vérifié devant témoins.

— La somme est exacte, mais j'ai oublié quelque chose, répondit Joe.

Il sortit une cigarette de la poche de son pardessus et l'inséra dans le coin de la bouche.

— Alors ramasse-le et disparais aussi vite que possible.

— Okay. — Joe alluma sa cigarette et poussa Pohlschläger de côté. — Elle est dans la salle de bains ?

— Qui ? demanda Pohlschläger éberlué.

— Olga...

— Cesse de faire l'idiot !

Pohlschläger ouvrit la porte de communication et Dicaccio regarda dans l'autre pièce. Il vit, sur un siège, le linge d'Olga, du linge vert tilleul. Il ferma les yeux, imaginant le corps d'Olga émerger de ce vert tendre... les formes plantureuses, la peau blanche, les cheveux noirs. Il respirait bruyamment.

— Va la chercher, dit-il très bas.

Pohlschläger se pencha en avant, mit les poings sur les hanches et demanda, toujours ébahi :

— Qui ?

— Olga...

Pohlschläger eut un sourire contraint, il avait perdu sa belle assurance.

— Ne dis donc pas de bêtises, Joe.

— J'emmène Olga, affirma Dicaccio d'une voix ferme.

Il regarda de nouveau le linge épars sur le fauteuil. Pohlschläger le suivait des yeux. Son visage se durcit.

— Tu veux rire ?

— J'ai participé au coup de la banque uniquement pour emmener Olga en Amérique. A présent, j'ai assez d'argent pour qu'on s'achète une petite ferme, tous les deux.

— Charmant. — Pohlschläger serrait les mâchoires. — Et Olga veut partir avec toi ?

— Nous nous sommes toujours bien entendus quand tu n'y étais pas.

— Tu es un salaud, Joe.

Pohlschläger était prêt à assommer Joe, mais celui-ci fut plus rapide. Il bondit de son fauteuil, s'élança sur Pohlschläger, le repoussa sur son siège et l'y maintint du poing droit. Une force insoupçonnée animait ce petit bonhomme. Il ne prononçait pas une parole, ce qui mit Pohlschläger sur ses gardes. Il ne se débattit pas et regarda, les yeux écarquillés, le visage pâle et étroit de Dicaccio penché au-dessus de lui.

— Dis-lui qu'elle doit s'habiller et venir avec moi, ordonna Joe.

Pohlschläger essaya de sourire.

— Tu arranges les choses comme des noix sur un bâton... Et si Olga ne veut pas te suivre ?

— Elle le voudra.

— Mais peut-être que...

Dicaccio secoua la tête.

— J'ai tué un homme... pour de l'argent, uniquement afin d'avoir assez d'argent pour emmener Olga. Je n'aurais jamais tiré sans cela, jamais ! C'était pour Olga, alors à présent, elle doit venir avec moi tu comprends ?

— Non...

Pohlschläger lança la tête en avant et donna en plein dans l'estomac de Dicaccio. Le coup fut si brusque que celui-ci lâcha prise, trébucha en arrière et leva les bras cherchant à retrouver son équilibre. Avant qu'il puisse se retenir à la paroi, Pohlschläger était sur lui et lui envoyait son poing sous le menton. Dicaccio s'affaissa, un mince filet de sang s'écoulait de sa bouche. Il resta recroquevillé sur le tapis, les mains sur la poitrine. Pohlschläger le gratifia d'un coup de pied dans les côtes. Dicaccio n'eut pas un tressaillement.

— Imbécile ! railla Pohlschläger.

Il frottait ses mains sur son pantalon comme s'il les avait souillées en touchant Joe. Olga sortait de la chambre à coucher, les cheveux relevés en chignon sur la tête, la robe de chambre entrouverte.

Elle poussa un cri perçant et bondit en arrière en voyant Dicaccio sur le sol. Pohlschläger l'observait du coin de l'œil.

— Ça te fait de la peine, hein ?

Olga Katinsky se drapa dans sa robe de chambre, en noua la ceinture et demanda :

— Qu'est-ce qu'il venait faire ici ?

— Tu as le toupet de le demander ?

Sans répondre, Olga contemplait Dicaccio. Pohlschläger hocha la tête à plusieurs reprises.

— C'était donc vrai... tu voulais me quitter...

— Non, Fritz.

— Il me l'a dit.

— Je le lui avais promis un jour... simplement pour qu'il reste avec vous tous. Jamais je n'ai pensé partir avec lui.

Elle regardait toujours Dicaccio qui ne faisait pas un mouvement.

— Il est mort ?

— Pas tout à fait. Disons qu'il dort profondément. Il a voulu jouer les hommes forts... Habille-toi, je m'arrangerai pour qu'il se tienne tranquille d'ici là.

Dicaccio ne faisait pas un mouvement mais, à travers ses paupières presque closes, il observait Pohlschläger et Olga. De la main droite, il étreignait le revolver que par d'imperceptibles mouvements, il avait réussi à libérer de sa bandoulière.

« Oh ! fumiers, se disait-il, immondes salauds... Pour vous j'ai descendu un homme. Vous avez fait de moi un assassin... Le petit blond du Minnesota qui aurait tant voulu reprendre une ferme est un assassin... J'ai toujours été un mauvais garçon... là-bas aussi, dans le Wisconsin et au Texas. Mais jamais je n'ai tué... Jamais je n'avais tiré jusqu'à hier... et je ne l'ai fait que pour Olga qui m'a menti. Fichue existence dans laquelle on ne peut pas revenir en arrière. »

Lentement il avança la main enfilée sous son veston. Il regarda par la porte ouverte Pohlschläger et Olga qui s'était débarrassée de sa robe de chambre et commençait à mettre son linge vert tilleul. Dicaccio se mordit les lèvres. Une fois encore il jeta les yeux sur le beau corps rond surmonté d'un chignon noir... une fois encore il jeta les yeux sur Pohlschläger qui se tenait debout, non loin d'Olga, et fumait tranquillement une cigarette.

Puis, rapide, précis, il tira par-dessous son bras gauche. Pohlschläger lança les bras en l'air, comme un fou et retomba sur le guéridon. Les yeux écarquillés, incrédules, il regardait Olga... des yeux semblables à ceux qu'avaient ouverts le caissier et l'autre employé, à la banque, lorsque Pohlschläger leur avait tiré en plein visage...

Dicaccio tira une deuxième fois. Il avait fermé les yeux après avoir visé. Il entendit Olga gémir, puis tomber sur le sol avec un bruit mat.

Dicaccio se releva, s'approcha de la fenêtre, essuya avec un rideau le sang qu'il avait sur le visage, puis quitta la maison. Il s'en alla aussi calmement qu'il était venu. D'un pas égal, il gagna la cabine téléphonique la plus proche et appela la police.

Sa voix était lasse. Deux coups de revolver venaient de détruire définitivement son univers, son espérance, sa vie. Il le savait. Il n'avait plus aucune illusion.

— Ici Dicaccio, dit-il dans le récepteur. Joe Dicaccio. J'ai commis le hold-up de la banque de Wiesbaden. J'ai tué le policier et, il y a cinq minutes, j'ai tué le chef de notre bande, Fritz Pohlschläger... et aussi sa maîtresse Olga Katinsky. Je téléphone d'une cabine publique. Vous savez tout maintenant. Je regrette...

Il raccrocha et quitta la cabine.

Où aller ? se demandait-il. Où donc aller ?

De l'argent plein les poches, une petite fortune et pas de chez soi. Pas plus demain qu'aujourd'hui... Un homme enfermé dans un espace privé d'air... un homme seul au monde... pourchassé comme un loup féroce, traqué comme un chien enragé.

Et tout cela pourquoi ?

Pour quarante mille marks !

Quarante mille marks pour être devenu un assassin, pour s'être à jamais mis au ban de la société. Quarante mille marks... mais plus d'espoir de retourner au Minnesota, de revoir la ferme de Daddy et les mains usées par le travail de Mammie !

Dicaccio suivait la rue d'un pas lent. Il entendit au loin la sirène d'un car de police. La grande poursuite avait commencé... Si on l'extradait, il serait bon pour la chaise électrique.

Ses quarante mille marks en poche, Dicaccio quitta la ville en autobus, pour se rendre dans les bois proches du Main.

La paix, se disait-il, deux ou trois jours de calme. Il faut que je réfléchisse. Il doit bien exister un moyen d'en sortir, de franchir la frontière, d'aller en France, peut-être, ou en Italie et plus tard de gagner l'Orient. Le monde est si grand... si merveilleux. Seule la vie infâme... et l'humanité.

Il regardait, par la glace de l'omnibus, les câbles téléphoniques frémir sous le vent, se soulever et s'abaisser... se soulever et s'abaisser...

Le mécanisme de la justice allemande s'était mis en branle ; chaque rouage, bien rodé, bien huilé, fonctionnait avec précision. Le premier à être pris dans l'engrenage fut John Pattis.

Celui-là, nous le tenons, s'étaient dit les inspecteurs de la brigade criminelle. Il n'est pas le coupable, mais n'empêche qu'il est américain, comme un des auteurs du crime.

Il a parlé à l'assassin. Ses renseignements sont exacts... Joe Dicaccio s'est dénoncé par téléphone, il a tout avoué et il est en fuite. Il faut d'abord vérifier cette histoire d'alcool. Les experts devront dire si un homme sous le coup d'un choc, comme Pattis prétend en avoir éprouvé un après ce que lui a annoncé Dicaccio, n'est réellement plus en état de prendre une résolution déterminée.

Un mandat de dépôt fut délivré contre John Pattis. Il se vit attribuer une vaste cellule, fut autorisé — sous condition qu'il en ait les moyens pécuniaires — à faire venir du restaurant les plats dont il avait envie. Il avait le droit de lire, d'écrire, de chanter, de s'arracher les cheveux et de se raconter à lui-même de bonnes histoires. Il avait tous les droits... sauf celui de rentrer chez lui.

Le lendemain après-midi le Dr Hellmig ayant appris par téléphone la décision du juge d'instruction, Sylvia alla voir John Pattis.

Lorsqu'elle entra au parloir, Pattis se tenait sous la fenêtre grillagée ; il s'appuya contre le mur.

— Bonjour, monsieur Pattis, dit Sylvia d'une voix grave. Avant-hier, j'espérais que vous reviendriez bientôt chez nous et que vous continueriez à nous parler de la route de l'Alaska. C'est une voie d'une longueur immense, n'est-ce pas ?

Elle s'assit sur l'escabeau devant la simple table de bois blanc. John Pattis leva les mains.

— Je suis venu en Allemagne pour y étudier le fonctionnement de la justice. Je vais faire mon apprentissage sur le tas ! — Il s'efforçait de parler d'un ton léger. — Je n'aurais pas précisément cherché pour cela à me faire incarcérer dans une cellule à l'atmosphère empestée.

Le gardien qui se tenait devant la porte enfreignit sa consigne d'être sourd et muet.

— L'atmosphère de nos cellules n'est pas empestée.

Sylvia lui adressa un aimable sourire.

— Vos cellules sont des appartements d'hôtel de luxe avec tout le confort. Chambre n° 126, avec cabinets particuliers. Un coup de sonnette et aussitôt apparaît le valet de chambre en uniforme vert de gala.

Le garde rajusta le ceinturon de son uniforme vert et grogna. Quelle réponse donner à de tels propos ?... même émis par la fille du vieil Hellmig... décidément la jeunesse n'a pas de plomb dans la tête... Il enfouit les mains dans ses poches et fit tinter ses clés.

Sylvia examinait Pattis. Il était pâle. Ses cheveux n'étaient plus aussi impeccablement coiffés que le soir où il était assis au coin de la cheminée et posait sur la jeune fille des yeux admiratifs. Le col de sa chemise était fripé. Sylvia avait le cœur serré. Les yeux baissés, elle dit :

— Votre innocence sera très vite reconnue.

Pattis secoua la tête.

— Je me suis dérobé, je l'admets. Trois hommes vivraient encore aujourd'hui si je n'avais pas manqué à mon devoir...

— Je ne sais pas ce que j'aurais fait si un personnage avait brusquement surgi devant moi et m'avait annoncé : demain je dévalise une banque et je tue des hommes.

— Vous auriez crié. Vous auriez couru à la police ou auprès de votre père. Vous auriez certainement fait quelque chose. Tandis que moi, je me suis enivré et j'ai dormi sans plus penser que des vies humaines étaient en danger.

— Mais vous n'êtes pour rien dans les assassinats !

— Pas directement, bien sûr... mais le résultat est le même. La conséquence de mon erreur est tragique. Il y a trois morts, mademoiselle Sylvia. Non, il y en a même cinq, puisque Dicaccio a tué ce matin son « chef » et la maîtresse de celui-ci. Et rien de cela ne serait arrivé si, l'autre soir, j'étais allé immédiatement prévenir la police.

— J'en parlerai à mon père.

— Je vous en prie, n'en faites rien. — Pattis saisit la main de Sylvia. — Je ne veux pas que vous ayez des soucis, Sylvia. Surtout par ma faute... Nous ne nous sommes vus que quelques heures, mais cela suffit pour que je n'aie qu'un désir... vous voir heureuse. Heureuse comme vous l'étiez l'autre soir en rentrant chez vous et en me saluant comme une vieille connaissance. J'ai encore vos mots dans les oreilles... je ne les oublierai jamais. « Vous racontiez certainement à mon père une vieille légende indienne. » Et, tout en parlant, vous me regardiez en riant et je me suis senti troublé comme un collégien qui raccompagne pour la première fois une jeune fille.

A la porte, le gardien toussotait. Il agitait ses clés en regardant le plafond. Sylvia se leva. Pattis bondit lui aussi sur ses pieds, sans pour autant lâcher la main de Sylvia.

— Dans quelques jours tout sera élucidé. Vous viendrez alors à la maison et nous boirons une vieille bouteille qui vous remettra de vos émotions.

— Si votre père accepte de me recevoir...

John Pattis garda les yeux sur la porte qui s'était refermée avec un déclic.

— Sylvia, murmura-t-il très bas. Sylvia...

Le Dr Burrmeister, ministre régional de la Justice, avait devant lui le courrier du jour et tapait du plat de la main la pile de lettres. Le Dr Feind, conseiller ministériel, raide comme un piquet, se tenait devant le bureau.

— Vous avez lu ça ? demanda le ministre. Un quidam a soulevé une véritable tempête et les autres, au lieu de mettre de l'huile dans les rouages, en versent sur le feu. Un ouragan dans un verre d'eau, quoi ! Pour la presse, en tout cas, une bonne affaire !

Il prit quelques lettres dans la main et les laissa retomber une à une sur son bureau.

— Pour commencer, le substitut Doernberg...

« Le président du tribunal, le Dr Hellmig, se
plaint.

« Le procureur Karlssen apporte de l'eau au moulin de Doernberg...

« Le procureur général m'envoie un rapport.

« Un député se plaint de voir bafoué l'ordre démocratique. Le même député a été personnellement pris
à partie, chez lui, par le bouillant Doernberg.

« Un directeur de pénitencier s'excite, me fait tenir
une protestation et réclame tout simplement le rétablissement de la peine de mort...

« Circulaire de Bonn : pas de discussion sur la
peine de mort... s'en tenir strictement à la Constitution... »

Le ministre mit les deux mains à plat sur les lettres comme s'il craignait qu'un coup de vent pût les
emporter.

— Que pensez-vous de tout ça, Feind ?

— Mon opinion ne clarifierait en rien la question.

— Donc vous êtes pour.

— Je n'ai pas dit cela, Monsieur le Ministre.

— Bien sûr que non ! Alors je le dis pour vous et
formule en clair votre pensée.

Le ministre secoua vigoureusement la tête.

— La peine de mort est aujourd'hui pour beaucoup la panacée. Ils s'imaginent que le couperet ou
la corde suffiraient à régler la question de la criminalité engendrée par la guerre. Six, sept, dix exécutions... comme autrefois, annoncées par des placards
rouges sur les colonnes d'affichage. « Au nom du
Peuple, le nommé Emil Maier a été exécuté ce matin
à l'aube au pénitencier de Cobbenburg. Maier avait
été condamné à mort par deux fois, pour avoir tué
le chauffeur de taxi Peter Schultze au volant de sa

voiture et, en s'enfuyant, blessé un policier, décédé des suites de ses blessures... » Dix affiches comme celle-ci et les meurtres disparaissent telle neige de mars au soleil. Voilà ce qu'on pourrait croire quand on entend les commentaires actuels sur la peine de mort.

Le ministre tendit l'index vers le Dr Feind.

— Avez-vous déjà assisté à une exécution, Feind ?

— A plusieurs, Monsieur le Ministre. En 1944, pour la dernière fois.

— Et vous ne vous êtes pas senti mal ?

— Non. Le dernier homme que j'ai vu exécuter avait fait sauter les rails avant le passage d'un train de permissionnaires qui revenaient de Russie. Résultat : dix-sept morts et cinquante-cinq blessés graves. Des permissionnaires, Monsieur le Ministre... Des pères et des fils qui, après des mois de durs combats dans les plaines russes, pouvaient enfin rentrer chez eux. Certains n'y étaient pas revenus depuis des années et rêvaient... être de nouveau auprès de leur mère, s'asseoir près du poêle, se laisser gâter... dormir dans un vrai lit... écouter la respiraion légère de leur femme... Ils en avaient rêvé... des années. Et enfin, ils sortent de Russie, ils retrouvent le sol de la patrie, ils saluent avec de grands gestes les infirmières de la Croix-Rouge, sur les quais de gare ; ils chantent à tue-tête.. et puis, crac... ils tombent les uns sur les autres, les wagons sont pulvérisés... Des cris, des gémissements, la mort... l'horreur est de nouveau là, cette horreur qu'ils voulaient oublier pour quelques jours. L'horreur... œuvre d'un seul salopard qui a posé deux mines sur les rails... Et vous croyez, Monsieur le Ministre, que j'aurais pu me sentir mal en assistant à l'exécution du coupable ?

Ebahi, le ministre regardait Feind.

— Vous avez été pathétique, Feind... Faisons abstraction de votre cas, mon cher — chose curieuse, les juristes ont toujours un cas type à citer dès qu'il est question de la peine de mort — et considérons les exécutions sur le plan général. Entre les mains d'un dictateur, la peine de mort n'est rien d'autre que la législation de l'assassinat.

— Nous sommes aujourd'hui en démocratie.

— Et dans vingt ou dans cinquante ans ?

— Si Dieu le veut, nous y serons encore ! — Feind haussa les épaules. — Si jamais un dictateur reprenait le pouvoir, il lui serait facile de réintroduire l'article concernant la peine de mort. La crainte de laisser libre cours à l'arbitraire, si l'on supprime l'article 102 de la Constitution, est aussi peu fondée que le reproche fait à la peine de mort d'être immorale. Notre loi pénale est, certes, une loi morale. Qui pèche contre la communauté n'a plus le droit de vivre dans cette communauté.

— Bravo, Feind ! C'est bien pour cela que nous avons la détention à perpétuité.

— Un criminel ne devrait pas avoir le droit de se faire entretenir pendant des dizaines d'années par la collectivité. Des hôpitaux, des maisons de convalescence, l'extension du réseau routier, l'augmentation des fonds sociaux, voilà qui me paraît plus important que le nombre de calories attribuées à messieurs les assassins.

— Et le respect de la vie ?

— Quel respect ? Un assassin en témoigne-t-il pour sa victime ? Au nom de quel droit fait-il appel à l'humanité alors que lui-même a supprimé la vie ?

— Au nom du droit qu'ont tous les chrétiens, Feind.

— Il est dit dans la Bible : « Œil pour œil, dent pour dent... »

— Dans l'Ancien Testament, Jésus-Christ a dit, lui : « Mon royaume est amour. » — Le ministre se leva et, hochant la tête : — Mais sommes-nous des ecclésiastiques, Feind ? Nous devons penser avec calme, sans passion. J'ai ici une pile de notes et de plaintes. Nous devons donner un avis. Et notre décision doit être fondée sur les lois en vigueur. Et voyez-vous, Feind, en admettant même que nous soyons des milliers favorables au rétablissement de la peine de mort, vous, moi, le ministre fédéral de la Justice et le chef de l'Etat lui-même, cela servirait à quoi ? Pour abroger l'article 102 de la Constitution, il faut une majorité des deux tiers au Parlement. Deux tiers des députés devraient se mettre d'accord. Vous avez déjà vu ça à Bonn, hormis lors des votes sur les dates des séances ? Il suffirait qu'un parti important s'oppose à cette abrogation — et il s'en trouverait certainement un — pour que cette majorité des deux tiers soit aussi difficilement atteignable que Mars ou Sirius. N'ayons donc pas d'illusions, Feind, c'est ce que je vais dire aussi à Doernberg et à Karlssen : « Votre petite révolution de palais est une guerre d'opérette. Les seuls qui en profitent, ce sont les journalistes. Vous leur livrerez sur un plat d'argent quelques manchettes à sensation et la matière de deux ou trois articles. »

Le ministre frappa du plat de la main sur son bureau.

— La justice va-t-elle se ridiculiser ?

Burrmeister se dirigea vers un placard et en sortit

une bouteille d'eau minérale, s'en versa un verre qu'il
but à petites gorgées rapides.

— La population est indignée... c'est entendu. Les
nombreux attentats de toute sorte commis ces derniers temps ont échauffé les esprits, éveillé des instincts vengeurs. Mais c'est précisément cela qu'il faut
éviter. Il nous faut rester calmes, Feind, absolument calmes. Pas de ressentiment, pas de vengeance :
tu as tué, donc nous te raccourcissons... des pratiques
moyenâgeuses. Nous sommes au XXe siècle ! Il fallait
une réforme, Feind, une réforme qui tînt compte
qu'un assassin est lui aussi un être humain.

Le conseiller ministériel secouait la tête, sans mot
dire.

Burrmeister remit la bouteille d'eau minérale dans
le placard et resta, un instant, le dos tourné au
Dr Feind. Puis, brusquement, il pivota.

— Je désire voir après-demain Karlssen et Doernberg. Prévoyez avec chacun une heure d'entretien.
Convoquez le premier pour dix heures.

— Je vais m'en occuper immédiatement, assura
d'un ton sec le Dr Feind.

Le doyen Peter Ahrens venait de terminer son repas. Il s'appuya contre le dossier de son siège, se
disposant à lire confortablement le journal de l'évê-
ché, lorsque sa gouvernante, Maria Poll, annonça un
visiteur.

— A cette heure ? interrogea le doyen en jetant
un coup d'œil sur la pendule : midi et demi, une
heure que le doyen ne devait jamais plus oublier.

— Qui est-ce donc ?

— Il n'a pas donné son nom, mais simplement dit que vous le connaissiez... Il a l'air d'un brave homme, poursuivit Maria Poll qui avait remarqué le regard perplexe du doyen.

Peter Ahrens posa le journal religieux sur un petit guéridon de fumeur et boutonna son veston.

— Faites entrer, dit-il en gardant les yeux sur la porte par laquelle, peu de temps après la disparition de Maria Poll, arriva un homme insignifiant, de taille moyenne, sans aucun trait saillant.

L'homme s'inclina courtoisement et, le chapeau à la main, resta près de la porte. Un sourire éclaira le visage du doyen.

— Vous, cher monsieur Schultze !

Kurt Meyer — avec y — fit un petit geste de la main.

— Pas si haut, monsieur le doyen, votre gouvernante pourrait entendre mon nom.

Le doyen Ahrens riait. Il fit signe à son visiteur de s'approcher.

— Asseyez-vous donc. Pour que vous veniez me voir à cette heure, vous avez certainement quelque chose de très important à me dire. S'agit-il du chant d'action de grâces pour la récolte ? Le deuxième mouvement est difficile, n'est-ce pas ?

Kurt Meyer secouait doucement la tête. Il y avait dans ses yeux un peu de tristesse et aussi de compassion.

— Je ne pourrai jamais chanter ce magnifique chœur, annonça-t-il d'une voix posée.

Le doyen, qui se dirigeait vers le buffet de service pour y prendre une bouteille de vin rouge, se retourna.

— Que voulez-vous dire par là, monsieur Schultze ?

— Je quitte la ville, monsieur le doyen. Je me

suis longuement interrogé pour savoir si je devais
venir chez vous avant de partir de Bonn. Et puis, j'ai
pensé... je voudrais me confesser, monsieur le doyen.

— Vous confesser ? Ici ? dans mon appartement ? Allons à...

— Non, je vous en prie...

Meyer — avec y — fit de nouveau un petit geste
de la main. Il se rapprocha du doyen et resta planté
devant lui.

— Dans une heure, je serai déjà loin de cette ville.

— Si vite, monsieur Schultze ?

Meyer hocha la tête et posa sur le doyen des
yeux perçants.

— Est-ce que tout ce que je vous dis relève du
secret de la confession ?

— Tout. — Le doyen était envahi d'un sentiment
de malaise. — Que voulez-vous me dire ?

— Que je suis un assassin...

Le doyen retenait son souffle. Cette phrase l'avait
atteint comme un coup de poing. Il ferma les yeux
puis les rouvrit lentement et regarda le visage souriant, insignifiant, bonhomme, de Kurt Meyer. Il
regarda les yeux, inexpressifs comme ceux d'un pois-
son. Ces yeux d'un assassin. Péniblement le doyen
articula :

— Qui avez-vous tué, Schultze ?

— Je ne m'appelle pas Schultze, mais Meyer...
Meyer avec y.

— Qui avez-vous tué ? répéta le doyen d'une voix
tremblante.

Kurt Meyer regarda par la fenêtre. Derrière les
rideaux on apercevait un géranium, maigrichon, un
peu flétri. Il a besoin d'être arrosé, pensa-t-il. Pourquoi la gouvernante ne donne-t-elle pas de l'eau aux

plantes ? Elle se dessèchent à la fenêtre, avec ce soleil... pauvres fleurs.

— Cinq personnes, monsieur le doyen.

— Cinq...

— Oui, cinq. Quatre hommes et une femme... la mienne, monsieur le doyen ; elle m'avait trahi et envoyé au pénitencier pour quatre ans. Savez-vous ce que représentent quatre ans de pénitencier ? Quatre ans de lutte contre les gardiens, contre les prévôts, contre le directeur, les visiteurs, l'aumônier, les contre-maîtres des ateliers... tout ça parce qu'une bourrique, ma femme, m'avait donné ? Je l'ai descendue, le jour même de ma libération... c'était pour moi une obligation morale. Puis j'ai tué mes deux amis... l'un par le gaz, l'autre en le jetant dans le Rhin. Ils ont tous les deux supplié, monsieur le doyen, gémi, vous n'imaginez pas à quel point. Salauds, ai-je dit, vous m'avez vendu, allez au diable... J'ai eu bien du mal à enfoncer le tuyau de gaz dans la bouche de l'un d'eux. Mais j'étais à côté de lui, prêt à l'assommer. Je suis resté jusqu'à ce qu'il s'affaisse, le tuyau toujours en bouche... comme pour un lavage d'estomac... c'en était comique. »

Le doyen se laissa tomber sur un siège. Il était submergé de dégoût. Je vais vomir, se disait-il... Dieu, mon Dieu..., est-ce un homme que j'ai devant moi ?... Et cet homme chantait des hymnes à Ta gloire et répétait un chœur pour la fête d'action de grâces des récoltes... « Loué soit le Seigneur, car il dispense à tous ses bontés... »

Kurt Meyer parlait toujours, d'une voix douce, monocorde, les mains jointes sur la poitrine, comme s'il allait entonner un cantique...

— ... Je l'ai fait basculer dans le Rhin... il ne sa-

vait pas nager ; il levait les bras et criait : Kurt !
Kurt ! J'ai fait tourner plus vite le moteur de la voiture louée... le bruit a couvert celui de sa voix...
j'étais très content, ça n'a pas traîné.

Le doyen détournait la tête. La vue de Meyer lui
donnait la nausée... il avait de plus en plus envie de
vomir.

— Vite, balbutia-t-il, la suite... vite.

— L'expert qui avait identifié mon écriture sur les
chèques falsifiés a disparu. Je l'ai enterré dans une
forêt... Il n'a offert aucune résistance... un pauvre
type... assommé d'un revers de main. Il n'a pas
souffert, ça je peux le jurer.

— Ne prononcez pas ce mot ! s'écria le doyen.

Meyer haussa les épaules, son visage était blême.

— Ne criez pas... je vous en prie, ne criez pas. Je
ne peux pas supporter les cris... et ici je n'ai pas de
moteur que je puisse faire tourner.

Il souffla bruyamment et se passa la main dans
les cheveux.

— Lorsqu'il est tombé, je lui ai un peu serré le
cou, par sécurité, monsieur le doyen. J'ai lu un jour
une affreuse histoire d'enterré vivant. Si tu règles
son compte à quelqu'un, me suis-je dit, que ce soit
avec humanité. Cela a l'air d'un paradoxe... c'est
pourtant une règle qu'on ne devrait pas négliger. Il
faut opérer vite... sans douleur... La mort n'est pas
la torture...

— Et le cinquième ?

— Le cinquième, sa mort remonte à quatre ans.
C'était le commerçant dont j'avais falsifié les chèques. On n'a jamais rien pu prouver contre moi.
C'est difficile de prouver quelque chose lorsqu'un
meurtre est commis avec méthode... scientifiquement,

dirais-je. Et me voilà seul au monde, monsieur le doyen... tout seul. Mes ennemis sont morts. Je connais une merveilleuse paix intérieure.

— Quoi ?...

— Je suis en paix...

— Et votre conscience ?

— Qu'est-ce que la conscience ?

— La crainte de Dieu.

— Où est Dieu ?

— Partout ! Autour de vous, en vous...

— En moi ?

Meyer secoua énergiquement la tête.

— Que voulez-vous encore ici ?

— Je voulais simplement vous raconter tout cela, monsieur le doyen. Dans une demi-heure, je serai loin. Et je peux m'en aller tranquille puisque vous êtes tenu par le secret... professionnel.

— Dieu vous châtiera entre tous, Meyer.

— Je n'ai pas peur de Dieu.

— Vous apprendrez à le craindre.

— Jamais !

Le doyen Ahrens bondit sur ses pieds, se précipita à la fenêtre, tira les rideaux et ouvrit un des battants. Il se pencha pour aspirer l'air. De l'air, de l'air pur ! Que Dieu ait créé l'air suffit pour qu'on passe sa vie à le remercier et à le louer. L'homme qui se tenait dans la pièce dégageait une odeur nauséabonde, mélange de sang et de sueur. Le doyen Ahrens avait l'impression d'être enveloppé par cette odeur, comme si elle formait un nuage épais qui menaçait de l'étouffer.

Il se retourna, sans quitter la fenêtre.

— Vous devez vous mettre à la disposition de la justice terrestre, Meyer.

— Pas question.

— Vous devez expier vos crimes.

— Ne tenez donc pas des propos aussi vieux jeu, monsieur le doyen...

On n'a pas idée de parler aussi bêtement, pensait-il. Je n'assiste pas au sermon du dimanche... Je suis ici, devant lui et je viens de lui déclarer que je suis un assassin ! Le moins que je puisse lui demander c'est de me parler avec un grain de bon sens.

— Quant à la punition que m'infligera Dieu, cela excite ma curiosité, reprit Meyer. Y a-t-il un Dieu ? Je voudrais bien le savoir. Peut-être n'existe-t-il que dans la Bible et dans le *sursum corda*. La justice terrestre ! Croyez-vous qu'elle existe ? Je connais le pénitencier... j'ai étudié la justice pendant quatre ans. Non pas appris à la connaître, monsieur le doyen, étudié... avec la passion d'un savant, avec le fanatisme d'un citoyen qui veut tout comprendre du système pénitentiaire afin de savoir comment sont dépensés les impôts qu'il paie. Vous pensez que le pénitencier pourrait m'effrayer ?

— Vous serez exclu de la société...

— Croyez-moi, monsieur le doyen, l'humanité ne vaut pas qu'on la regrette. Pour servir Dieu, les moines s'enterrent dans des couvents, loin des hommes, loin des bruits du monde. Ils vivent dans d'étroites cellules... dans des cellules plus petites, plus simples et plus nues que celles d'une prison. Comment pourrais-je regretter d'être retranché de l'humanité alors que des hommes acceptent volontairement de vivre dans une cellule ? En France, il y a les travaux forcés... ce qui est désagréable, bien qu'on n'envoie plus les condamnés dans cette maudite Guyane. Les prisons anglaises ont, elles aussi, mauvaise réputa-

tion. En Amérique, la chaise électrique m'attend...
ou la chambre à gaz... perspective peu réjouissante.

« Partout dans le monde, je serais un monstre
qu'on chercherait à écraser comme une punaise. Mais
en Allemagne, monsieur le doyen... Ici, dans notre
beau pays, je suis un être humain qui a le droit
de trouver en arrivant au pénitencier une cellule
chauffée, deux couvertures, une table, une étagère,
un lavabo, une tinette chimique et des livres édifiants.

« Pensez-y, monsieur le doyen, une cellule de six
mètres carrés, chauffée en hiver. Dans le grand réfec-
toire, il y a une scène et l'on y présente des spectacles
théâtraux... Une fois par semaine, on vide le réfec-
toire... nous jouons alors au ping-pong, au volant, à
la, balle, aux quilles...

« Afin que nos jointures ne rouillent pas, monsieur le doyen, afin que nous restions frais ! Afin
que nous nous sentions bien !

« Puis vient le jour où nous sommes graciés...
c'est un grand jour que nous attendons depuis des
années.

« Nous, les condamnés à perpétuité. Nous qui
vivons mieux que des milliers de braves et honnêtes
citoyens entassés dans les taudis des grandes villes...
Moi, Meyer, coupable de cinq assassinats, je serais
nourri, logé, blanchi... j'aurais droit aux soins médicaux, aux produits pharmaceutiques, voire à un lit de
l'infirmerie... sans bourse délier, monsieur le doyen,
car pour m'entretenir, les hommes libres paient des
impôts... y compris ceux qui logent à sept dans une
seule pièce. Eux aussi paient des impôts pour moi,
l'assassin ! C'est cela la justice terrestre...

Le doyen Ahrens enfonçait les ongles dans la
tablette de la fenêtre.

— Cela me dégoûte de vous entendre.

— Dites le fond de votre pensée, je vous donne envie de dégueuler. Le mot n'est pas très distingué, mais il traduit si bien ce que vous ressentez. Si j'étais vous, monsieur le doyen, il y a longtemps que j'aurais flanqué dehors Kurt Meyer.

— Vous êtes venu me voir parce que vous aviez besoin d'aide.

— Pas le moins du monde.

— Pour vous confesser.

— Sous réserve ! Je n'attendais pas de vous l'absolution. Ce que vous pouvez faire, c'est m'admonester, me livrer à la police. C'est précisément ce que je ne ferais pas à votre place. Croyez-vous que j'aie peur du pénitencier ? Les hommes comme moi se sentent partout chez eux... dans une mansarde, une villa ou une cellule... avec service et bon traitement garantis. On fait tout en Allemagne pour que les détenus vivent le plus confortablement possible... et on s'occupe de leur âme... et on les distrait pour qu'ils ne souffrent pas de leur condition. Croyez-moi, monsieur le doyen, nous vivons beaucoup mieux, je vous le répète, que ces pauvres diables qui croupissent à sept dans une pièce ou dans une cabane à lapins !

Le doyen Ahrens referma la fenêtre. La brise d'été, le parfum des fleurs, le son des cloches, le pas des hommes, dans la rue, la rotation de la terre autour du soleil, tout, tout ce qui fait la vie, l'avait apaisé intérieurement. Il pouvait de nouveau plonger sans dégoût son regard dans les yeux de merlan.

— Vous ne voulez pas vous livrer ?

— Me croyez-vous capable d'un acte aussi insensé ?

— Alors pourquoi êtes-vous venu chez moi ?

— Par cynisme, monsieur le doyen. Uniquement par cynisme... et peut-être aussi par reconnaissance.

— Par reconnaissance ?...

— J'ai tué cinq personnes. Je ne cesse de le répéter parce que j'en suis fier.

Il leva la main et se mit à compter lentement sur ses doigts.

— Une... deux... trois...

— Arrêtez ! cria le doyen.

Il avait de nouveau la gorge nouée, l'envie de courir à la fenêtre, de respirer une bouffée d'air.

— Bien, dit Meyer d'une voix douce, arrêtons le compte. Ces cinq vivraient encore aujourd'hui si...

— Si... interrompit le doyen, le visage écarlate, les yeux lançant des éclairs.

— Si j'avais risqué ma tête. Je suis lâche, monsieur le doyen, je le reconnais. Je n'ai pas honte à l'avouer. Je suis un pitoyable, un déplorable froussard quand il s'agit de ma peau. Je gémirais, je me lacérerais, je hurlerais à faire trembler les murs si quelqu'un voulait me tuer. Mais il n'y aura personne pour me dire : tu dois mourir parce que tu as tué cinq êtres. Tu mourras demain à six heures, dans la petite cour d'un pénitencier... sous la guillotine... cela ira vite... pas plus de soixante secondes... ta tête sera séparée de ton corps par un couperet bien aiguisé... et quand elle sera tombée dans une caisse pleine de sciure, le bourreau annoncera : la sentence est exécutée ! On me mettrait ensuite dans un cercueil de bois blanc, tout nu, comme je l'étais à ma naissance. Seulement ma tête ne serait pas sur mes épaules mais entre mes jambes... Or rien de tout cela n'arrivera, monsieur le doyen, parce que la guillotine se rouille lentement au musée du crime. La peine de mort est abolie.

— Vous n'auriez jamais fait cela si la peine de mort existait encore ?

— Jamais, en aucun cas ! Je suis un couard, monsieur le doyen, seule la loi me rend fort. La loi qui interdit la peine de mort... une loi faite pour l'assassin lâche qui n'a rien d'autre à perdre que sa vie. Mais on la lui offre...

— Vous êtes le diable en personne ! Il me faudra prier pendant des semaines pour pouvoir vous oublier.

— Ce serait une erreur. Vous ne devez pas m'oublier, monsieur le doyen, jamais. Je ne suis qu'un petit comptable, un homme de la masse... je le sais. Je n'ai qu'à me regarder dans le miroir pour admettre que l'image qu'il me renvoie est celle d'un zéro. Mais ce zéro a tué cinq personnes et ça, monsieur le doyen, vous ne devriez jamais l'oublier. A présent, si vous le permettez, je vais me retirer...

— Allez-vous-en, vite... vite !

Le doyen se précipita vers la porte et l'ouvrit si violemment qu'elle faillit sortir des gonds.

— Dehors ! Dehors ! bredouilla-t-il.

Kurt Meyer hochait la tête. Il boutonna lentement son veston et regarda une dernière fois autour de lui.

— C'est ainsi que l'on jette un homme dehors... qu'on le jette à la porte d'un presbytère. A la porte, tout simplement... Au lieu de discuter avec lui, on le fiche dehors.

Il était arrivé à la porte et dévisagea le doyen.

— Je voulais vous dire tout cela, monsieur le doyen, avant de me perdre dans la masse. Je devais et je pouvais vous le dire, parce que vous avez l'obligation de vous taire. Au revoir, monsieur le doyen.

Il fit une inclination de tête amicale, puis une autre à la gouvernante qui lui ouvrait la porte de la maison et, dans la rue, marcha d'un pas alerte, en balançant les bras.

Une homme insignifiant...

Le dimanche était chaud.

Col de chemise ouvert, manches retroussées, Willy Sänger appuyait sur les pédales de son vélo. Helga Krämer qui roulait devant lui essuyait de temps à autre son front couvert de sueur. Sa robe imprimée voltigeait autour d'elle, découvrant haut ses jambes.

Ils se dirigeaient de nouveau vers le bois, vers le petit lac calme, caché au milieu des roseaux et des buissons en fleurs, des genêts et des hauts bouleaux qui dressaient vers le ciel leurs troncs argentés. Au bord de ce lac, il faisait frais. Ils s'allongeraient tout près de la rive, ne laissant dépasser de l'eau que leur tête. Les vagues douces glisseraient sur leurs corps. Et autour d'eux tout serait calme, d'un calme merveilleux, que troublerait à peine le chant d'un oiseau manifestant son allégresse.

Willy rejoignit Helga et, tout en continuant à pédaler, lui passa le bras autour des épaules.

— Fatiguée, Helga ?

— Un peu, la chaleur est vraiment suffocante.

— Un quart d'heure encore et nous serons au bord du lac.

Il se pencha vers elle et l'embrassa dans le cou. Elle rit et, d'un coup de pédale vigoureux, le distança, penchée sur son guidon, les cheveux au vent : une jeune fille pleine d'entrain, amoureuse, heureuse.

Willy Sänger lui laissa le triomphe de l'échappée. Depuis qu'il avait cérémonieusement demandé à monsieur l'administrateur civil Krämer, son supérieur, la main de sa fille, Willy nageait dans le bonheur. Il avait obtenu l'autorisation officielle d'emmener Helga en excursion le dimanche. Les fiançailles seraient célébrées à Noël au cours d'une réception familiale.

Dès lors les portes du paradis s'entrouvaient pour Willy et Helga, un paradis figuré pour l'instant par un petit lac au milieu d'un bois.

Aujourd'hui donc, ils avaient poussé leurs bicyclettes le long de l'étroit sentier qui reliait le lac au monde extérieur ; ils s'étaient déshabillés et, en costume de bain, ils étaient étendus à l'ombre d'un arbre. Devant eux, le lac scintillait comme une nappe d'argent.

— Dans deux ans, je serai premier greffier, dit Willy en entourant du bras les épaules d'Helga. — Il avait fermé les yeux et rêvait. — Nous nous ferons bâtir une petite maison, une jolie petite maison. Il y a deux ans déjà que j'ai un carnet d'épargne-logement. Tout se passera comme dans les contes de fées : et ils vécurent heureux de très, très nombreuses années.

Helga posa une main sur le bras de Willy. Puis, brusquement, elle se dégagea :

— Il y a le feu, là-bas.

Willy tourna la tête. A leur gauche, d'un bouquet de buissons au bord du lac, s'élevait une mince colonne de fumée blanche qui montait droit vers le ciel, sans se désagréger tant l'atmosphère était calme. Willy s'appuya sur ces coudes.

— Quelqu'un a jeté sa cigarette... Quel crétin ! Ça pourrait donner un bel incendie de forêt. Je vais aller piétiner les herbes avant qu'il n'y ait des dégâts.

Il se leva et partit d'un pas vif le long de la rive, vers les buissons.

Il s'arrêta un instant pour plonger la main dans

l'eau. Le soleil l'avait chauffée et le contact du liquide d'argent était comme une caresse.

Derrière les broussailles était tapi Joe Dicaccio. Il
regardait s'avancer Willy Sänger. Lorsqu'il avait
aperçu le couple s'approcher de la rive, Dicaccio avait
rapidement essayé d'éteindre le feu. Il y avait jeté
de la mousse, il l'avait foulée aux pieds... mais le feu
continuait à dégager un peu de fumée blanche qu'aucun vent n'éparpillait.

— Zut ! marmonna Dicaccio entre ses dents en
poussant sur le côté le corbeau à moitié calciné qu'il
avait tué la veille. Un corbeau... tiré au revolver...
Oh ! Dicaccio était bon tireur !

Il était accroupi derrière un buisson, son revolver
à la main. Willy Sänger avançait, regardant d'où
venait exactement la fumée qui n'était plus qu'un filet et commençait à voltiger au ras du sol : le feu
s'étouffait.

Ne viens pas plus près, pensait Dicaccio, ne t'ap-
proche pas davantage... sinon il me faudra tirer.
Malheureusement, malheureusement, je serai obligé
de tirer. Je ne pourrai pas faire autrement, jeune
homme... jeune homme inconnu en caleçon de bain
accompagné d'une jolie fille. Et toi aussi, tu dois le
comprendre, ma petite... Joe Dicaccio sera extradé et,
dans le Wisconsin, l'attend une chaise électrique.

Ah ! mes enfants, vous n'avez aucune idée de ce
que c'est une chaise électrique... sinon vous compren-
driez que je sois prêt à tout pour l'éviter. En Allemagne, vous n'avez pas la peine de mort, vous êtes
plus avancés que nous en Amérique. Vous dites : un
assassin est lui aussi un être humain. A cela je ré-
ponds : bravo ! bravo ! Mais à quoi me sert votre
loi, si vous m'extradez ?

Et c'est pour ça que je dois tirer, mes enfants. Je le dois, vous comprenez ?

Si tu n'avances plus, mon garçon, si tu retournes sur tes pas et que tu rejoins ta *girl*, alors tu auras la vie sauve. Joe Dicaccio n'a rien contre toi... rien du tout, mais il veut continuer de vivre... chez vous, dans votre pays, dans votre milieu. Le pauvre Joe du Minnesota qu'une femme, une salope, a trahi après avoir fait de lui un assassin...

Il guettait à travers les branches Willy Sänger qui regardait s'amincir le ruban de fumée.

N'avance plus... n'avance plus, te dis-je... Si je dois tirer, tu seras mon deuxième meurtre. Et tu ne demandes qu'à vivre, je le vois à ton visage. Tu as envie de vivre, tout comme moi.

Willy Sänger avançait toujours.

Seules quelques branches le séparaient maintenant de Dicaccio. Une cinquantaine de centimètres. L'Américain avait levé son revolver et visait Willy Sänger au front. Il mourra sans douleur se disait Dicaccio. Il n'entendra même pas la décharge... Un coup en plein visage et tout sera fini... une mort douce, beaucoup plus douce que la chaise électrique sur laquelle je finirais si l'on me découvrait.

Willy Sänger offrait gentiment sa tête à la gueule du revolver lorsque, à travers les branches, il aperçut un morceau de tissu... quelque chose qui tranchait sur le vert des feuilles. Brusquement, comme averti par un mystérieux instinct, il se laissa tomber sur le sol, au moment même où Dicaccio appuyait sur la détente.

Willy tomba dans l'herbe haute et se roula sur le côté. La balle siffla au-dessus de sa tête et alla se perdre dans le lac tandis que Helga, paralysée par l'effroi, restait assise sous son arbre et poussait un cri perçant.

Dicaccio se mordit les lèvres. Il regarda en direction de la jeune fille qui, le premier moment de terreur passé, avait sauté sur ses pieds et se cachait derrière le tronc d'un gros bouleau. Willy Sänger continua à se rouler jusqu'au moment où il s'arrêta dans une sorte de cuvette herbeuse qui lui offrait un abri momentané.

— Helga ! cria-t-il, Helga ! La police, vite ! Vite, Helga, file, file !

Dicaccio se releva. La jeune fille courait vers sa bicyclette. Il leva son arme sans plus se préoccuper de l'homme qui criait. Celui-ci n'était plus dangereux. Mais la jeune fille blonde et mince, là-bas, elle représentait pour Joe la vie ou la mort.

Il tira. Tranquillement, posément, les jambes écartées comme au stand de tir, la tête un peu inclinée, le corps décontracté, il vida un premier chargeur.

Traînant derrière elle sa bicyclette, essayant d'atteindre le sentier, Helga Krämer hurlait :

— Au secours ! à l'assassin ! au secours !

Elle était parvenue au sentier et se hissait sur sa bicyclette. Dicaccio courait derrière elle. Il tira une fois encore et vit la jeune fille s'affaisser sur sa selle, mais elle continua de pédaler. Elle chancelait, ayant peine à maintenir sa direction, mais elle poursuivait son chemin, accrochée à son guidon. Elle avançait, avançait et, titubant sur sa machine, elle parvenait à la route.

Joe Dicaccio laissa retomber son revolver vide et regarda ce qu'il advenait du garçon. Celui-ci se tenait

derrière lui, à deux mètres à peine, un bâton à la
main. Son visage était dur et livide.

— Lâche ce revolver !

Dicaccio jaugeait Sänger. Ils étaient de la même
taille, probablement du même âge. Joe se demanda
s'il devait attaquer, abattre l'autre à coups de poing
sur les tempes ou lui briser la carotide. Il avait encore
plusieurs moyens de garder la vie sauve. Il avait aussi
un couteau sur lui, un couteau avec une longue lame.

Il mettait la main à la poche de son pantalon lorsque Willy Sänger frappa. Un premier coup sur la
tête, puis un second sur la main abaissée. Trois, quatre... Dicaccio chancela et fit un pas en arrière. Puis
il s'élança, mais les coups tombaient. L'un d'eux
l'atteignit entre les yeux... Dicaccio sentit sa peau
éclater et son visage se couvrir d'un liquide tiède et
gluant. Du sang, se dit-il, merde... du sang !

Dicaccio, les deux poings en avant, se jeta sur
Sänger qui, sous le choc, lâcha son bâton. Alors
commença une lutte au corps à corps, une lutte muette
où l'on n'entendait que leur souffle entrecoupant le
bruit des coups mats, des jointures qui craquaient,
des têtes et des genoux qui se heurtaient. Les deux
hommes étaient à terre et roulaient en direction du
lac.

Je vais le noyer, pensait Dicaccio. Je lui maintiendrai la tête sous l'eau jusqu'à ce qu'il étouffe.

L'un se relevait, l'autre le faisait retomber. San-
glants, tuméfiés, la respiration difficile, ils étaient
arrivés au lac.

— Cesse ! haleta Sänger. La police sera là dans
un instant.

— Tu n'auras pas le plaisir de la voir arriver !

Dicaccio avançait la tête, comme un taureau prêt à foncer sur un matador.

— Elle va venir et, d'ici là, je ne te lâcherai pas. Tu as tiré sur Helga, salaud ! Cela suffit pour que je te torde le cou.

Dicaccio balançait la tête d'avant en arrière.

— Et je l'ai touchée, dans le dos... Peut-être qu'elle est étendue quelque part sur la route. Je ne compterais pas trop sur la police, si j'étais toi.

— Tu l'as touchée ? bégaya Willy. — Devant ses yeux, le lac tournait, le soleil avait disparu... le monde était gris. — Tu l'as touchée ? répéta-t-il à voix basse.

— Dans le dos.

— Dans le dos...

— Oui.

— Oh !

Willy Sänger fit basculer Dicaccio et haleta :

— Si tu as tué Helga, je te descends. Tu ne seras pas condamné à perpétuité et gracié un beau jour. Je serai mon propre juge. Je te condamne à mort ! A mort ! Brute que tu es ! Monstre !

Il attrapa Dicaccio par le cou, enfonçant dans la chair ses doigts repliés comme des serres. Dicaccio se dégagea, trébucha sur une pierre et tomba sur les genoux. Willy Sänger se jeta sur lui et le poussa dans l'eau en criant :

— Helga ! Helga ! Helga !

Puis il s'évanouit. Il tomba comme un arbre déraciné, sur le côté, tout près de la rive, dans l'eau peu profonde, la tête sur les cailloux. Derrière lui, dans le lac, à genoux, Dicaccio cherchait à reprendre sa respiration. Ses yeux étaient gonflés, sanguinolents, hagards.

C'est ainsi que les trouvèrent les policiers lorsqu'ils apparurent au bord du lac. Ils sortirent Dicaccio de l'eau et le portèrent jusqu'à la voiture verte
garée sur le sentier. Un agent chargea Willy Sänger
sur son dos.

Il apprit le lendemain seulement que Helga était à
l'hôpital. Elle avait eu un poumon perforé mais,
grâce à cinq transfusions, ses jours n'étaient plus
en danger.

Pendant la nuit, Joe Dicaccio s'était pendu aux
barreaux de la fenêtre de sa cellule. Il avait déchiré
sa couverture en bandes, les avait nouées les unes
aux autres, était monté sur un tabouret pour passer
entre les barreaux sa corde improvisée et, du pied,
avait repoussé le tabouret.

Lorsque le gardien était venu le matin lui apporter son café, il avait trouvé Joe se balançant le long
du mur, une expression orgueilleuse, presque cynique sur le visage : il avait frustré le monde d'une
mort sur la chaise électrique.

Joe Dicaccio mort, les portes de la cellule de John
Pattis s'ouvrirent.

Les objections de son père ne firent pas démordre
Sylvia de son idée d'aller attendre Pattis à l'issue de
sa détention préventive. Le « cas » de celui-ci n'était
pas encore juridiquement réglé... le délit de non-
dénonciation de malfaiteur subsistait... mais le soupçon que Pattis aurait pu protéger son compatriote
était devenu sans objet avec la mort de Dicaccio.

Les attendus de la mainlevée du mandat de dépôt
précisaient que Pattis « ... sous l'effet de l'alcool,

n'avait pas attaché foi aux propos de Dicaccio et n'avait, à tort, pas cru à la réalité de l'acte prémédité par le dénommé Dicaccio et ses complices... »

Friedrich Moll tenait une lettre entre ses mains. Un conseiller du ministère régional de la Justice lui écrivait en termes clairs et nets :

Les sanctions prévues actuellement par le code pénal atteignent, de l'avis du ministère de la Justice, pleinement leur but. Il n'est pas prouvé que la perspective d'une condamnation à mort effraierait les criminels. Lorsque la peine de mort existait, le taux de la criminalité n'était pas moins élevé... Il suffit pour s'en convaincre de se reporter aux archives judiciaires. Le ministre de la Justice se refuse à prendre vos objections en considération.

Le conseiller du gouvernement Friedrich Moll, directeur du pénitencier, avait fait encadrer cette lettre par le gardien Puck et l'avait suspendue au-dessus de son bureau. Elle trônait à la place d'honneur, juste au-dessus de la tête de Moll, de façon que chaque visiteur qui regardait le directeur vît en même temps la lettre encadrée. Le premier qui la lut fut l'aumônier. Il alla se placer devant la lettre et en prit connaissance pendant que Moll, derrière lui, tambourinait sur son bureau.

— Charmant, n'est-ce pas ?

L'aumônier hocha la tête.

— Clair et net.

— Et votre avis, monsieur l'aumônier ?

— Je n'ai pas d'opinion. Je me préoccupe des âmes, pas des paragraphes du Code pénal.

Moll s'assit sur le bord de son bureau.

— Voilà presque vingt ans que je suis au service de l'administration pénitentiaire... Je peux donc me faire une idée assez précise des clients qui sont hébergés ici aux frais de l'Etat. Bien sûr, ils collent des sacs en papier et font des travaux de vannerie... la belle occupation !... Ces pénibles travaux exceptés, que reste-t-il ? Une vie un peu monotone, sans liens familiaux, mais dans une maison propre, ordonnée, où les pensionnaires ne connaissent pas les soucis de la vie quotidienne et vivent mieux que des milliers de braves bougres entassés dans les taudis des grandes villes. C'est une telle absurdité de l'ordre social qu'il faut que j'aie cette lettre sous les yeux pour comprendre que nous vivons effectivement en démocratie !

— Vos sarcasmes ne vont-ils pas un peu loin ? Au pénitencier — le nom même ne le dit-il pas ? — on doit expier mais aussi s'amender, se réformer.

— Essayez donc d'amender un Pleil ou un Schlüsser ou un assassin du même acabit ! s'exclama le directeur en tapant l'aumônier sur l'épaule. Parce qu'un gars chante dans votre chorale, cela ne prouve pas que sa mentalité ait changé. Soixante-dix pour cent de vos chères ouailles ont recours à vous par raffinement et par calcul : si je me conduis bien, j'obtiendrai quelques faveurs avec le temps. Croyez-moi, ceux qui jouent les agneaux bêlants sont pour la plupart des incorrigibles.

— Vos rapports avec des asociaux vous ont rendu amer, énonça l'aumônier.

Moll secoua la tête.

— On m'a ouvert les yeux, monsieur l'aumônier, littéralement. Un gars insignifiant, bien gentil, bien poli. Un certain Meyer... Et voilà que ce bonhomme insignifiant a prouvé l'absurdité de toutes les théories sur le redressement, sur le travail d'éducation dans les prisons ; il a assassiné quatre personnes — le plus calmement du monde, comme il aurait pelé une pomme ou tartiné de beurre une tranche de pain — et cela à peine libéré... le doux Meyer... et il a eu la bonté de m'écrire pour me mettre au courant.

— Un cas isolé, monsieur le directeur.

— Un cas symptomatique ! Une preuve que de belles phrases et des yeux levés vers le ciel ne suffisent pas à transformer un type. Ce que l'on considère aujourd'hui comme une « preuve d'amendement », c'est précisément cette hypocrisie des criminels invétérés. On ne m'abuse pas avec les statistiques... le pourcentage de ceux qui, à leur libération, sont redevenus des hommes prêts à s'intégrer dans la société. Pourquoi ne publie-t-on pas les chiffres de ceux qui récidivent, de la masse des chevaux de retour qui, à intervalles réguliers, défilent chez moi et me serrent la main comme à un vieil ami : « B'jour, M'sieur le Directeur, me voilà revenu. Je n'aurai goûté de la liberté qu'un an. Les flics travaillent maintenant avec la radio, alors, qu'est-ce que vous voulez, on n'a pas le temps de se tirer qu'ils sont déjà sur notre dos. La prochaine fois, faudra s'montrer plus malin. » ... Voilà ce qu'ils disent... la prochaine fois. Ils sont à peine bouclés qu'ils savent déjà que dans deux, trois ou quatre ans, ils tenteront un nouveau coup... et plus astucieux que le précédent, mieux combiné. Le cours de perfectionnement a lieu au pénitencier... chaque soir, de vingt à vingt-deux heures, cellule collective numéro seize. Il y a là neuf mauvais garçons impénitents qui échangent leurs souvenirs... petite université populaire du crime !

— On devrait en arriver au régime de la cellule individuelle...

— La cellule individuelle ! Il faudrait construire alors des pénitenciers géants. Savez-vous, monsieur l'aumônier, que la construction d'une cellule de pénitencier coûte davantage que celle d'une salle d'hôpital avec son équipement complet ? Il manque aujourd'hui en Allemagne cinquante-cinq mille lits d'hôpitaux... et nous devrions construire des cellules pour les criminels, ces pauvres diables qui souffrent de la promiscuité ! C'est écœurant, monsieur l'aumônier, écœurant, je ne puis que le répéter. Il faudrait bien qu'on s'en rende compte un jour en haut lieu que l'auteur d'un crime capital doit être puni de la peine capitale. Lorsque l'assassinat comporte le risque de jouer sa tête, les criminels les plus endurcis y regardent à deux fois et vous pouvez les interroger ! Ils vous diront : je n'aurais pas commis ce meurtre, je n'aurais pas tué ce chauffeur de taxi, je n'aurais pas attaqué cette banque si la peine de mort existait encore.

— Nous ne devons pas oublier Dieu...

Moll sursauta comme s'il avait reçu un coup de trique.

— Dieu ! Dieu a donné à l'homme le sens du bien et du mal... cette connaissance morale qui le différencie des animaux.

— Et il nous a donné l'amour du prochain... de celui aussi qui a péché. Jésus-Christ est mort sur la croix en promettant au larron que son âme serait sauvée, parce qu'il croyait en lui.

— Je ne suis pas le Christ ! lança Moll d'une voix forte. Je suis un homme qui réclame de son gouvernement la protection des citoyens. Et cette protection ne sera assurée que lorsque la plus dure des peines sera appliquée aux plus durs des criminels.

Sans répondre, l'aumônier quitta la pièce.

Malgré l'horaire soigneusement élaboré par le Dr Feind, Karlssen et Doernberg se présentèrent ensemble au ministère régional de la Justice.

Feind, auquel on avait remis les cartes des deux magistrats, les porta personnellement au ministre. En les déposant sur le bureau de celui-ci, il avait aux lèvres un sourire moqueur.

Burrmeister jeta un coup d'œil sur les cartes et hocha la tête.

— L'invasion des commandos de la peine de mort. Faire mouvement séparément... attaquer ensemble ! Ces messieurs ont des dons de stratèges. Mais cela ne m'intimide guère. Modifions les prévisions, Feind, faites-les entrer tous les deux.

Le conseiller se retirait lorsque la voix du ministre le rappela.

— Et vous assisterez à la conversation. Que je m'entretienne avec deux ou trois partisans de la guillotine, c'est du pareil au même...

— Bien, Monsieur le Ministre, se contenta de répondre Feind.

Karlssen et Doernberg entrèrent dans la pièce et s'inclinèrent légèrement. Le ministre était debout derrière son bureau, les bras croisés, et répondit à leur salut par un sourire.

— Bonjour, Messieurs ! Je vous avais prié, par l'entremise du Dr Feind, de venir me voir séparément. Mais je reconnais qu'une discussion générale sera préférable. Aussi bien, la peine de mort n'est-elle pas une affaire privée ; elle concerne la collectivité. Parlons-en donc collectivement. C'est bien ce que signifie votre arrivée simultanée, je suppose ?

Le procureur Karlssen sourit à son tour.

— Il s'agit moins d'une question collective que d'exprimer une opinion fondée sur la morale, Monsieur le Ministre. Je pense que les rapports qui ont motivé votre convocation étaient assez clairs pour...

Burrmeister leva la main.

— Je vous en prie, Monsieur le Procureur, pas de plaidoyer *pro domo sua*. Je ne désire pas du tout aujourd'hui savoir quelle est votre opinion.

— Ah ! s'exclama Doernberg.

Le ministre se tourna vers lui.

— Cela vous étonne, Monsieur le Procureur ?

— Jusqu'à un certain point... oui.

Doernberg serra l'une contre l'autre les paumes de ses mains. Malgré lui, son émotion reprenait le dessus.

— Chaque jour des banques sont attaquées ; chaque jour des hommes sont froidement abattus comme s'ils étaient les cibles d'un casse-pipes de foire ; chaque jour les journaux sont remplis de récits de meurtres, d'incendies, de viols et autres crimes atroces ; presque chaque jour, des policiers sont tués dans l'exercice de leurs fonctions qui sont de protéger les citoyens... et vous nous dites, Monsieur le Ministre, que vous ne désirez pas connaître mon opinion ?... Permettez-moi de vous affirmer que notre opinion est celle de « praticiens ». Nous sommes en rapports constants avec cette racaille ; nous causons avec ces assassins ; nous connaissons leur mentalité, nous écoutons ce qu'ils disent : « B'jour, M'sieur le Procureur. Les flics m'ont eu... mais qu'est-ce qu'ils peuvent... au pire

des cas ça me vaudra la perpète... » Puis ils sourient
béatement et fument les cigarettes que nous leur of-
frons, pour les rendre plus bavards... C'est là notre
lot presque quotidien, Monsieur le Ministre, et ces
propos, nous les entendons si souvent que nous n'y
prêtons même plus attention.

Burrmeister secouait la tête et avait levé la main
comme pour endiguer les mots impétueux de Doernberg.

— Ne vous énervez pas, Doernberg. J'ai été dix-
sept ans procureur avant d'entrer dans les services
ministériels. J'ai connu l'ère de la guillotine... je suis
donc moi aussi un « praticien »... Et c'est pour cela
que je ne désire pas qu'il y ait entre nous échange
d'opinions, mais que nous considérions l'ensemble de
la question de la peine de mort... que nous voyons en
quoi elle peut sauvegarder chez l'homme un dernier
instinct moral... n'avez-vous pas parlé de morale,
Monsieur Karlssen ?

— Oui, Monsieur le Ministre.

— Vous estimez donc moral de faire tomber une
tête ?

— Vous désiriez ne pas connaître mon opinion,
Monsieur le Ministre.

— Exact... Asseyez-vous, Messieurs, je vous en
prie... Vous aussi, Feind. — Burrmeister sourit. —
Permettez-moi de faire les présentations. Ici deux
messieurs qui ont en tête des plans pour le rétablissement de la guillotine... là, un monsieur qui voudrait
bien se joindre à eux.

Doernberg resta debout derrière le siège que lui
avait indiqué du geste Burrmeister et déclara :

— Je crois, Monsieur le Ministre, que l'attitude
du Dr Feind est caractéristique. Il y a aujourd'hui

très peu de magistrats et de juristes qui soient d'avis
que même les crimes graves ne doivent pas être passibles de la peine de mort.

— Comme épouvantail ?

— Comme expiation.

Burrmeister tendit à la ronde son étui à cigarettes.

— Envisageons donc la question en théorie, Messieurs. Nous instaurons la peine de mort... bon ! Mais
pour quels crimes ?

— Ceux énoncés au paragraphe 211 du code pénal,
répondit immédiatement Karlssen... les crimes pré-
médités, ceux dictés par la cupidité et autres mobiles
sordides ; les assassinats commis pour couvrir un
autre délit ou pour le dissimuler ; les empoisonne-
ments, les crimes de sadiques...

— Admettons... vous n'en voyez pas d'autres ?

— Si, intervint Doernberg, je voudrais voir d'autres crimes être passibles de la peine de mort. Je
comprendrais dans le paragraphe qui la concerne tous
les actes que l'on pourrait englober sous l'étiquette
« crimes dangereux et d'habitude ».

Karlssen lança à Doernberg un regard perplexe.
Il va trop loin, se disait-il. Ce garçon est un pas-
sionné. Pourvu qu'il ne continue pas sur sa lancée.

Le ministre souriait. Il sentait la légère faille dans
le front adverse et il fonça.

— Pourriez-vous me préciser votre pensée, monsieur Doernberg ?

— Très volontiers, Monsieur le Ministre.

Doernberg ne vit pas le regard d'avertissement de
Karlssen, il se pencha en avant et déposa sa cigarette
dans le grand cendrier de cristal.

— Devraient être passibles de la peine de mort,
notamment, les attentats contre les avions, les ba-

teaux ou les chemins de fer et autres transports en commun ;

« les attaques contre les chauffeurs de taxis, qu'il y ait eu mort ou pas ;

« les incendies d'immeubles habités ;

« les enlèvements d'enfants ;

« les attaques à main armée, notamment dans les banques ;

« les attentats à la bombe, les envois de machines infernales et autres ayant provoqué la mort... il y aurait probablement quelques forfaits encore à ajouter à cette liste... »

Le ministre posait sur Doernberg des yeux perçants :

— A votre avis, tous les crimes que vous venez d'énumérer justifient la peine de mort ?

Karlssen voulait glisser un mot avant que Doernberg ne confirmât sa position, mais il n'avait pu encore ouvrir la bouche que le jeune procureur lançait un sonore :

— Oui, Monsieur le Ministre.

Burrmeister se mordit les lèvres puis demanda :

— Vous vous rendez donc parfaitement compte que, si l'on vous suivait, l'introduction de la peine de mort mènerait à une véritable boucherie ? à un massacre ?

— Le massacre ne serait pas plus grave que celui perpétré par le condamné.

— Et vous appelez cela une conception morale ?

Karlssen se leva. Burrmeister le regarda. Il remarqua que le procureur dominait avec peine son irritation et s'adressa de nouveau à Doernberg.

— Je n'ai pas besoin d'en entendre davantage pour constater qu'ici déjà, dans un petit cercle de quatre juristes expérimentés, dont trois sont, dans une certaine mesure, partisans de la peine de mort, se font jour des opinions différentes sur les crimes passibles de cette peine. Messieurs... quel reproche voulez-vous adresser à ceux qui, moins bien informés que vous sur la question, devraient décider au Parlement si oui ou non il faut rétablir la peine de mort ?

Karlssen répondit sans hésiter :

— Doernberg a quelque peu exagéré. L'assassinat... d'accord. Les enlèvements d'enfants, les attaques à main armée contre les banques et les chauffeurs de taxi... là encore je suis de son avis, mais les incendies volontaires ?

— Parfaitement, dit Doernberg. Lorsque quelqu'un met le feu à un bâtiment occupé, il doit bien prévoir que les habitants périront. Il y a donc préméditation. Et la préméditation suffit pour justifier la peine de mort.

Karlssen leva la main, mais Doernberg poursuivit rapidement.

— Il en est de même pour les attentats contre les avions, les bateaux ou les chemins de fer. Je commets ces attentats en sachant que des hommes pourront être blessés ou perdre la vie. Je prémédite donc un meurtre. Et l'assassinat...

— Doucement, mon cher collègue, doucement... — Karlssen battait l'air des deux bras. — Quelles limites fixerez-vous ? Vous élargissez le paragraphe 211 de façon telle que nous allons bientôt nous retrouver à l'époque de Hitler où pratiquement tous les crimes — pour ne pas parler des délits — tombaient sous le coup de la peine de mort. Nous ne pouvons pas faire fonctionner la guillotine comme une rotative, les unes débitant des têtes et les autres des journaux.

Ce serait vraiment replonger dans le Moyen Age.

— Peut-être y aurait-il une rapide diminution de la criminalité. Six mois d'une loi exceptionnellement dure... et je peux vous assurer une baisse nette des crimes. Aucun ne rapporte assez pour qu'on ait envie de jouer sa tête.

— Vous le croyez réellement ? demanda le ministre.

— Le dirais-je si je n'en étais pas convaincu ?

— Dommage... — Burrmeister écrasa lentement sa cigarette puis, brutal : — Je vous croyais moins primaire, Doernberg. Chaque époque a connu des lois d'exception. Chaque époque a brandi la menace de la peine de mort. Et à chaque époque, il y a eu des milliers d'innocents exécutés qui, aujourd'hui, nous accusent, nous, la Justice, et nous rappellent que nous ne devons pas appliquer aux hommes la vieille loi du talion.

— Je tiens pour impossibles les erreurs judiciaires et les prétendus meurtres juridiques si la culpabilité est établie toutes preuves à l'appui, comme je le propose.

— La culpabilité établie ! — Le ministre posait sur Doernberg un regard dubitatif. — Dois-je vous rappeler la collection des erreurs judiciaires, Monsieur Doernberg ? Cette montagne d'injustices qui pèse actuellement de tout son poids sur les épaules de l'Etat ? — Il se leva brusquement et d'une voix forte : — Messieurs, je vous le dis en clair, je préfère voir dix assassins s'engraisser leur vie durant dans un pénitencier plutôt que d'envoyer à la guillotine un seul innocent.

Willy Sänger était assis sur le rebord du lit de Helga, la main de la jeune fille emprisonnée dans la sienne.

Elle était un peu pâle, les lèvres exsangues ; les yeux profondément cernés avaient perdu leur joyeuse étincelle, mais elle vivait.

Elle vivait ! La balle tirée dans son dos avait perforé le poumon mais sans le déchirer ni l'endommager gravement. Après cinq transfusions, Helga avait été en état de faire sa déposition. Elle avait confirmé les déclarations de Willy : Dicaccio avait tiré délibérément, sans avertissement, sans prononcer un mot. Il avait déchargé sur elle le magasin de son revolver. L'arme retrouvée sur la rive du petit lac ne contenait plus une seule balle.

La presse s'était emparée de l'affaire. Une fois de plus on évoquait la peine de mort et de nombreux journalistes, conscients d'exprimer l'avis de la majorité du peuple, en demandaient le rétablissement.

Le Dr Hellmig, président du tribunal régional, submergé lui-même par la vague de colère de ses concitoyens, dut admettre qu'on en parlât chez lui.

Ce fut sa fille, Sylvia, qui amena la conversation sur ce sujet brûlant. John Pattis se remettait ce soir-là, à l'aide d'une bouteille de vin rouge, des émotions de sa détention préventive. Il avait devant lui un monceau de canapés à la tomate et Sylvia se dépensait d'une façon attendrissante pour ce grand garçon du Wisconsin.

— Que pensez-vous du dernier meurtre de Dicaccio ? lui demanda-t-elle.

Pattis reposa dans son assiette le canapé qu'il avait à la main. Le rouge de la tomate lui avait brusquement rappelé celui du sang. Ses lèvres tremblaient.

— Lorsque Dicaccio s'est rendu compte que son rêve de retourner aux Etats-Unis et d'y recommencer une vie nouvelle avec cette Olga ne se réaliserait pas, il a perdu toute retenue. Et quand il a tiré sur la jeune fille, il ne tenait même plus à la vie. Il n'avait plus rien à perdre. Tapi dans la forêt comme un loup traqué, il s'est instinctivement défendu quand il s'est vu découvert... Ses coups de feu contre la jeune fille ? Un simple réflexe animal.

— Cela n'en est pas moins une tentative d'assassinat, intervint le Dr Hellmig, qui regretta immédiatement ses mots en voyant Sylvia hocher énergiquement la tête et enchaîner :

— Il n'aurait peut-être pas agi de cette façon si la peine de mort existait encore !

Hellmig fronçait les sourcils. Sa fille... La peine de mort... Pattis secouait la tête.

— Si. Il aurait agi de la même façon. La peine de mort ne l'aurait pas effrayé. Il avait perdu tout bon sens et quand un criminel en arrive là, même la peine de mort n'est plus un épouvantail.

— Un épouvantail, elle ne le sera jamais, déclara le Dr Hellmig.

John Pattis haussa les épaules.

— N'est-ce pas là une simple vue de l'esprit, Monsieur le Président ?

— Je parle d'expérience, mon jeune ami. Sous trois Constitutions et sous trois régimes différents, quelques centaines de criminels sont passés entre mes mains. J'ai dû appliquer la peine de mort sous la République de Weimar, bien que j'aie toujours prononcé avec horreur la sentence : condamné à être exécuté par la guillotine ! J'ai connu de très près l'immoralité de la justice du Troisième Reich ; l'arbitraire des tribunaux d'exception, le scandaleux asservissement des magistrats, les mains liées par des ordonnances qui n'avaient qu'un but : couper des têtes ! Et je suis également chargé dans notre nouvelle démocratie de faire appliquer la loi. J'ai toujours constaté que ceux qu'on appelle les grands criminels, les « monstres », comme les nomme la presse, ne se laissaient effrayer ni par la peine de mort ni par la réclusion à perpétuité. Ils sont comparables aux phénomènes de la nature. Il y en a toujours eu et il y en aura toujours. Ce sont des dégénérés de l'espèce humaine... rien d'autre. Moralement, intellectuellement, ce sont des anormaux, tout comme un animal à deux têtes. Mais pas plus qu'on ne peut supprimer à sa naissance un enfant affligé d'une malformation, pas plus qu'on ne peut tuer un fou sous prétexte qu'il est incurable et représente une charge pour la collectivité, on n'a le droit de guillotiner un criminel parce que des faiblesses congénitales ont fait de lui un homme pas comme les autres. L'un est un paranoïaque, l'autre est un crétin, le troisième a des instincts meurtriers... tous sont des malades !

— Et celui qui tue par cupidité ? Celui qui attaque une banque ?

Le Dr Hellmig éluda la question en allumant un cigare.

— Les partisans de la peine de mort se fondent sur des statistiques, des chiffres et même sur la logique. Un condamné à perpétuité, disent-ils, s'il vit vingt ans, coûte à l'Etat tant et tant de milliers de marks. Une cellule est plus coûteuse qu'un lit d'hôpital. En Allemagne fédérale, des dizaines de milliers de gens habitent aujourd'hui encore dans des baraquements et autres logements de fortune... Mais le crimi-

nel, lui, dispose d'une cellule chauffée, d'une nourriture suffisante, sinon abondante, et des soins médicaux
les plus éclairés. Afin de pouvoir vivre mieux que les
braves gens des baraques, il faudrait donc commettre
un crime !

— Ce raisonnement n'est-il pas exact ? demanda
Sylvia sèchement.

— C'est de la polémique, mon enfant... Admettons
qu'il nous manque 25 000 lits d'hôpitaux pour les
malades physiques ! Mais si nous considérons les
criminels comme des malades mentaux, j'estime que
cela justifie la construction de pénitenciers plus mo-
dernes où l'on pourra soigner ces malades mentaux
et, une fois guéris, les réintégrer dans la société.
Les nouveaux pénitenciers, où l'on applique des
méthodes psychologiques de redressement, doivent
devenir des hôpitaux pour âmes égarées. C'est là le
grand principe moral dont s'inspire l'administration
pénitentiaire actuelle.

John Pattis poussa sur le côté le plat de canapés.
Il avait perdu l'appétit. Il pensait à Dicaccio et à
son amour pour Olga ; il pensait à cette nuit où il
s'était dérobé ; aux sentiments qu'il s'était découvert
pour Sylvia et qui ressemblaient fort à ceux qu'avait
éprouvés Dicaccio. Moi aussi, se disait Pattis, je
pourrais tuer s'il s'agissait de Sylvia.

— Vous avez raison, Monsieur le Président, dit-il
à voix basse. Il y a dans chaque meurtre quelque
chose de pathologique.

— Je suis heureux que vous partagiez mon avis !
s'exclama, satisfait, le Dr Hellmig. — Il remplit une
nouvelle fois les verres et regarda amicalement le
jeune Américain. — Si cette opinion prévalait, même
chez les tenants de la peine de mort, je crois que nous

ne serions pas loin d'aboutir à un système exemplaire de « justice humaine ».

— Tu es un père très intelligent, sourit Sylvia. Seulement, une personne saine de corps et d'esprit a bien de la peine à voir un malade en une créature comme Katucheit.

— Tu es encore jeune, ma chérie, tu apprendras avec le temps que l'on ne peut penser seulement en termes d'amour et de haine, mais qu'il faut savoir aussi comprendre et pardonner.

— Le procureur Doernberg dit cependant que...

Le visage de Hellmig s'assombrit. Il leva un index péremptoire et déclara d'un ton sec :

— Je t'en prie, Sylvia. Je désire qu'on ne prononce pas dans ma maison le nom de Doernberg. C'est bien assez que j'entende parler de lui à longueur de journée au Palais.

John Pattis sentit qu'il devait voler au secours de Sylvia.

— Qui est ce monsieur ? demanda-t-il.

— Un jeune magistrat du parquet... un de ces débutants qui croient pouvoir remplacer l'expérience par le couperet. Un peu illuminé, avec cela. « Le farouche champion de la peine de mort »... comme il se plaît à s'intituler.

Le visage de Pattis était grave.

— Je crois... c'est une erreur de se déclarer simplement pour ou contre la peine de mort. En Amérique, nous avons la chaise électrique et la chambre à gaz, suivant les Etats. Nous ne pourrions pas les supprimer. L'agglutination de la population engendre automatiquement l'augmentation de la criminalité. C'est dans la nature des hommes de s'entretuer quand ils deviennent trop nombreux.

— Bien, monsieur Pattis, fort bien ! Mais comment voulez-vous punir un instinct naturel ?

— Il s'agit surtout de le prévenir par l'éducation. Il faut apprendre aux hommes à refréner leurs instincts, mais il faut aussi leur inspirer une crainte salutaire. C'est le meilleur moyen de mettre un frein au crime.

— A mon avis, c'est absolument impossible, conclut fermement le Dr Hellmig.

Quinze jours plus tard les deux complices encore en fuite de l'attaque contre la banque, Franz Heidrich, le Chialeur, et l'élégant Hans Wollenczy étaient pincés par la brigade criminelle. Franz le Chialeur jouait le touriste à Berchtesgaden. Il était étendu dans un pâturage, goûtant le soleil, écoutant tinter les cloches suspendues au cou des vaches, jouissant de l'air pur, lorsque deux mains s'abattirent sur ses épaules.

Il se laissa arrêter sans résistance. Pourquoi résister ? Toute tentative de fuite était impossible.

On fouilla ses poches pour s'assurer qu'elles ne contenaient pas d'arme à feu.

Le Chialeur sourit et affirma avec satisfaction :

— Vous ne trouverez rien. Franz le Chialeur est contre la violence. Et, à Wiesbaden, je n'ai rien fait d'autre que le guet. C'est Pohlschläger et Dicaccio qui ont tiré. Vous les avez déjà épinglés ?

— Ils sont morts.

— Tués ? Par vous ?... Vous n'êtes pas si bêtes que ça... La peine de mort est supprimée... alors on tire simplement sur le type qui détale. Bonne combine.

— Pohlschläger et son amie Olga ont été tués par Dicaccio. Et celui-ci s'est pendu dans sa cellule.

— Eh ben ! — Heindrich tendit les mains et les menottes se refermèrent sur ses gros poignets. — J'aurais jamais cru que le jeunot d'Amérique serait capable de ça. Il avait l'air d'un si bon petit ! Il refusait toujours de se servir de son feu et, tout d'un coup, il descend des copains. C'est à vous dégoûter, quand on est un honnête cambrioleur de tomber sur des gens pareils.

Il trottinait gentiment, entre les deux policiers, sur le chemin qui menait au village.

— Ça me coûtera combien ? demanda-t-il comme s'il parlait de la pluie et du beau temps.

Un des inspecteurs haussa les épaules.

— Ça dépend... si tu peux prouver que ta complicité se borne au guet et que tu n'es pour rien dans les assassinats...

— Ça, je peux le jurer.

— Tu t'en tireras peut-être avec cinq ans... et tu écoperas peut-être du camp de travail plutôt que du pénitencier.

— Ah ! non, s'écria le Chialeur en s'arrêtant net. — Dans ses yeux écarquillés il y avait une lueur farouche et terrifiée. — Pas de camp de travail... C'est pire que d' se faire trancher le citron ! Je prendrai les meilleurs avocats. Ah ! non, pas de camp de travail...

L'arrestation de Hans Wollenczy ne présenta pas davantage de difficulté, mais elle se fit d'une façon plus distinguée et aussi discrètement que dans un film policier ayant pour cadre un milieu mondain et des vedettes en grand décolleté.

Les policiers dénichèrent Wollenczy à Bad Neuenahr. Client assidu et respecté de la salle de jeux, accompagné d'une maîtresse aux cheveux rouges, il conduisait une Porsche gris perle et attirait l'attention par son élégance et l'indifférence avec laquelle il gagnait ou perdait.

Il était connu sous le nom de baron von Poitrons et seul le contrôle de routine des fiches d'arrivée de l'hôtel de Bad Neuenahr fit prendre « le baron ». Comme il ne pouvait pas présenter de pièce d'identité, il avait glissé dans la main du concierge un billet de cinquante marks et laissé en blanc la partie de la fiche réservée au numéro de la carte ou du passeport.

On le cueillit discrètement à la table de roulette. Un inspecteur en smoking lui tapa sur l'épaule comme s'il était un vieil ami. Wollenczy, surpris, se retourna, vit malgré la tenue de soirée ce quelque chose de caractéristique qui fait qu'on reconnaît entre mille un policier et lui adressa un aimable petit signe de tête.

— Un instant, Monsieur...

Il lança un jeton sur un numéro et entendit une dernière fois... « Messieurs, faites vos jeux... Rien ne va plus... Le rouge... »

Wollenczy empocha avec indifférence les jetons que le râteau du croupier poussait devant lui.

— Le rouge est ma couleur favorite, dit-il en se levant. Elle me porte bonheur. Le rouge, n'est-ce pas la couleur de l'amour, de la passion ?

— Suivez-moi, dit l'inspecteur à voix basse mais sur un ton qui ne souffrait pas de réplique.

— Avec grand plaisir.

— Cessez de bluffer.

Ils sortirent du casino et se dirigèrent vers la voi-

ture verte de la police. Avant d'y monter, Wollenczy
jeta à sa Porsche un regard de regret.

— Que deviendra ma voiture ?

— Elle sera vendue aux enchères.

— Ne vous laissez pas rouler. Avec tous les acces-
soires, elle vaut bien 150 000 marks...

— Allez, en route ! s'exclama brutalement le policier installé au volant. Il était en uniforme et la vue
de ses deux collègues en smoking l'agaçait.

Wollenczy se renversa sur son siège. Les portières
claquèrent, la voiture démarra.

— Oh ! là, dit Wollenczy au chauffeur. Soyez donc
plus doux pour votre embrayage. C'est au démar-
rage qu'on juge de la valeur d'un conducteur...

— Tu n'as pas d'autre souci ? grogna le policier
furieux. L'attaque de Wiesbaden te coûtera la tête.

— La tête ? vous retardez. — Wollenczy riait,
content de lui. — Je n'ai fait que conduire. Je n'ai
pas mis le pied hors de l'auto. Ça va chercher trois
ans au maximum, Messieurs. Et je prendrai un bon
avocat.

Dans la nuit, la voiture filait vers Bonn.

Le Dr Hellmig voyait sans plaisir les relations
entre sa fille Sylvia et le jeune Américain John Pattis prendre un tour plus intime.

Non pas que ce grand garçon du Wisconsin lui
fût antipathique. Mais, tant que l'affaire de l'attaque
à main armée contre la banque de Wiesbaden n'était
pas terminée, Pattis qui avait connu un des meurtriers, Joe Dicaccio, restait suspect aux yeux de cer-

tains. Et les fréquents contacts entre Sylvia et Pattis risquaient de faire jaser.

— Un peu plus de réserve, ma chérie, dit-il un soir lorsque Sylvia, qui avait passé la soirée avec Pattis à l'Opéra, s'était séparée du jeune homme devant chez ses parents après une très longue poignée de main... scène qu'avait observée le Dr Hellmig de la fenêtre.

« N'oublie pas ma situation, ni que je préside une cour d'assises... jusqu'à ce que l'affaire de Wiesbaden soit jugée, abstiens-toi de toute intimité avec Pattis. C'est vraiment d'un effet désastreux de voir la fille du magistrat qui doit mener les débats de cette horrible histoire promener partout un — comment dirais-je — un garçon qui savait que le crime allait être commis.

— Mais John est innocent ! Et on a bien dû le relâcher !

— Le parquet s'est montré libéral, rien de plus, ma chérie. Le dossier Pattis n'est pas clos. Il devra comparaître comme témoin et il est fort possible que le Dr Karlssen demande des poursuites contre ce garçon pour non-dénonciation de malfaiteurs.

Comme une enfant réprimandée, Sylvia se blottit dans un des grands fauteuils, devant la cheminée. Elle croisa les jambes et fixa les yeux sur la fenêtre.

— Que devient donc le Dr Doernberg ? jeta-t-elle, uniquement pour agacer son père.

Celui-ci haussa les épaules.

— Le ministre régional de la Justice l'a chapitré. Il paraît que Doernberg s'est conduit d'une façon invraisemblable. Le Dr Karlssen m'a raconté que ce jeune imprudent avait proposé au ministre des mesures qui feraient de la justice allemande un abattoir. Il faudrait engager un bataillon de bourreaux.

— S'il y avait vraiment tant de crimes atroces...

Le Dr Hellmig battit l'air de la main, ce qui était sa façon de mettre un point final à une conversation.

— Chaque crime résulte d'une aberration mentale ou morale. On n'envoie pas les égarés à la guillotine, on les remet sur le droit chemin ! Et maintenant, cela suffit !

Sylvia haussa les épaules et monta dans sa chambre.

Le Dr Hellmig était songeur. John Pattis était-il bien le mari qui convenait à Sylvia ? Un Américain, époux de la fille unique d'un magistrat allemand ? Ce garçon était juriste, lui aussi, mais il avait un comportement étrange et un caractère faible, instable... il l'avait démontré dans cette affaire Dicaccio... John Pattis s'était dérobé à son devoir... et c'était une conduite que le Dr Hellmig ne saurait admettre chez son gendre.

Et puis l'Amérique ! L'idée que Sylvia irait un jour s'installer dans ce Wisconsin inconnu, qu'elle quitterait la maison et n'y reviendrait au mieux que chaque année pour une courte visite, lui était dès à présent intolérable. Il avait pour Sylvia cet amour jaloux que portent tous les pères à une fille unique.

Hellmig se promit de parler calmement de la question avec sa femme et Sylvia, un de ces prochains soirs, autour d'une bonne bouteille de vin.

Il ne put mettre à exécution son projet. Le destin, plus rapide que lui, abattit sa main sur la famille Hellmig et fit surgir de nouvelles difficultés que Hellmig ne pouvait résoudre et qui le brisèrent.

Kurt Meyer — avec y —, cinq fois meurtrier, quitta Bonn par le train.

Tranquillement, sans être importuné ni suivi. Tandis que l'élégant Hans Wollenczy, en tenue de soirée, était amené à Bonn où le préfet de police ne laissa à personne d'autre le soin de le recevoir et tint à assister à l'interrogatoire, Meyer, confortablement installé dans le compartiment d'un rapide, filait vers Essen. Il pensait, comme les gangsters de toute sorte, que, pour un criminel, la grande ville est le plus sûr des abris.

En mettant le pied à la gare de Bonn, Kurt Meyer s'était mué en Friedrich Sandt et il portait des lunettes cerclées d'écaille.

Après Düsseldorf, il avait sorti un casse-croûte de son porte-documents. Il avait mangé quelques sandwiches, et bu un gobelet de café resté fumant grâce à la bouteille isolante.

Aucun de ses compagnons de voyage ne lui prêta la moindre attention.

Sur le quai de la gare d'Essen, Meyer resta un instant comme perdu parmi la foule et rejeta ses cheveux en arrière avant de mettre son chapeau... un feutre gris... qu'est-ce qui aurait pu mieux lui convenir ?

Puis il se dirigea à grandes foulées vers la sortie, passa devant les deux agents de police qui se tenaient de chaque côté du portillon et arriva dans le hall. Il se planta devant une grande carte de la ville et chercha une rue. Il repéra exactement le trajet qu'il devait suivre pour s'y rendre ; il ne voulait pas faire la dépense d'un taxi et aucun tramway ne conduisait dans ce quartier. Il reprit sa valise et quitta la gare.

Kurt Meyer — avec y — avait disparu.

Les policiers qui, le lendemain matin, forcèrent la porte du petit appartement de Bonn le trouvèrent vide. La lettre transmise au parquet par le conseiller du gouvernement Moll était arrivée sept heures trop tard.

La police ne découvrit qu'un billet, posé sur la tablette de la fenêtre, à côté de trois cigares.

Trop tard, Messieurs ! Consolez-vous avec les cigares, ce sont les meilleurs que j'aie pu trouver au tabac du coin. Votre dévoué.

Meyer.

Le commissaire fit son rapport avec des sentiments mitigés.

Aucune trace, aucun indice... Un homme qui avait tué cinq fois continuait de vivre sans être inquiété.

Dévoré par la colère, le conseiller du gouvernement Friedrich Moll, directeur de pénitencier, entreprit une démarche personnelle, sans se soucier ni de la voie hiérarchique ni des prescriptions.

Il se conduisit comme un simple particulier et non pas comme un fonctionnaire, qui doit en référer d'abord à son chef direct. La menace du conseil de discipline ? Moll s'en moquait éperdument.

Il prit son chapeau, son manteau, une serviette bourrée de journaux, s'installa au volant de sa voiture et mit le cap sur Bonn et le ministère de la Justice.

Il se fit annoncer chez le ministre et apprit qu'en tant que conseiller du gouvernement et directeur de

pénitencier, il ne pouvait parler au ministre sans
convocation écrite de celui-ci ou rendez-vous régulièrement pris. Il serait reçu par le directeur du cabinet
du ministre, le Dr Wolfrat.

— J'ignore ce qui vous amène, dit immédiatement
Wolfrat sur le ton qu'on prend envers un visiteur
importun dont on veut se débarrasser rapidement.
Mais je voudrais vous demander d'abord si vous
êtes ici avec l'accord de votre ministre régional de la
Justice. En tant que directeur de pénitencier...

— Je sais, je sais...

Moll ouvrait sa serviette et en sortait le paquet de
journaux. Il le posa sur le bureau de Wolfrat qui
les regarda, l'air étonné.

Il essaya de plaisanter.

— Le service de presse est à côté...

Mais Friedrich Moll n'était pas d'humeur à plaisanter, lui. S'il était venu au mépris de tous les usages, c'était pour parler de choses sérieuses.

— J'avais écrit au ministre que, directeur de pénitencier et connaissant donc par l'exercice de mes
fonctions la prétendue « psychologie du criminel »,
je ne comprenais pas le refus du ministère de rétablir
la peine de mort.

Wolfrat secoua la tête.

— Nous ne refusons rien, ce n'est pas de notre
ressort, mais de celui du Bundestag. C'est lui qui
légifère.

— Pourquoi le ministère fédéral de la Justice
n'exerce-t-il aucune pression sur les partis ? Pourquoi le ministre ne présente-t-il pas au Parlement
des chiffres, des faits, des éléments de discussion et
ne demande-t-il pas aux représentants du peuple de
prendre nettement position ?

Wolfrat retira ses lunettes et les frotta soigneusement avec une petite peau de chamois, tout en répondant :

— Je ne suis pas en mesure de vous donner des explications à ce sujet et je ne crois pas que vous ayez, ni comme fonctionnaire ni comme conseiller du gouvernement, le droit de poser des questions sous cette forme.

— Je ne suis ici ni comme fonctionnaire ni comme conseiller du gouvernement, mais comme simple citoyen qui a élu ses représentants au Bundestag et qui, payant des impôts — ce qui lui donne, entre autres, le droit d'être protégé —, pose une question à son ministre : à savoir pourquoi la peine de mort n'est pas rétablie et sur quoi se fonde cette décision... Comme le ministre ne reçoit pas, je vous pose la question à vous.

Wolfrat avait l'air ébahi.

— Vous tenez un langage révolutionnaire, Monsieur le Conseiller.

— Pour l'instant, Friedrich Moll, tout simplement.

— Oh ! Je vous en prie, pas d'absurdités ! Votre position de directeur de pénitencier fait corps avec votre personne. Je ne puis vous donner qu'un seul avis : exposez votre point de vue à vos chefs directs. C'est tout.

— C'est ça la réponse à ma question ? — Moll se levait lentement. — Puis-je communiquer cette réponse à la presse ?

— Vous menacez, Monsieur le Conseiller ?

— Je vous ai demandé poliment une autorisation.

Le Dr Wolfrat parut sentir qu'il ne devait pas parler à Moll sur ce ton, qu'il n'impressionnerait pas son interlocuteur et il poursuivit, plus aimablement :

— Rasseyez-vous, je vous en prie.

— Merci.

Moll se rassit.

— Vous croyez à l'efficacité de la peine de mort ?

— Je ne comprends pas pourquoi elle a été abolie.

— Afin d'éviter des erreurs judiciaires. Entre 1933 et 1945, la peine de mort était devenue un instrument de suppression par trop commode ! La peine de mort et ses abus qu'on en a faits sous le Troisième Reich ont entaché l'Allemagne et notre démocratie se devait de la supprimer définitivement. Nous voulions reprendre confiance dans la loi et dans la justice.

— C'était en 1945 ! La mesure était peut-être valable pendant une période de transition. Mais, depuis, l'adoption de l'article 102 de la Constitution n'a pas seulement favorisé le gangstérisme, elle a...

— Monsieur le Conseiller, vous allez décidément trop loin ! s'exclama Wolfrat en tapant son bureau du plat de la main.

— Les crimes capitaux ont augmenté dans des proportions effroyables. Les pénitenciers sont pleins à craquer. La suppression de la peine de mort a provoqué une recrudescence des meurtres. L'assassinat est devenu une opération sans risque !

— Je conteste ces affirmations ! Pour ne pas parler de toutes les erreurs judiciaires que nous pouvons aujourd'hui éviter grâce aux révisions — la mort, elle, est définitive — la peine capitale n'a jamais été une mesure efficace d'intimidation.

Wolfrat, gagné par l'excitation, s'était laissé entraîner dans une discussion qu'il avait d'abord voulu éviter.

— C'est exactement ce qu'on m'a écrit et la lettre encadrée est suspendue au-dessus de mon bureau. Je ne sais pas comment on en est arrivé à cette opinion. C'est pour cela que j'ai apporté des journaux... Les journaux d'un seul mois, Monsieur le Directeur. Si vous voulez bien y jeter un coup d'œil, cela ne vous prendra qu'un instant... J'ai coché les articles et je les ai même numérotés par ordre chronologique.

Moll tendait la pile de journaux au directeur de cabinet. Celui-ci les feuilleta d'un air morne, puis son visage se tendit et exprima une véritable stupeur.

— Alors ? interrogea Moll.

— Effroyable... réellement.

— Me permettez-vous de récapituler ? — Moll saisit quelques journaux et annonça en déposant chacun d'eux sur le côté du bureau : — Le 25, cinq meurtres... le 26, cinq meurtres... le 30, six meurtres... Ce qui fait seize meurtres en quatre jours. Et chacun est complaisamment étalé sur une demi-page du plus grand quotidien.. Continuons... le 23 du mois suivant, sept meurtres. Donc, vingt-trois meurtres en l'espace d'un seul mois. Et l'on est d'avis que la peine de mort ne serait pas un moyen d'intimidation ?...

« Que risquent actuellement les auteurs de ces crimes ? Rien du tout ! La réclusion à perpétuité... ce qui se réduit pratiquement à quinze ans si le prisonnier se « conduit bien » et à moins s'il a un bon avocat. Mais ce qui est beaucoup plus important, Monsieur le Directeur, c'est que soixante-quinze pour cent des criminels ont déclaré, lors de l'instruction, que si la peine de mort existait encore, ils n'auraient pas commis leur forfait. »

— C'est du bluff ! Ils peuvent bien raconter ce qu'ils veulent, puisque cette peine est abolie. C'est une sorte de fanfaronnade.

— Précisément, elle est abolie. Vingt ou trente erreurs judiciaires dans le monde au cours d'un siècle, peut-être, suffisent pour qu'on laisse la vie à des milliers de monstres qui seront graciés un jour ou l'autre et remis en circulation... C'est réellement un contresens moral, une absurdité : on a peur d'envoyer à la guillotine un innocent, mais on n'a aucune crainte de remettre en liberté un assassin qui s'est bien conduit en prison mais qui, sa liberté recouvrée, peut commettre un nouveau crime. Voyez ce Kurt Meyer, auquel on a redonné tous les droits dus à un brave citoyen et qui se promène en liberté après avoir perpétré cinq assassinats.

— Il sera condamné à perpétuité.

— Et relâché dans vingt ans !

— Il ne sera plus qu'un homme brisé.

— On voit bien que vous ne connaissez pas Kurt Meyer ! Le massacreur Pleil est devenu gros et gras au pénitencier.

— Lui ne sera jamais gracié, jamais libéré !

— Par vous, admettons... Mais savez-vous ce qui se passera dans dix ou quinze ans ? Un nouveau gouvernement, une nouvelle guerre, une nouvelle idéologie, un nouveau dictateur, une amnistie générale ?...

— Qui peut imaginer pareil avenir ?

— Nous, les Allemands ! En l'espace d'une génération, nous avons connu trois régimes politiques différents, trois conceptions juridiques différentes, deux guerres mondiales perdues. Aurait-on pu penser cela, en 1910, par exemple ? Si quelqu'un l'avait prédit, on l'aurait traité de visionnaire, de fou ! Tout comme vous me tenez pour fou parce que...

Wolfrat haussa les épaules.

— Il y a dans vos arguments du pour et du contre, Monsieur le Conseiller. Il y a des statistiques contradictoires. Mais à quoi nous sert de discuter ? Le ministère de la Justice n'a qu'un rôle d'administrateur. Nous n'avons pas la possibilité d'amender ni de promulguer une loi. L'initiative de rétablir la peine de mort appartient au Bundestag. Battez le rappel et obtenez une majorité des deux tiers... vous aurez votre peine de mort. Je ne crois cependant pas qu'elle soit un épouvantail et fasse diminuer spectaculairement le taux de la criminalité. Pensez à tous les meurtres juridiques ordonnés sous Hitler et par lui. Une seule erreur pèserait d'un poids énorme sur notre démocratie.

Moll remit les journaux dans la serviette.

— Vous pensez aux erreurs judiciaires et moi aux assassins remis en liberté...

— Toute médaille a son revers.

— Je crois qu'il est inutile d'évoquer des exemples et de faire des comparaisons. Chaque époque devrait établir des lois qui s'adaptent à elle, qui protègent les citoyens et garantissent leur sécurité physique et morale.

Moll se leva, imité par Wolfrat. La conversation avait duré plus d'une heure alors que le directeur de cabinet s'était bien promis d'accorder à Moll une audience de quelques minutes seulement.

— Je m'efforcerai d'avoir un entretien avec les chefs de groupe de chaque parti du Bundestag, assura Moll. Un appel à une saine compréhension de la morale humaine ne peut rester sans écho !

— N'oubliez pas que chaque condamnation à la peine de mort comporte un danger d'erreur judiciaire... nous devons tous garder présente à l'esprit cette possibilité.

Friedrich Moll quitta le ministère de la Justice de Bonn avec l'impression qu'il n'était ni vainqueur ni vaincu.

Il avait dans sa poche une adresse : Dr Doernberg, substitut du procureur, Wiesbaden. Moll s'installa au volant et partit immédiatement pour Wiesbaden. Il avait sur les genoux la serviette contenant les journaux... Vingt-trois assassinats en un mois : des crimes évidents, reconnus... des crimes dont les auteurs ne pouvaient être victimes d'erreur judiciaire.

Doernberg était assis dans son cabinet de travail et, à la lumière d'une lampe posée à côté de lui, travaillait à un mémoire.

L'opposition du ministre et la controverse avec le Dr Karlssen lui donnaient des ailes.

Ses adversaires le contraignaient à traiter la question avec une rigueur toute scientifique... non pas pour défendre sa position personnelle, mais pour prouver, en se fondant sur des jugements, des études, des procès-verbaux de débats parlementaires, le bien-fondé de son attitude. Cette attitude que Karlssen était allé jusqu'à qualifier de « sectaire ».

Il avait devant lui une montagne de documents et de coupures de journaux lorsque sa femme introduisit le visiteur tardif.

Friedrich Moll posa sur le sol sa lourde serviette et se présenta à Doernberg qui s'était levé.

— Moll, Friedrich Moll, conseiller du gouvernement et directeur de pénitencier. J'arrive de Bonn, du ministère de la Justice...

Doernberg regardait Moll avec étonnement.

— Prenez un siège, je vous prie, dit-il en désignant un fauteuil du geste. Excusez ce premier instant de surprise...

— Bien justifié, Monsieur le Procureur. — Moll jeta un coup d'œil sur le bureau et, hochant la tête, demanda : — Vous étudiez la question de la peine de mort ?

— J'étudie, en effet, cette question épineuse.

Doernberg était prudent. Son altercation avec le ministre et avec ses autres supérieurs lui avait appris qu'une conversation commencée tout naturellement dégénérait facilement en une violente discussion.

— Puis-je vous demander, Monsieur le Conseiller, ce qui me vaut l'honneur...

— Je n'irai pas par quatre chemins, Monsieur le Procureur... Le directeur du cabinet du ministre, le Dr Wolfrat, m'a donné votre adresse. Le citoyen que je reste, malgré les fonctions que j'occupe, ne peut, en effet, accepter l'article 102 de la Constitution. Je me suis référé à la liberté d'expression que m'accorde cette même Constitution... malheureusement, je me suis fait partout éconduire.

— C'est compréhensible, sourit Doernberg.

— Si l'on exige que soit respecté l'article 102 de la Constitution, je peux exiger moi aussi que soit respecté mon droit à la liberté d'expression.

— Théoriquement, vous avez raison ! — Doernberg s'assit en face de Moll et croisa les mains. — Mais quant à savoir où finit la liberté d'expression et où commence la rébellion, chacun semble avoir là-dessus sa petite idée personnelle. Et le danger inévitable de toute loi, c'est qu'elle donne lieu à une interprétation juridique.

Moll, agacé, se passait la main dans les cheveux.

— Je m'attendais à une autre réponse de votre part, Monsieur le Procureur.

— Vous pensiez que j'allais vous dire : « Bravo, Monsieur le Conseiller, vous avez attaché le grelot, c'est une brillante performance ! »

— Quelque chose de ce genre.

Doernberg leva les bras en signe d'impuissance.

— Non, Monsieur le Conseiller, vous avez devant vous un cavalier désarçonné ou disons, plus exactement, qu'on m'a jeté à bas de mon cheval. C'est pourquoi je veux désormais m'abstenir de toute passion et m'en tenir strictement à des faits, à des faits concis et sans commentaires. La loi en comporte-t-elle ?... Il est dit ici, il est dit là ; un tel a prononcé ou écrit telle phrase à telle date. Cela seul compte dans une discussion, cela seul peut ébranler une opinion.

— Pendant mon voyage de Bonn jusqu'ici, j'en suis arrivé à une conclusion identique. Les idées que j'ai défendues avec fougue ont moins impressionné le directeur du cabinet du ministre que les articles de journaux que je lui ai montrés à l'appui de ma théorie.

— Les journaux ?

— Oui, j'avais pris la peine de réunir tous les comptes rendus des crimes capitaux et des jugements intervenus récemment. J'ai composé un assez joli album avec les seuls crimes de ces dernières semaines.

— Attention ! Monsieur le Conseiller, il y a toujours eu des assassinats et les crimes graves, commis aujourd'hui au bord des autoroutes, se perpétraient autrefois en aussi grand nombre sur les chemins moins fréquentés empruntés par les diligences. Je vous dis cela pour vous démontrer qu'une liste de crimes n'est pas un argument impératif, loin s'en faut, pour demander le rétablissement de la peine de mort.

Moll se leva, irrité.

— Monsieur le Procureur, j'ai l'impression que votre activité au parquet vous fait voir les choses sous un angle trop exclusivement professionnel. Mais la population, elle, lit les journaux avec une horreur et une crainte croissantes... et qui ne feront qu'augmenter. Je connais moi-même bon nombre d'hommes respectables qui, depuis longtemps déjà, ne voient pas sans inquiétude leur femme et leurs grands enfants aller au cinéma en fin de journée ou le soir. Mais d'autres couches de population — sans parler des chauffeurs de taxi et des employés de banque — n'avalent pas sans émotion, en même temps que leur petit déjeuner, les « faits divers » qui s'étalent dans la presse.

— Vous me comprenez mal, Monsieur le Conseiller. Loin de moi l'idée de vouloir, grâce à des mots, extirper du monde ce qui se grave, hélas, presque chaque jour en lettres de sang dans l'histoire criminelle de notre époque. J'essaie précisément de vous expliquer que ces effroyables forfaits ne redeviendront passibles de la plus redoutable des expiations — celle que seule comporte la peine de mort — que si nous nous efforçons tous de fournir, non pas seulement aux autorités compétentes mais au grand public, des preuves massives et des arguments de poids, appuyés sur des faits qui ne souffrent aucune discussion. Alors et alors seulement, les représentants élus du peuple se verront contraints de débattre au Parlement une question qui sera devenue de plus en plus brûlante.

— Pensez-vous, Monsieur le Procureur, au temps précieux qui s'écoulera jusqu'à ce que l'opinion publique contraigne les députés de l'Allemagne tout entière à agiter la question ? Et pensez-vous au nombre des malheureux qui paieront encore de leur vie notre carence législative ?

— J'ai toujours été d'avis qu'en son temps l'abolition de la peine de mort avait été décidée un peu trop hâtivement. Après tout, les gouvernements militaires en Allemagne l'avaient maintenue et ce n'est que lorsque la Constitution a eu force de loi, c'est-à-dire à compter du 23 mai 1949, que ce châtiment a disparu de notre Code pénal... Mais voilà, dans les milieux gouvernementaux, très nombreuses sont les personnalités, aussi bien protestantes que catholiques, farouchement opposées au rétablissement de la peine capitale.

— Il vous faudra prouver cette affirmation, dit Moll, pensif.

Doernberg se tourna vers son bureau, y prit quelques feuillets couverts d'une écriture serrée.

— La débâcle de 1945 et les conditions posées par les vainqueurs ont, entre autres, entraîné la modification du système pénal — ce qui n'avait pas été le cas en 1918. Tant d'abus avaient été commis sous Hitler qu'on a voulu en prévenir le retour. Et on a notamment inscrit dans la Constitution « le droit de tout individu à la vie et à l'inviolabilité corporelle ». Tout individu, donc les assassins eux aussi. La question a suscité de longs débats. Finalement, des considérations morales et religieuses ont prévalu et surtout le fait qu'une erreur judiciaire grave — c'est-à-dire l'exécution d'un innocent — est irréparable. Des erreurs judiciaires, il y en a toujours eu et il y en aura toujours... elles sont inévitables, car nous ne sommes que des hommes. L'abolition de la peine de mort n'en a pas moins été votée...

— Et le peuple allemand a frappé du poing sur la table !

— Pas du tout, Monsieur le Conseiller. Le peuple allemand n'a pas réagi. Un journal a même pu écrire que ses lecteurs avaient attaché moins d'importance à cette décision qu'à l'issue d'un match de football.

— C'est effroyable... Serions-nous réellement, vous et moi, des dissidents ?

— N'oubliez pas, Monsieur le Conseiller, que cela se passait en 1949... on avait d'autres préoccupations : on pouvait de nouveau manger à sa faim et cela passait avant toutes les questions légales... Depuis, effrayé par la recrudescence de la criminalité, le peuple a changé d'avis. Quelques ballons d'essai ont été lancés à l'échelon des Länder et, même au Parlement fédéral, quelques voix autorisées se sont élevées pour demander une modification de la loi constitutionnelle. Mais sans succès.

Le Dr Doernberg remit les feuilles manuscrites sur son bureau.

— Je réunis tous les documents que je peux me procurer, les déclarations, les manifestes, les commentaires des partisans et des adversaires de la peine capitale. Tout ce qui a été dit pendant un siècle... cela fera un volumineux dossier dont je vous épargne le détail. Mais savez-vous, Monsieur le Conseiller, que lors des débats parlementaires sur la peine de mort,

deux personnes ont insisté pour le maintien du châtiment capital et cela « par devoir envers l'humanité »,
Lehr et Adenauer ?...

Un soir d'été, à une heure déjà tardive, Sylvia
Hellmig et John Pattis se retrouvèrent en dehors de
la ville et, dans la petite voiture de l'Américain,
partirent pour une hostellerie de campagne où l'on
dansait.

John était de fort bonne humeur. Il plaisanta tout
le long du trajet, parla avec autant de volubilité que
de fierté de l'Amérique et de son Wisconsin bienaimé et passa même le bras autour des épaules de
Sylvia, qui le laissa faire sans protester. Pattis en
fut si heureux qu'il entonna un chant de cow-boy
et pilota d'une main la petite voiture jusqu'à l'hostellerie.

Tandis qu'ils garaient l'auto sur le grand terre-
plein réservé à cet effet, leur parvenait le bruit d'une
musique échevelée. Le jardin, bordé d'un côté par
la forêt, était éclairé par des lampions aux couleurs
vives. Sur la piste de danse, les couples tournoyaient
dans la nuit chaude.

— Un vrai bal champêtre ! s'écria Sylvia, ravie.
Comme c'est beau, John.

Pattis s'immobilisa.

— Répétez cela encore une fois, Sylvia.

Elle lui sourit :

— Comme c'est beau, John.

— Non, pas tout, un seul mot.

— John... dit-elle très bas.

Il lui saisit la main.

— C'est la première fois que vous m'appelez John. Prononcé par vos lèvres ce prénom me paraît d'une douceur exquise.

Sylvia dégagea sa main.

— Il nous faut trouver une table... Je n'ai nulle envie que nous restions ici, la main dans la main, au milieu des voitures.

— Vous êtes toujours si positive, reprocha John un peu vexé.

— C'est un héritage de mon père.

— Votre père, oui, oui ! Pardonnez-moi, Sylvia, mais on pourrait croire qu'il n'a jamais aimé.

— Il aime ma mère et il m'aime, mais il est ennemi des démonstrations publiques. On peut aimer sans prononcer de grands mots... et sans vouloir pour autant décrocher du ciel les étoiles.

— Voilà que vous persiflez de nouveau.

Sylvia riait. Ils montèrent les marches qui menaient à la terrasse. Pattis, qui suivait la jeune fille, admirait ses jambes et ses chevilles fines. Il éprouvait pour Sylvia un sentiment brûlant. Ce soir, je l'embrasserai, ce soir, je lui dirai que je l'aime, se promettait-il. Et demain, j'irai voir le Dr Hellmig et je lui demanderai la main de Sylvia. Je ne suis certes qu'un petit juriste américain, venu ici pour y étudier le droit allemand. Mais, dans deux ou trois ans, j'aurai une belle clientèle dans le Wisconsin, à Milwaukee, ou peut-être à Green Bay, au bord du lac. Nous vivrons là-bas... et nous y serons heureux.

Ils trouvèrent une table en bordure de la terrasse. Seule la balustrade les séparait de la forêt. Une lanterne rouge striée de jaune, se balançait au-dessus de leurs têtes ; une petite lampe projetait sur la nappe un cercle de lumière. La musique les isolait de leurs voisins.

Pattis installa confortablement Sylvia avant de s'asseoir en face d'elle.

— Que voulez-vous boire ?

La jeune fille secoua sa tête bouclée et sourit.

— Aujourd'hui, j'ai toutes les audaces, John. Je voudrais un cocktail... et plus tard, peut-être, un verre de vin.

— A vos ordres, Milady.

Puis ils dansèrent, étroitement enlacés, échangeant de longs regards.

— Vous êtes belle, chuchota brusquement Pattis dans l'oreille de Sylvia. Vous êtes plus belle que Dieu ne devrait le permettre s'il veut que les hommes ne soient pas éblouis par votre image.

— Vous parlez décidément fort bien notre langue, rit Sylvia.

Pattis la serra au point qu'elle ne put réprimer un petit cri.

— Si vous continuez à me parler sur ce ton, je vous embrasse devant tout le monde. Ne pouvez-vous donc me prendre au sérieux ?

— Vous y tenez ?

— Bien sûr.

— Ce serait dommage, John. Je suis enveloppée de tant de sérieux, à la maison, que j'ai envie d'un camarade enjoué. Soyez gentil et riez avec moi.

La danse était terminée et ils regagnèrent leur table. John contemplait Sylvia : une boucle était rétombée sur son front moite.

— Je pourrais vous regarder sans jamais me lasser, Sylvia. Et à chaque minute je découvre en vous quelque chose de nouveau : le dessin de vos sourcils, la courbe de vos cils, la petite fossette sur votre lèvre supérieure...

— C'est une cicatrice ! Souvenir d'une chute dans mon enfance.

— Je voudrais l'embrasser...

— John, vous devenez stupide...

— Pardon, Sylvia.

Il se mordit les lèvres et, confus, regarda vers la forêt. Quelle idée se fait-elle donc de moi ? pestait-il. Joue-t-elle avec moi ? Ne voit-elle en moi qu'un grand Américain un peu gauche ? Ou son persiflage n'est-il qu'une cuirasse contre ses sentiments ? des sentiments qu'elle ne veut pas montrer ?

C'est alors que surgit un jeune inconnu. Il s'inclina devant Sylvia, fit à John un petit signe de tête et invita la jeune fille à danser.

Surpris, John la regardait se diriger avec grâce vers la piste de danse et s'entretenir d'une façon animée avec son partenaire.

— Quel blanc-bec, lança Pattis à voix haute. — Puis à un garçon qui passait : — Un whisky, s'il vous plaît.

Il but son whisky d'un trait. Le garçon qui avait l'air de s'y être attendu était resté à côté de la table et retira immédiatement le verre.

— Un autre, Sir ?

— Okay, mais un double.

Sylvia revint et le jeune homme s'inclina de nouveau poliment. Pattis lui répondit par un bref signe de tête. Sylvia, étonnée, regardait le verre.

— Que buvez-vous là ?

— Du whisky.

— Avec quoi ?

— Pur.

— Si papa voyait cela !

— Il y a bien d'autres choses que votre père devrait voir, jeta Pattis grossièrement.

Sylvia levait des sourcils étonnés.

— Oh ! là. Une mouche vous a piqué ?

— Non... Un singe idiot, tiré à quatre épingles et qui danse le tango comme un éléphant.

Sylvia riait à gorge déployée en secouant la tête. Brusquement, elle reprit son sérieux et se pencha vers Pattis.

— Jaloux ? Dites-moi John, êtes-vous réellement jaloux ?

— Je suis jaloux de tous les hommes qui vous regardent et pensent : je l'embrasserais volontiers.

Sylvia se redressa.

— Vous croyez que les hommes pensent cela ?

— Je le sais !

— Parce que vous le pensez vous-même ?

— Oui, Sylvia.

La conversation languissait. Pattis but son whisky et en commanda un de plus. Sylvia trempait les lèvres dans son verre et regardait la piste de danse où les couples tournaient au son d'une valse lente. La spontanéité qu'il y avait eue entre Pattis et elle avait soudain disparu. Elle sentait que leur amitié était entrée dans une phase nouvelle. C'est pourquoi, après un long silence, elle hasarda :

— Vous ne devriez pas boire autant.

Pattis releva la tête : il y avait dans ses yeux une lueur d'ébriété.

— Le whisky, je peux l'avoir, lui... grogna-t-il.

— La vie serait bien monotone si l'on pouvait avoir tout ce qu'on veut.

— Quelle réflexion idiote ! s'exclama très haut Pattis.

— Mais très morale !

Ils se turent de nouveau. Pattis se consolait avec son whisky. Sylvia qui l'observait à la dérobée pensait : « On devrait simplement lui retirer son verre des mains, comme à un gamin et lui dire, allons, John... sois raisonnable et gentil, viens danser avec moi ! » Elle le regarda dans les yeux et dit très bas :

— John...

Il releva brusquement la tête, cette fois-ci, ses yeux brillaient d'excitation.

— Oui, Sylvia...

— Je crois qu'il vaudrait mieux que nous partions. Ramenez-moi à la maison, je vous prie.

— Comme vous voudrez, Sylvia.

Il se leva difficilement et déposa un billet sur la table. Le garçon s'inclina plusieurs fois devant ce client généreux, et accompagna même le couple jusqu'aux marches du perron qui menait au parking.

Pattis resta planté au bas des marches. Il tenait d'une main le bras de Sylvia et, de l'autre, essuyait son front couvert de sueur.

— Quelle belle soirée, Sylvia. Vous voulez vraiment que nous rentrions ? — Il lui lança un regard éploré. — Je sais que je me suis conduit comme un idiot et que j'ai eu tort de boire autant de whisky. Pardonnez-moi.

— Bon... Faisons une petite promenade. Cela vous fera du bien. Il vaut mieux de toute façon, que vous ne conduisiez pas pour l'instant.

Pattis opina de la tête.

— Allons faire un tour en forêt.

Ils prirent le premier chemin qui s'offrait à eux. Le son de la musique les suivait.

Ils marchèrent une dizaine de minutes et aboutirent à une clairière où gisaient, abattus, quelques arbres. Pattis s'assit sur un tronc et attira Sylvia près de lui.

— Fatigué ? interrogea-t-elle, d'un ton léger.

— Non... Ce calme fait du bien, je n'entends plus rien que votre souffle, Sylvia.

— C'est d'un romantique ! se moqua-t-elle.

Brusquement, elle vit son visage au-dessus du sien. Elle vit des yeux brillants, une bouche entrouverte ; une haleine chaude d'alcool la frappa. Elle sentit des bras qui l'enserraient. Et la bouche se rapprochait et les yeux s'écarquillaient.

— John, vous êtes ivre ! — Sylvia criait presque. Des deux poings elle frappait la poitrine de Pattis et rejetait tant qu'elle le pouvait la tête en arrière. — Je vous en prie, lâchez-moi !

— Il faut que je vous embrasse, Sylvia. Je vous aime... je...

— Vous me direz cela un jour où vous serez de sang-froid. Lâchez-moi immédiatement...

Elle luttait de tout son corps contre l'étreinte de fer et voulut se glisser à terre. Mais les bras de Pattis se resserrèrent autour d'elle, il pencha la tête en avant et appuya son visage contre celui de Sylvia. Elle sentait sa bouche et ses lèvres. Puis, les poings fermés, elle lui martela la poitrine et essaya de le repousser de la tête.

— Vous êtes fou ! cria-t-elle dans la nuit. Lâchez-moi. Vous devez me lâcher !...

John Pattis ne disait pas un mot. Il paraissait égaré. Il voyait la colère briller dans des yeux de

Sylvia. Il sentait son corps qui tremblait de peur.
Et il entendit la voix haute et claire qui menaçait :

— Si vous ne me lâchez pas, je ne vous reverrai
plus jamais !

Plus jamais, ce furent les seuls mots qu'enregistra
le cerveau embrumé de Pattis... plus jamais... jamais...
jamais !

Ses mains se levèrent, s'accrochèrent aux épaules
de Sylvia, remontèrent jusqu'au cou... A travers les
fumées le l'alcool, il ne reconnaissait plus les yeux
de Sylvia... Sa voix si perçante un instant plus tôt
se mourait.

Il ne savait plus ce qu'il faisait... il entendit la
jeune fille émettre un râle et se demanda pourquoi elle
ne criait plus. Puis il sentit ses bras faiblir et sombra
dans le néant.

Kurt Meyer se plaisait beaucoup à Essen. Sous
le nom de Friedrich Sandt, il avait trouvé un emploi
de comptable et travaillait, depuis trois jours, à la
satisfaction de son chef de bureau lorsque la minutie
des autorités allemandes perturba sa tranquillité.

Comme l'entreprise devait déclarer à l'inspection
du travail tous les nouveaux engagés, cet office
demanda, tout naturellement, d'où venait ce Friedrich
Sandt qui ne figurait sur aucune de ses listes. Le
service du personnel réclama alors à Kurt Meyer les
pièces complémentaires qu'il avait jusque-là négligé
de présenter.

Ce fut pour Meyer un signal d'alarme. Il promit
néanmoins au chef du personnel de lui apporter le
lendemain les papiers encore manquants et continua

de travailler avec ardeur jusqu'au soir. Il fit même une heure supplémentaire, ce qui plut particulièrement à son supérieur : les heures supplémentaires n'étaient pas payées aux employés à salaire mensuel.

— Un gros travailleur, dit le même soir son chef à son collègue du personnel qu'il retrouva au café. Je crois que nous sommes bien tombés.

Dans la nuit, Kurt Meyer faisait sa valise et prenait le train pour Hambourg. Le monde était si grand... Il finirait par trouver un endroit tranquille et sûr.

La police d'Essen réagit rapidement. Elle avait reçu le mandat de recherche lancé contre Meyer, accompagné d'un signalement précis et même d'une photo récente prise lors d'une répétition de la chorale paroissiale, à Bonn. Ce n'était évidemment qu'une photo d'amateur et tirée sous un éclairage défectueux. Mais, agrandie, retouchée, elle donnerait une bonne image de l'assassin.

Le cours des événements fut très simple. Le chef de bureau signala le lendemain matin l'absence de Friedrich Sandt au chef du personnel. Celui-ci se renseigna au domicile de Sandt et apprit qu'il était parti en voyage dans la nuit. A 9 h 15, le chef de bureau s'avisait qu'il manquait quatre cent soixante marks dans la caisse de port. La police fut avertie et l'on mit une photo sous les yeux du chef du personnel.

— Mais c'est Friedrich Sandt, s'écria-t-il.

Ce à quoi le commissaire répliqua :

— C'est Kurt Meyer, auteur de cinq assassinats.

Puis, les postes émetteurs de la police grésillèrent : Kurt Meyer a été vu hier à Essen... Récompense de deux mille marks à qui donnera les renseignements

208 JE RECLAME LA PEINE DE MORT

permettant son arrestation... Meyer est probablement
vêtu...

Le premier bulletin d'informations diffusa les détails
donnés par la police. Kurt Meyer les entendit en
prenant son petit déjeuner au buffet de deuxième
classe de la gare de Hambourg. Par hasard, parce
qu'il était assis près du comptoir sur lequel une
employée avait posé son poste personnel, histoire de
se distraire un peu.

Il paya sans hâte et s'en alla d'un pas calme. Même
lorsqu'il eut acheté un quotidien et contemplé à la
troisième page son visage, un peu flou et déformé,
personne n'aurait pu avoir l'idée que l'homme qui
lisait si tranquillement le journal n'était autre que
l'assassin recherché

Kurt Meyer réfléchit... Gagner l'étranger, c'était
impossible... On pouvait certainement obtenir un
passeport à Hambourg, avec tous les cachets et les
visas nécessaires... Il y avait des ruelles dans lesquelles
on pouvait se procurer des papiers « officiels »,
changer de nom, voire même de nationalité... mais ces
papiers coûtaient cher, très cher même. Et il n'avait
en poche que quatre cent soixante marks. Il lui fallait
donc parcourir l'Allemagne, fuir de ville en ville...
jusqu'au moment où un fait divers nouveau aurait
fait oublier aux gens qu'il existait quelque part un
Kurt Meyer.

Du calme... avant tout, du calme. Ne sois pas
nerveux, Kurt... Jusqu'ici tout a bien marché, tu as
suivi ton plan point par point. Peut-être que tu as
eu tort d'aller à Essen et, peut-être aussi, que la
conversation avec le doyen Ahrens était une erreur
stupide. Mais il faut savoir tirer parti de ses erreurs.

Et si la police est vraiment la plus maligne. Eh

bien, quoi ! Ce n'est pas la peine d'en faire un drame. Un aveu, un procès rapide, le cas étant clair et peu compliqué : cinq assassinats... cinq fois condamné à la détention perpétuelle. A trente et un ans, ce n'est évidemment pas une perspective réjouissante. Mais comme toile de fond reste la grande espérance que, dans quinze, dans vingt ans, le monde aura changé de visage, qu'il y aura un autre gouvernement, peut-être même un autre régime et qu'alors, comme miraculeusement, les portes de la prison s'ouvriront devant un Kurt Meyer. Il aura cinquante et un ans, disons même soixante, mais il vivra. Il pourra jouir de quelques années de liberté et, surtout, mourir décemment dans un lit, qui ne sera pas celui d'un pénitencier, mais celui d'une chambre bourgeoise, sans barreaux aux fenêtres. On dira certainement que Kurt Meyer s'était amendé au pénitencier, qu'il est mort en honnête homme. Mais ce que pensait, ce que ressentait ce Meyer, personne ne le saura jamais.

Tout en soliloquant, Kurt Meyer avait traversé la place et prit un tram qui le conduisit au port. Là, il regarda les bateaux : ceux que l'on chargeait, ceux qui prenaient la mer. Il se paya même un tour du port, à bord d'une vedette se disant qu'il n'aurait probablement pas l'occasion de revenir bientôt à Hambourg et qu'il fallait profiter de toutes les occasions que la vie vous offre. Plus on accumulait de souvenirs et d'impressions, plus on pouvait s'en gargariser plus tard, au pénitencier et en parler à ses compagnons, à l'atelier de vannerie. Car, au pénitencier, rien n'était pire que l'ennui. Meyer l'avait appris au cours de quatre années passées à l'ombre.

C'est ainsi qu'il voyait se dessiner l'avenir et il voulait accumuler le plus d'expériences possible.

Habitué à penser avec calme et raison, il savait bien qu'un jour c'en serait fini de la liberté. Il ne se nourrissait pas d'illusions... Il ne pourrait passer entre les mailles du filet que lui tendait la police, à présent qu'elle avait de lui une photo récente. C'était bien cela qui, d'ailleurs, irritait Kurt Meyer : s'engager dans la chorale paroissiale lui avait paru de bonne stratégie pour se mêler à la masse et cela se révélait une grave erreur de tactique.

Dans l'après-midi, Meyer prit un rapide pour Munich. Il traversa l'Allemagne du nord au sud sans être inquiété. Arrivé à destination, il descendit dans un petit hôtel. Ce n'était que pour une nuit, dit-il, et il remplirait la fiche le lendemain matin. Puis Kurt Meyer alla se coucher.

Une fois de plus, le hasard s'en mêla.

Le veilleur de nuit du petit hôtel triait les journaux pour jeter au feu, le lendemain, ceux qui étaient périmés lorsque son regard tomba sur la photo de Kurt Meyer, cinq fois assassin.

— Mon Dieu ! s'exclama le veilleur, mais c'est lui !

Il téléphona immédiatement à la police et attendit sur le pas de la porte l'arrivée silencieuse du panier à salade.

— Chambre cinq, déclara-t-il immédiatement, puis il s'installa dans le box du concierge et regarda l'escalier. Cinq fois assassin, se disait-il effrayé. Il va y avoir du boucan. Sûr que les flics devront tirer, peut-être même se servir de cartouches lacrymogènes. Il était amateur de romans policiers et savait donc ce qu'était une chasse à l'homme. Mais il ne connaissait pas Kurt Meyer, l'assassin qui détestait la violence et les cris.

Meyer ne s'était même pas enfermé à clé et lors-

qu'ils abaissèrent doucement la poignée, les policiers
furent les premiers étonnés de voir la porte s'ouvrir.
Méfiants, ils sautèrent sur le côté, l'arme à la main,
puis poussèrent la porte du pied jusqu'à ce qu'elle fût
grande ouverte, braquèrent leur projecteur et entrèrent.

Kurt Meyer dormait. Etendu sur le dos, les mains
gentiment posées sur l'édredon, il ronflait légèrement.
Il avait l'air d'un voyageur qui, après une journée
fatigante, s'abandonne à un repos mérité.

— Eh bien ! grogna Kurt Meyer lorsqu'on le tira
de son sommeil.

Il ouvrit les yeux, vit les uniformes, les revolvers
dégainés et eut un petit sourire.

— Déjà là ? — Il s'assit dans son lit et regarda
autour de lui. — J'aurais pourtant bien voulu visiter
Munich. Je ne connais pas du tout cette ville. On la
dit très belle.

— Etes-vous Kurt Meyer ? interrogea l'un des
policiers.

Meyer posa sur lui des yeux étonnés.

— J'imagine que si vous êtes ici, c'est que vous
êtes sûrs de votre affaire. Cela m'étonnerait beaucoup
que vous réveilliez brusquement un citoyen que vous
ne recherchez pas.

— Pas de discours, répondez : êtes-vous Kurt
Meyer ?

— Comment puis-je répondre, puisque vous ne
voulez pas que je parle ?

— Debout ! hurla le policier.

— Volontiers ! — Meyer sortit du lit. Il portait
un pyjama rayé et cherchait du pied ses pantoufles
de voyage. — Je voudrais avant tout vous faire
remarquer que je n'ai pas l'habitude que l'on me parle

sur ce ton ! Vous m'arrêtez parce que vous me soupçonnez être l'auteur d'un certain fait... Vous me soupçonnez, notez-le bien, je vous prie ! Ces soupçons ne vous autorisent pas à agir comme si j'étais coupable. Je ne serais coupable que si j'avais avoué ou si j'avais été convaincu d'avoir commis un délit et étais passé en jugement. Pour le moment, je suis tout au plus en état d'arrestation préventive et garde les droits impartis à tout citoyen.

— Habillez-vous et suivez-nous ! hurla le policier hors de lui.

Il ne connaissait pas Kurt Meyer et fut ahuri d'entendre celui-ci déclarer sur un ton calme mais ferme :

— Je me plaindrai de vous.

Il s'habilla avec soin, fit sa valise et enfila même son pardessus d'été.

— Nous pouvons partir, Messieurs.

On lui tira les bras en avant et les menottes se refermèrent sur ses poignets. Kurt Meyer avait soudain blêmi.

— Que signifie cela ? demanda-t-il très haut.

— Allez, marche !

— Enlevez ces menottes, cria brusquement Meyer. Détachez-moi immédiatement. Je n'ai pas cherché à vous échapper, je suis un homme paisible. Pourquoi des menottes ? Vous êtes trois contre moi !

— En avant !

Quelqu'un le poussa dans le dos et il trébucha jusque dans le couloir. Une sueur froide dégoulinait sur son visage. Le fait d'avoir les menottes déchirait quelque chose en lui.

— Déliez-moi ! hoqueta-t-il une fois encore.

Il levait les mains et tirait sur les menottes. Ses

yeux de merlan étaient tout à coup éclairés d'une lueur farouche.

— Lâchez-moi ! bande de froussards ! Ordures ! lâchez-moi... ou vous aurez de mes nouvelles !

Les hommes empoignèrent Kurt Meyer qui hurlait comme un dément et le portèrent jusqu'au bas de l'escalier. Le veilleur de nuit se tapit derrière son comptoir lorsque Meyer passa devant lui... C'est donc ainsi que se comporte un assassin ? pensait-il en frissonnant.

Dans la cellule du commissariat, sitôt qu'on lui eut retiré les menottes, Kurt Meyer réclama du papier et une plume. Il rédigea une violente protestation contre l'attitude des policiers et, lorsque le commissaire de service l'interrogea, Meyer commença par énoncer ses griefs avant de dire, sur le ton de la conversation.

— Et maintenant, Monsieur le Commissaire, que désirez-vous de moi ?

— Vous reconnaissez avoir assassiné cinq personnes ? A savoir...

Le commissaire se disposait à lire les noms et les dates, mais Kurt Meyer l'interrompit.

— Epargnez-vous cette peine... J'ai lu tout cela dans les journaux.

— Vous reconnaissez les faits ?

— Absolument pas. Il appartiendra à l'instruction de fournir la preuve de ma culpabilité.

— Vous avez écrit, dans une lettre adressée au directeur de pénitencier Moll...

Meyer leva la main et déclara d'une voix douce :

— Monsieur le Commissaire, je sais très exactement ce qu'il y a dans cette lettre. Il n'y est pas question d'assassinat ni même d'aucun délit.

— Et pourquoi fuyez-vous à travers toute l'Allemagne ?

— Fuir ? Je visite mon pays. N'est-ce pas mon droit ? Les uns s'en vont sur la Côte d'Azur ou aux Baléares, moi, je parcours l'Allemagne... J'aime mon pays...

Le commissaire mit brusquement fin à l'interrogatoire. Dans son premier rapport, il écrivit : *Kurt Meyer est un individu à l'esprit froid et cynique. On n'obtiendra jamais de lui un aveu et il faudra trouver des preuves convaincantes de sa culpabilité.*

Pendant que le commissaire était occupé à son rapport, Kurt Meyer se faisait venir du café voisin un petit déjeuner complet... C'était son droit le plus absolu tant qu'il était détenu dans les locaux du commissariat.

Après trois jours de recherches, on découvrit, en bordure de la clairière, le corps de Sylvia Hellmig enfoui sous un amoncellement de branches de sapins. Elle tenait entre les mains, que son meurtrier lui avait jointes sur la poitrine, un bouquet de fleurs des champs.

Lorsque le Dr Hellmig apprit que sa fille avait été retrouvée assassinée, il perdit connaissance avant d'avoir pu prononcer un seul mot.

Mme Hellmig réagit moins tragiquement à l'effroyable nouvelle. Elle était assise, le regard perdu, au chevet de son mari que le médecin essayait de ranimer par une injection tonicardiaque. Elle savait déjà ce que Hellmig pressentait seulement : le meurtrier de Sylvia était John Pattis.

Le commissaire en chef de la brigade criminelle
et le procureur Karlssen fumaient en silence. Ils
venaient de prendre connaissance du premier rapport
du médecin légiste.

— Un crime sexuel type, dit enfin Karlssen. Commis par un jeune juriste d'outre-Atlantique ! J'ai moi-
même parlé un jour à ce garçon et la conversation a
précisément roulé sur les aveuglements sanguinaires.
Et le voilà qui commet un crime. Il a dû avoir un
accès de folie !

— Il était ivre. On a interrogé le garçon qui l'a
servi à l'hostellerie : en moins d'une demi-heure,
Pattis a bu quatre doubles whiskies purs. Mais il
semble qu'il boit à la moindre contrariété et que cela
lui détraque l'esprit... Nous avons vu cela déjà dans
l'affaire Dicaccio... Au lieu de prévenir la police qu'un
crime se tramait, ce garçon s'est saoulé... et cela a
coûté la vie à trois hommes.

— De là à commettre un assassinat ! — Karlssen
écarta de la main le rapport et le portrait robot établi
par l'identité judiciaire. — Chacun savait qu'il était
éperdument amoureux de la petite Hellmig.

— Il était sous l'influence de l'alcool et quelque
chose a dû le pousser à commettre ce geste criminel...
Quoi ? nous le saurons bientôt.

— Vous savez où est Pattis ?

— En Suisse. Il a franchi la frontière le matin
qui a suivi son crime. Il a dû voyager toute la nuit.
Comme il est américain, il avait un passeport en
poche.

Karlssen tapotait nerveusement le dossier.

— Vous avez demandé par l'Interpol l'extradition
immédiate ?

— Dès que sa fuite a été connue, un avis de

recherche a été lancé dans toute la Suisse. Pattis n'ira pas loin. Peut-être a-t-il essayé de se cacher dans les montagnes, mais il n'y restera pas longtemps. La faim le contraindra à regagner des régions habitées.

— C'est une affreuse histoire. Hellmig est un homme fini. Il s'était déjà évanoui en apprenant la mort de sa fille. Ce matin, il hurlait comme un fou : « Amenez-moi l'assassin ! Je le tuerai de mes propres mains ! » Et puis il a eu une crise cardiaque.

— C'est ainsi que pensent tous ceux qui perdent leur raison d'exister par le fait d'un criminel... La victime est morte, mais le coupable continuera de vivre, lui ! C'est un des paradoxes de notre société.

— Et Hellmig était précisément un des plus chauds adversaires de la peine de mort. Il a eu de sérieuses altercations à ce sujet, non seulement avec Doernberg, mais avec moi.

— On voit les questions sous un autre jour quand elles vous concernent personnellement.

Le commissaire gardait les yeux posés sur l'appareil téléphonique, comme s'il attendait à chaque instant un appel d'un de ses collègues suisses.

— Je crois que chaque adversaire de la peine de mort changerait immédiatement d'avis si l'on assassinait sa femme ou ses gosses. Il est curieux de voir comme toutes les belles idées humanitaires et la grandeur morale disparaissent lorsqu'on est affecté. Tout à coup, le criminel n'est plus un malade, plus un dément, plus une créature humaine qu'un traitement psychologique bien conduit remettra sur le droit chemin. Ce n'est plus qu'un assassin, un monstre, une bête nuisible, à figure humaine, qui doit être « éliminé de la société ». C'est bien là qu'on voit que la prétendue humanisation du système pénal n'est que la théorie de ceux que le crime épargne.

Karlssen laissa de nouveau percer son cynisme.

— Comment pouvez-vous dire pareille chose, Monsieur le Commissaire ? Le ministre régional de la Justice m'a déclaré littéralement : « Nous sommes liés en fait et en droit par la Constitution. » La Constitution a aboli la peine de mort... Celle-ci est donc supprimée et la question ne souffre aucune discussion. Il ne nous appartient pas de nous opposer aux décisions du Parlement. — Karlssen jeta au commissaire un regard ironique. — Je m'étonne donc de constater que tel n'est pas votre avis. Si vous persévérez dans cette voie, Monsieur le Commissaire, on ne vous verra jamais devenir conseiller ministériel...

Le téléphone sonnait. Karlssen et le commissaire échangèrent un coup d'œil. Le procureur décrocha :

— Karlssen...

A l'autre bout du fil, on entendait une voix calme et lente. Karlssen écoutait sans mot dire. Puis, après un bref « merci », il raccrocha.

— Ils le tiennent ? interrogea le commissaire.

— Oui. Il s'est heurté à une patrouille de police sur les bords du lac de Zurich. On nous envoie les détails par télex.

— Quand sera-t-il ici ?

— Jamais... — Karlssen alluma d'une main ferme une cigarette. — Pattis a voulu forcer le barrage de police, les Suisses ont tiré, et il a reçu, dans le dos, une balle qui lui a brisé la colonne vertébrale. Il est à l'hôpital cantonal de Zurich dans un état désespéré.

Karlssen balaya d'un grand geste le dossier « Meurtre Hellmig », l'envoyant à l'autre bout du bureau, comme s'il voulait le faire choir dans la corbeille à papiers.

— Le destin frappe parfois plus justement que les hommes, conclut-il.

— Vous allez transmettre cette nouvelle à Hellmig ?

— J'y serai obligé. Pattis est intransportable... peut-être est-il mort à l'heure actuelle. Pour Hellmig, c'est une bonne solution... Pas de procès, pas de scandale, pas d'histoire d'amour relatée en long et en large... — Karlssen écrasa sa cigarette dans le cendrier. — Si seulement je savais ce qui a poussé ce garçon à commettre un acte aussi effroyable. Rien ne pouvait le laisser prévoir...

— L'alcool...

— Possible. L'alcool l'aura positivement rendu fou. Il devait avoir perdu la raison au moment du meurtre. Nous ne le saurons jamais, dommage. Ou plutôt non, cela vaut mieux, car à force de vouloir, comme nous le faisons, explorer les abîmes insondables de l'âme, on finirait par perdre tout espoir dans la créature humaine... Et nous ne le devons pas. Nous devons aimer notre prochain... si dur que cela nous soit...

Il prit son manteau et se coiffa de son feutre gris. Le commissaire l'accompagna jusqu'à la porte.

— Oui, ce sera peut-être pour Hellmig une légère consolation d'apprendre que le meurtrier de sa fille a été frappé par le destin.

— Vous le croyez réellement ? demanda le commissaire, incrédule. Sylvia était son unique enfant et il avait pour elle une sorte d'adoration. Rien ne console d'une telle perte.

— Je vais toujours essayer...

Mais, à cet instant, Karlssen ne croyait plus lui-même ce qu'il disait.

Dans la maison des Hellmig, on ne se déplaçait plus que sur la pointe des pieds. Mme Hellmig ne quittait pas le chevet de son mari. La domestique congédiait tous les visiteurs qui se présentaient à la porte... Cartes de condoléances et fleurs s'entassaient dans le vestibule. Seul le médecin avait le droit de franchir le seuil.

Il cherchait en vain à combattre la débilité qui s'était emparée du Dr Hellmig et le rendait si apathique. Les injections de tonicardiaques restaient sans effet.

Le médecin regarda Mme Hellmig, haussa les épaules en signe d'impuissance et murmura :

— Il ne réagit absolument pas. Il ne *veut* pas réagir.

Hellmig tourna lentement la tête sur son oreiller, posa sur sa femme et sur le médecin des yeux las et demanda d'une voix sourde :

— Que dites-vous là, Docteur ?

— Vous ne devez pas vous laisser aller ainsi, Monsieur le Président. A quoi sert de vous faire des piqûres pour vous soutenir le cœur, si vous vous refusez tout simplement à guérir ?

Hellmig secoua légèrement la tête.

— Guérir ?... Je veux rejoindre ma fille...

Il enfouit sa tête dans l'oreiller et se mit à sangloter. Sa femme s'empara d'une de ses mains et la caressa doucement.

— Franz, Franz... je suis encore là, moi. Que deviendrais-je sans toi ? Nous vivons ensemble depuis vingt-quatre ans... Vingt-quatre ans de bonheur... cela ne représente plus rien pour toi ? Tu ne peux pourtant pas vouloir m'abandonner ?

— Sylvia... gémissait Hellmig... Notre jolie petite Sylvia... — Il s'assit brusquement dans son lit et saisit sa femme par les épaules. — Je pourrais hurler, Ruth ! Hurler jusqu'à m'en faire éclater le cœur !

Il posa la tête sur l'épaule de sa femme et la voix de nouveau entrecoupée de sanglots, demanda :

— Tu arrives à comprendre cela, toi... à comprendre que notre Sylvia...

C'est la scène qui s'offrit aux yeux de Karlssen lorsque, conduit par la domestique, il arriva dans la chambre du malade. Debout près de la porte, il contempla un instant l'émouvant spectacle.

Hellmig se redressa légèrement et son regard se posa sur Karlssen qui s'avançait, sans prononcer un mot. Une lueur farouche s'alluma soudain dans les yeux de Hellmig. La voix haletante, il demanda :

— Vous le tenez ?... Karlssen... ne me cachez rien. L'assassin est-il...

Hellmig porta la main à son cœur.

— Dites-moi que vous l'avez arrêté, Karlssen... Sinon vous ne seriez pas ici... Vous le tenez, n'est-ce pas ? Vous le tenez ? C'est le seul médicament qui puisse me guérir ! Je le tuerai de mes mains !

Le procureur avala sa salive :

— Nous le tenons, Monsieur le Président, dit-il très bas.

Le Dr Hellmig s'accrochait à la main de sa femme. Il cria :

— Tu entends, Ruth, ils l'ont ! — Puis, la tête tournée vers Karlssen : — Où est-il ?

— En Suisse.

— Quand sera-t-il amené ici ? L'extradition...

Karlssen avait la gorge nouée.

— Elle est demandée.

— Quand arrivera-t-il ?

— Je... je ne sais pas... — Karlssen baissait les yeux. — Jamais... j'en ai peur... Monsieur le Président.

Hellmig regardait Karlssen, les yeux égarés.

— Que voulez-vous dire ? gronda-t-il.

Mme Hellmig posa la main sur le bras de son mari. Il se dégagea d'une secousse et inclina le haut du corps vers Karlssen.

— La Suisse refuse-t-elle l'extradition ?

— Elle ne peut y procéder...

— Elle ne peut pas ?

— John Pattis a été blessé lors de son arrestation. Il est à l'hôpital, dans un état désespéré... peut-être est-il déjà mort...

La tête de Hellmig s'affaissa sur sa poitrine. On aurait dit que toutes ses forces l'abandonnaient.

— Mort, dit-il très bas, mort... Je ne le reverrai jamais cet assassin... cet assassin de mon enfant ! Je n'assisterai pas à son jugement, à sa condamnation...

— Le destin l'a condamné plus sévèrement que nous aurions pu le faire. Devant le tribunal, je n'aurais même pas pu soutenir l'accusation d'assassinat.

Hellmig releva la tête et son corps trembla comme sous l'effet d'un coup de trique.

— Quoi ? que dites-vous ? Veuillez répéter, Monsieur le Procureur.

— ... Pas pu soutenir l'accusation d'assassinat, Monsieur le Président... Pattis avait, en très peu de temps, bu plus que de raison — il y a des témoins oculaires — et se trouvait en complet état d'irresponsabilité... Dans un état d'hébétude totale qui, étant donné son caractère déjà instable, exclut tout acte volontaire et lucide. L'avis du psychiatre ne fera que confirmer ce que j'avance. On ne peut donc reprocher à Pattis la moindre préméditation et il est, par conséquent, impossible de lui appliquer le paragraphe 211 du Code pénal. Dans l'état d'ivresse où il était, il serait jugé en vertu du paragraphe 51, ce qui équivaudrait à lui garantir une éventuelle impunité, s'il ne s'est pas rendu coupable d'un des crimes commis en état d'ébriété prévus au paragraphe 330 a. Remerciez donc le sort de ce qui arrive, Monsieur le Président. Vous auriez vu — et vous le savez fort bien — le meurtrier de votre fille rester juridiquement impuni pour son crime.

Hellmig, les pupilles dilatées, regardait le procureur.

— Vous ne parlez pas sérieusement, Karlssen, balbutia-t-il. La loi...

— Je n'ai fait que citer littéralement la loi.

— Pattis a tué ma fille ! s'écria Hellmig. C'est un assassin, un ignoble assassin qui m'a privé de ce que j'avais de plus cher... Si j'avais eu dans son procès à occuper le siège du ministère public... j'aurais... j'aurais requis la peine de mort !

— Franz ! s'exclama épouvantée Mme Hellmig.

Karlssen contemplait ses mains.

— Mais la peine de mort est abolie, Monsieur le Président.

— Je le sais bien ! Qui le saurait mieux que moi !

Il cacha son visage dans ses mains et laissa retomber sa tête sur l'oreiller. Il pleurait.

— Mais un assassin... un assassin a perdu le droit de vivre. Je le sens, à présent, je le comprends mainte-

nant, parce que j'ai tout perdu... mon enfant, mon
idéal, ma foi.

Emu et incapable d'en dire davantage, le Dr Karlssen quitta la chambre. Mme Hellmig le suivit jusque
dans le vestibule et lui tendit la main.

— Il ne sait plus ce qu'il dit... Le choc est trop
violent. Il pensera différemment lorsqu'il sera guéri.

— Je ne le crois pas, Madame, déclara Karlssen
avec franchise. Il sera un chaud défenseur de la
peine de mort.

Les obsèques de Sylvia Hellmig eurent lieu dans
l'intimité. Seuls les proches parents et quelques magistrats y assistèrent. L'institut de médecine légale avait
établi un rapport détaillé et le Dr Karlssen avait
délivré le premis d'inhumer

John Pattis était mort à l'hôpital cantonal de
Zurich, dans la nuit qui avait suivi son arrestation.
Il n'avait pas repris connaissance. Il fut enterré le
même jour que Sylvia.

Hormis les fossoyeurs, il n'y avait au bord de la
tombe que deux inspecteurs de police pour constater
officiellement « que la dépouille mortelle de John
Pattis, du Wisconsin, U.S.A., avait été mise en terre ».

Par un matin pluvieux de 1957.

Une simple formalité... sans la présence d'aucun
ecclésiastique.

Quant à Kurt Meyer — avec y — il n'avait pas
perdu le nord.

Le juge d'instruction n'avait pas plutôt établi le

mandat de dépôt que Meyer entreprenait deux démarches : il chargea télégraphiquement le meilleur avocat pénal de Cologne de la défense de ses intérêts. On avait dit à Meyer, qu'il serait « déplacé » à Cologne, les faits délictueux qui lui étaient reprochés relevant de la juridiction du tribunal régional de cette ville.

Et puis Meyer réclama un prêtre !

Le directeur de la prison de Munich et ses collaborateurs étaient cuirassés, mais le détenu préventif Kurt Meyer, originaire de Prusse, dépassait les bornes de la patience et de l'indulgence dont pouvaient se réclamer les prisonniers.

Comme Meyer s'y était employé pendant les quatre ans passés au pénitencier de Rheinbach, il formulait réclamation sur réclamation. On aurait pu croire qu'il passait ses jours et ses nuits à coucher ses griefs sur le papier afin de rendre la vie dure à ses gardiens.

Ce fut d'abord la nourriture.

La nourriture est toujours l'élément crucial. Que ce soit dans l'armée ou dans une prison... le « rata » est la source de toutes les rouspétances. Mutineries dans des pénitenciers, meurtres de gardiens, tentatives d'évasion ont eu pour seule cause la nourriture.

Meyer lui aussi se révoltait. Oh ! sans bruit, et sans violence, calmement, à sa manière, discrète, mais catégorique.

Requête n° 1 :

Hier, au repas de midi, ma soupe était tiède ; le soir, deux tranches de ma ration de pain étaient sèches : elles avaient manifestement traîné pendant deux jours. D'après le règlement de la prison, j'ai droit à une nourriture suffisante et appétissante. Je

demande qu'une enquête soit menée afin de déterminer
pourquoi ma soupe était tiède et mon pain rassis.

Kurt Meyer.

La réclamation fut remise au gardien Wachtl. Il
lut le papier, regarda Meyer d'un air éberlué et
lâcha quelques mots fort peu corrects (réclamation
n° 2 de Kurt Meyer : « Offense à un détenu préventif
par l'emploi de termes diffamatoires ») et alla immédiatement rendre compte à son supérieur. Le gardien-
chef, un montagnard de Haute-Bavière, examina le
papier avec lenteur, puis le posa sur la table du poste
de garde et déclara :

— Il peut toujours se plaindre, celui-là, il verra
c' que ça lui coûtera.

Meyer eut du thé froid.

Mais pas plus Wachtl que le gardien-chef ne
connaissaient Kurt Meyer.

Il demanda à voir l'aumônier... un droit qu'a chaque
détenu.

L'aumônier quitta Meyer, après lui avoir promis
de remettre au directeur du quartier de prévention
une longue lettre de plainte. Meyer avait pleuré
comme une Madeleine et s'était plaint à l'aumônier
d'être plus maltraité qu'une tête de bétail. Le chagrin
de ce pieux criminel avait ému l'aumônier qui ne
put que proposer de servir d'intermédiaire.

Meyer triomphait.

Wachtl et le gardien-chef jurèrent et grincèrent
des dents.

— C'est une révolution, hurla le gardien-chef. On
va l'expédier en Prusse !

Le directeur était un homme affable et bienveillant.
Il alla voir Meyer, s'assit sur le bord du lit, renvoya

Wachtl qui l'avait accompagné, regarda songeusement son prisonnier et dit avec calme :

— J'ai reçu vos plaintes.

— Je ne demande que mon droit.

— Vous ne l'obtiendrez pas... malheureusement.

— Quoi ?

Meyer — avec y — posait sur le directeur des yeux incrédules.

— Fonctionnaire de la Justice, vous me dites en clair que vous me refusez ce à quoi j'ai droit ? C'est un peu fort, Monsieur le Directeur. Je mentionnerai cette affirmation lors des débats, afin que la presse en fasse état.

— Si vous voulez... — Le directeur souriait à Meyer. — Si vous réclamez à cor et à cri ce à quoi vous avez droit, je suppose que vous voudriez également voir vos actes criminels jugés selon ce même droit. Vous me comprenez ?

— Non, avoua imprudemment Meyer.

— D'après la conception de la justice qu'a tout individu de bon sens, l'auteur de cinq assassinats ne peut qu'être condamné cinq fois à mort.

Meyer pâlit et, pris de court, répondit :

— La peine de mort est abolie...

— Quand on considère votre cas, Meyer...

— Monsieur Meyer, je vous prie, articula Meyer avec difficulté.

— ... On ne peut que penser qu'un individu de votre espèce non seulement justifie, mais exige le rétablissement de la peine de mort.

— Je vous interdis de me tenir de pareils propos.

Meyer bondit sur ses pieds et alla se planter devant la fenêtre grillagée, le dos tourné au directeur.

— Vous réclamez votre droit... c'est ça votre droit !

— Le droit, c'est l'application de la loi.

— Le grand criminel atteint du complexe du droit ! — Le directeur se leva et contempla le dos de Meyer. — Votre procès, Meyer, secouera l'opinion publique. Il suscitera de nouvelles discussions passionnées entre les tenants et les adversaires de la peine de mort. Mais, croyez-moi, la majorité du peuple regrettera que la sentence ne puisse être que la réclusion à perpétuité !

Meyer pivota sur ses talons. La sueur coulait de son front. Dans ses petits yeux gris, d'habitude si inexpressifs, brillait comme une lueur d'égarement.

— Je n'aurais jamais fait cela si la peine de mort avait encore existé.

— Merci ! conclut le directeur d'un ton sarcastique. Cela suffit, Meyer ! Vous venez d'avouer !

Lorsque la porte de la cellule se referma, Kurt Meyer perdit tout son sang-froid. Il hurlait de colère, en martelant des poings sa dure paillasse.

— Idiot que je suis, criait-il, comme un insensé. Idiot ! Imbécile que je suis !

A partir de ce moment, Kurt Meyer — avec y — détenu à titre préventif, sombra dans l'apathie et ne réclama presque plus. Il avala sans se plaindre sa soupe tiède ; il but son thé froid ; il signa tous les procès-verbaux d'interrogatoire. Il ne se regimba même pas lorsqu'on lui passa les menottes et qu'on l'enferma dans un compartiment spécial du rapide Munich-Cologne.

A Cologne, dans la vieille prison du Klingelpütz, l'arrivée de Meyer fut à peine remarquée. Tant de grands criminels avaient passé par là avant d'être condamnés... puis graciés.

En conduisant Meyer du greffe à sa cellule, le surveillant du quartier, le gardien-chef Schmitz lui annonça :

— On t'a déjà demandé.

— On *vous* a, s'il vous plaît... — Meyer souriait avec indulgence. — Même si je suis un criminel, je garde le droit d'être vouvoyé.

— Bon ! A chacun sa petite manie... Je vous disais donc, M'sieur Meyer, qu'on vous avait demandé.

— Ah ! Et qui ça ?

— Une vieille connaissance, Moll, le directeur du pénitencier de Rheinbach. C'est là-bas que vous finirez vos jours, M'sieur Meyer, quand le spectacle sera terminé... Cinq fois la perpète... y a plus de grâce à attendre.

Le Dr Hellmig était dans un état de dépression nerveuse aggravé de fièvre, qui ne laissait pas d'inquiéter son entourage, lorsque le Dr Doernberg prononça son réquisitoire contre Hans Wollenczy et Franz Heidrich, les deux seuls membres encore vivants du gang de la banque de Wiesbaden.

L'instruction n'avait rien révélé de plus que les faits déjà connus. Mais on n'avait pas retrouvé la somme que chacun des bandits avait touchée pour sa participation au coup. Lors de son arrestation, Wollenczy vivait de l'argent gagné au casino de Neuenahr. Et Heidrich le Chialeur n'avait sur lui que deux mille marks, au moment où les policiers lui avaient mis la main dessus, dans le beau pâturage voisin de Berchtesgaden. On ne put leur arracher un mot sur l'endroit où ils avaient caché leur magot.

— Je ne suis pas fou, avait répliqué Franz Heidrich au magistrat qui l'interrogeait. Vous n'avez qu'à chercher !

Dans trois ans, je serai sorti de prison, se disait-il. Alors, à moi la bonne vie. Oh ! je serai prudent, je ne jetterai pas l'argent par les fenêtres... ce serait trop bête de me faire remarquer. Mais mes vieux jours sont assurés.

Oui, mais pas comme il le croyait.

Le Dr Doernberg faisait office de procureur. Il prononça un réquisitoire qui troubla et fit verdir les accusés. Ils cessèrent de sourire aimablement aux photographes et cameramen de la télévision pour poser un regard hébété sur leur accusateur.

— Les assassins des deux employés de banque et du policier sont morts, entonna le procureur. Il est dès lors facile aux accusés de rejeter le poids de tous les péchés, de toutes les responsabilités de ce crime atroce sur des hommes qui ne peuvent pas se défendre. Les accusés que nous avons devant nous sont d'innocents agneaux !... L'un — Franz Heidrich — a simplement fait le guet et il n'est, prétend-il, qu'un paisible marchand de primeurs qui s'est fourvoyé dans ce milieu de criminels. L'autre — Hans Wollenczy —, un gentleman de la racine des cheveux à la pointe des orteils, conduisait la voiture dont les gangsters se sont servis pour fuir. Il y a été contraint, a-t-il affirmé, parce que le méchant Pohlschläger — le Boss, comme l'appelle Heidrich, en bon jargon de gangster — les auraient tous abattus s'ils n'avaient pas obéi. Voyons donc d'un peu plus près ces deux agneaux ! Hans Wollenczy, escroc au mariage de grande classe, vit depuis quatorze ans de l'argent soutiré à de malheureuses femmes trop crédules. Il a déjà encouru neuf condamnations. La dernière, pour détournement de fonds, escroquerie au mariage, vol, coups et blessures, lui a valu deux ans et demi de pénitencier. Franz Heidrich, plus connu dans le milieu du crime, sous le nom de Franz le Chialeur, ceci parce que lors de chaque arrestation, il éclate en sanglots, est un vieux cheval de retour, dont le casier judiciaire s'orne de vingt-deux condamnations, la plus récente étant d'un an et demi de pénitencier à la suite de sept vols avec effraction.

Wollenczy et Heidrich échangèrent un regard. La vieille rengaine, pensaient-ils. Le pedigree au grand complet. L'énumération de toutes les erreurs, pour impressionner les jurés. Nos avocats vont remettre les choses au point. Mais les deux accusés dressèrent l'oreille, lorsque Doernberg poursuivit :

— Lors de l'attaque de la banque, quand Pohlschläger et Dicaccio — après avoir tué deux employés et raflé l'argent — ont quitté les locaux, Heidrich, armé d'un revolver, s'est porté à leur secours... il a couvert leur retraite.

— Mais je n'ai pas tiré ! s'écria Heidrich.

Le président leva la main.

— Accusé, vous n'avez pas la parole pour le moment !

— Bien... grogna Heidrich.

— Que Heidrich ait tiré ou non, l'arme qu'il tenait à la main était une menace contre tous ceux qui auraient pu s'opposer à la fuite des bandits. — Le Dr Doernberg jeta un coup d'œil aux notes qu'il avait devant lui. — Personne ne pouvait savoir si Heidrich ferait ou non usage de son arme. Leurs arrières couverts par lui, les bandits ont pu rejoindre la voiture dont le moteur ronflait. Hans Wollenczy

était au volant ; il a démarré dès que Heidrich les
eut rejoints et a quitté la ville à toute vitesse, selon
un itinéraire méticuleusement prévu, l'enquête l'a
établi...

« Les deux accusés ont donc participé, en toute
connaissance de cause et en parfait accord avec leurs
complices, qui depuis ont échappé à la justice des
hommes, à l'attaque d'une banque, dans le but de
satisfaire, aux dépens d'autrui, leur sordide cupidité.
Ils n'ont pas hésité à pénétrer dans la banque l'arme
à la main et à froidement abattre ceux qui se trouvaient sur leur chemin. Leur plan avait été soigneusement mis au point. La couverture de leur retraite et
le rapide départ de l'auto avaient été prévus.

« Messieurs les jurés, s'il n'y avait pas eu mort
d'homme, les accusés auraient été passibles, selon le
chapitre 51 du code pénal, qui traite des vols avec
attaques à main armée, de la peine la plus sévère
prévue, la réclusion dans un pénitencier. En fait, les
accusés ont également pris part au meurtre de trois
hommes qui ont été délibérément tués dans l'exercice
de leurs fonctions. Or, celui qui, par intérêt ou aux
fins de couvrir un acte délictueux, tue un individu
est un assassin. Il est passible de la peine la plus grave
prévue par le Code pénal : la réclusion à perpétuité.
Etant donné leur participation au crime et les antécé-
dents des accusés, je requiers donc contre eux la
réclusion à perpétuité. »

Heidrich avait bondi sur ses pieds et criait d'une
voix perçante quelques mots inintelligibles. Les mains
crispées sur la barrière du box des accusés, on aurait
pu croire qu'il cherchait à l'enjamber. Deux gardes
le tirèrent en arrière et le firent se rasseoir. Mais

Heidrich se dégagea et se précipita de nouveau en avant.

— Salaud ! cracha-t-il à l'adresse de Doernberg. On devrait te tordre le cou ! Le pénitencier à vie ! Jamais ! Jamais !

Il se frappait la poitrine à coups de poing, puis entama un combat avec les gardes qui tentaient de se saisir de lui.

Les agents de police, en faction devant la salle d'audience, arrivèrent au pas de course. Ils se précipitèrent dans le box des accusés et frappèrent Heidrich de leur matraque de caoutchouc, jusqu'au moment où celui-ci renonça à la lutte et se laissa passer les menottes. Le contact froid de l'acier sur ses poignets eut raison de son exaspération. Gémissant, secoué de sanglots, il s'effondra sur son siège.

Wollenczy n'avait pas perdu son calme, Blême, les dents serrées, il dévisageait le Dr Doernberg.

Un jour ou l'autre je m'évaderai, pensait le beau Wollenczy. Alors, à quoi bon m'agiter ici ? Il n'existe pas de pénitencier où même le quartier des réclusionnaires soit assez bien gardé pour qu'au cours des ans on ne découvre pas un moyen de se faire la paire. Laissons donc au procureur, au tribunal, aux jurés et au populo le plaisir de nous savoir neutralisés derrière les hauts murs. Est-ce qu'ils savent ce que nous pensons ? Et puis, il y a encore la possibilité de la révision...

Livide, digne, presque élégant dans son complet gris clair, sa chemise de couleur assortie et sa cravate d'un gris légèrement plus foncé, il était assis très droit sur son banc et n'accordait même pas un regard à son pitoyable compagnon.

Wollenczy conserva cette attitude pendant que les

défenseurs plaidaient, et tentaient de minimiser le rôle joué par leurs clients dans le hold-up ; de soutenir qu'ils s'étaient laissés entraîner, voire qu'ils avaient été contraints par la menace d'apporter leur aide aux vrais responsables ; qu'ils n'étaient que des comparses d'occasion, victimes des gangsters Pohlschläger et Dicaccio.

« Heidrich ne pouvait pas savoir que Dicaccio et Pohlschläger se serviraient de leurs armes pour tuer. Lorsqu'il s'est rendu compte de ce qui s'était passé, il a été si décontenancé qu'il a couru jusqu'à la voiture en gardant machinalement à la main son revolver, alors que, sous le coup de l'horreur, il avait eu l'intention de s'en débarrasser... »

« Wollenczy *devait* conduire car, en même temps que Pohlschläger se jetait sur le siège, il enfonçait son revolver dans les côtes de Wollenczy et lui ordonnait : « File à toute pompe, ou j' te crève. » C'est uniquement parce que sa propre vie était menacée que Wollenczy a emmené les meurtriers. Il était à son tour devenu une victime ! Et il était si épouvanté par le crime que la nuit même il s'enfuyait, afin d'échapper à Pohlschläger et à Dicaccio. »

Après trois heures de délibérations, la cour d'assises près le tribunal régional exprima, par la bouche de son président, sa sentence.

Franz Heidrich et Hans Wollenczy étaient condamnés à la réclusion perpétuelle pour avoir participé à un hold-up et au meurtre de trois hommes. Les deux coupables étaient également privés à vie de leurs droits civils et condamnés aux frais et dépens du procès.

Heidrich s'évanouit.

Wollenczy ne sourcilla pas au prononcé du jugement. Puis, il fit une légère inclinaison au Dr Doernberg et tendit les mains pour qu'on lui passât les menottes.

Doernberg le regardait franchir, la tête haute, la petite porte de la salle d'audience.

Il est dangereux, se disait-il, plus dangereux que Katucheit qui est un primitif obéissant à ses instincts. Ce Wollenczy, lui, possède l'esprit du criminel né que rien n'arrête.

Malheur à nous si ces deux-là recouvrent un jour la liberté ! Ils étrangleront et déchireront cette humanité qui leur laisse la vie sauve, parce qu'elle croit qu'il y a en *chaque* individu un ferment de bonté.

Le Dr Doernberg quitta la salle le dernier, avec le sentiment d'avoir essuyé une nouvelle défaite intime.

L'automne tirait à sa fin — les hold-up étaient à l'ordre du jour et l'on s'étonnait presque quand le matin, en ouvrant son journal, on n'y lisait pas de manchette annonçant une nouvelle attaque à main armée contre une banque — lorsque Kurt Meyer, condamné cinq fois pour assassinat à la réclusion à perpétuité et à la privation de ses droits civils, serra cordialement la main du gardien Puck. Puis Meyer, examinant avec intérêt le vestibule du pénitencier, commenta :

— Vous avez reblanchi le plafond ?... C'est plus sympathique, l'ancienne peinture datait de trente ans au moins... c'était déprimant, cette crasse.

— C'est là ton seul souci ? interrogea Puck en faisant tinter ses clés.

Meyer lui jeta un regard désapprobateur.

— Ça recommence déjà ?

— Quoi ?

— Le bruit de clés. Cela me rend si nerveux. Je suis maintenant chez vous pour la vie...

— Hélas, pour nous !

Meyer suivait les longs couloirs, attendant derrière Puck, chaque fois que celui-ci ouvrait puis refermait les différentes portes à barreaux et arriva finalement au quartier qu'il devait habiter jusqu'à la fin de ses jours.

— Qui donc occupe mon ancienne cellule ?

— Un gars condamné pour attentat aux mœurs.

— Dans ma cellule ? Comment a-t-on pu enfermer dans ma cellule un type aussi puant ?

Puck regarda Meyer et dit sèchement :

— Parce que tes cinq assassinats, c'est peut-être de l'eau de rose ?

Meyer ne répondit pas. Il embrassa d'un coup d'œil la longue rangée des portes de fer, avec chacune leur judas et leur numéro. Des portes derrière lesquelles il n'y avait plus que la désolation de ceux qui sont murés vivants.

— Quel numéro ? demanda-t-il très bas.

Pris d'un brusque accès de faiblesse, il ferma un instant les yeux. Puis il se ressaisit et de ses yeux gris, inexpressifs, il regarda Puck.

— Numéro 136.

— Individuelle ?

— Bien sûr !

— J'y ai d'ailleurs droit.

Il s'approcha de la porte, abattit le judas et inspecta l'intérieur de la cellule.

Une cellule pareille à des centaines d'autres. Encore

impersonnelle et nue, grise comme un tombeau. Mais
cela changerait... un condamné à perpétuité est autorisé à lire, et les bouquins rendent une cellule confor-
table.

— Très bien... Qui est le prévôt ?

— Pourquoi ?

— Voyons, Puck... l'homme le plus important, ici,
c'est pas toi... c'est le prévôt. Faut-il que je te donne
une leçon sur ce qui se passe au pénitencier ?

Meyer parlait sur le ton familier d'un habitué de
longue date, que les aboiements des gardiens n'impres-
sionnent plus et qui leur parle comme à de vieux
amis. Puck n'aimait pas ce ton... il tenait à garder ses
distances. Il fit cliqueter ses clés, ouvrit la cellule 136
et enjoignit, brutalement :

— Allons, ouste ! Entre !

Meyer se retourna.

— Eh bien ! voilà que tu me rudoies ?

— Si tout le monde faisait autant de phrases que
toi, on pourrait ouvrir une école de déclamation ici...

Meyer haussa les épaules et pénétra dans la cellule. Tout y était d'une ordonnance réglementaire et,
à première vue, rien ne justifiait une réclamation.
Cela viendrait... une journée est longue au pénitencier, plus longue qu'à l'extérieur en liberté.

Le gardien Puck referma bruyamment la porte
derrière Meyer. Puis il se planta dans le couloir et
agita ses clés avec détermination. Il va piquer une
rage noire pensait-il, haineux. Il va en baver, le Meyer
avec y.

Deux heures plus tard, le directeur Friedrich Moll
rendait visite à son détenu de marque.

Meyer regarda avec étonnement la porte s'ouvrir
de nouveau, contrairement au programme. Il était en

train de relever, dans le catalogue de la bibliothèque
du pénitencier, les livres qu'il voulait emprunter.
D'abord, la Bible — il s'était promis d'ici un an ou
deux de donner de nouveau un coup de main à la chapelle. C'est là qu'il se sentait le mieux. Là, il pouvait
pendant des heures discuter de ses conceptions du
monde et de la religion avec l'aumônier, qui l'écoutait
avec patience.

Le directeur restait près de la porte et observait
Meyer qui, de sa petite écriture élégante, achevait
d'inscrire un titre sur sa liste.

— Vous voilà revenu à la maison. Bienvenue chez
vous, Meyer ! dit-il, sarcastique.

Kurt Meyer se leva lentement.

— Il faudra, tout d'abord, que je vérifie si les
règlements de l'administration pénitentiaire vous autorisent, bien que je sois sous le coup d'une condamnation à perpétuité, à m'appeler simplement Meyer.

— Vous recommencez déjà ?

— Ne venez-vous pas de me dire : « Bienvenue
chez vous ? » Chez soi, on a certaines prérogatives...

— A ceci près que vous allez rester ici jusqu'à la
fin de vos jours, sans aucun espoir d'être gracié et
que vous auriez donc avantage à vous plier le mieux
que vous le pourrez aux habitudes de la maison.

Meyer leva la main.

— Vous êtes bien optimiste, Monsieur le Directeur. Regardez, ici, dans le catalogue de votre bibliothèque... N° 249, *les Guerres allemandes*. Me permettez-vous un rapide décompte ? 1813, guerre ;
1848, révolution ; 1866, guerre ; 1870 à 1871, guerre ;
1914-1918, guerre ; 1933, prise du pouvoir par une
dictature ; 1939-1945, guerre... Voilà pour le passé.

« Savez-vous ce que nous réserve 1970 ou 1975 ?

Y aura-t-il de nouvelles dictatures, de nouvelles guerres et de *nouvelles amnisties générales ?* Ou de nouvelles conquêtes qui ouvriront toutes les portes ?
Cher Monsieur le Directeur et conseiller du gouvernement Moll, pour Kurt Meyer la vie ne finit pas le
jour où il entre dans la cellule 136 du pénitencier de
Rheinbach ! A l'extérieur, on fait de la politique, on
fait des guerres, on perd des guerres... Nous en serons
les paisibles profiteurs, nous qu'on appelle les « per-
pétuels ». Nous attendons, parce que nous avons bien
le temps. Il travaille pour nous, le temps. Nous en
sommes les parasites.

Moll secouait la tête.

— C'est un vrai scandale de laisser des gens comme
vous...

— Je vous en prie, Monsieur le Directeur, je sais
ce que vous voulez dire. Je ne désire pas l'entendre,
parce que mes nerfs sont délicats... et mon épiderme
sensible, particulièrement sur ce point.

— Votre procès a soulevé l'indignation populaire.
Journaux et illustrés ont publié des articles sur plusieurs colonnes ; les gens ont envoyé de pleins paniers
de lettres révoltées ; le ministère régional aussi bien
que le ministère fédéral de la Justice ont été bom-
bardés de courrier... Une vague a surgi qui s'ampli-
fie chaque jour. Il sera difficile à présent de rester
sourd aux voix qui réclament un système pénal plus
rigoureux et le rétablissement du châtiment suprême.

— Et tout ça à cause de moi ? — Meyer s'assit et
regarda avec mélancolie la fenêtre à barreaux derrière laquelle brillait le soleil d'automne. — Je suis
donc devenu quelqu'un de si important ?

— Il n'y a pas que vous. Les braves gens sont
exaspérés par le sort fait aux meurtriers de chauf-

feurs de taxi, aux gangsters coupables de hold-up,
aux...

— Le monde est mauvais.

Meyer hochait douloureusement la tête.

— Plaignez-vous !

— Je peux dire cela, puisque je fais partie des
méchants.

— Vous n'éprouvez pas le moindre repentir,
Meyer ?

— Non.

— Vous n'avez même pas honte de vous ?

— Non... je m'aime beaucoup trop pour cela.

— Et vous allez finir vos jours en prison !

Meyer leva les deux mains en un geste implorant...
un Oriental en prière.

— Notre destinée est impénétrable, Monsieur le
Directeur. Mais je suis satisfait de la mienne. Ceux
que je haïssais ne vivent plus...

Friedrich Moll quitta, en secouant la tête, la cellule 136.

Le Dr Hellmig, président du Tribunal régional,
séjournait avec sa femme dans une station thermale
où il soignait ses troubles cardiaques. Il était en congé
jusqu'à rétablissement complet de sa santé. C'est à
cette époque que le ministère régional de la Justice
réclama au procureur général, le Dr Bierbaum, un
rapport détaillé sur le plus jeune magistrat de son
parquet, le Dr Doernberg.

Karlssen, supérieur direct de Doernberg, reçut
mission d'établir ce rapport et de le transmettre au
procureur général.

— Quelle tuile ! dit Bierbaum à Karlssen. Nous
pensions que Burrmeister avait oublié tout cela de-

puis longtemps et le voilà qui ramène sur le tapis cette vieille histoire. Doernberg me fait de la peine, il risque d'être mis sur la touche pour un bon bout de temps.

Karlssen hocha sa tête grisonnante.

— Je ne crois pas.

— Ah non ? Sur quoi fondez-vous votre optimisme ?

— Je sais que Doernberg travaille à un important mémoire... Une sorte de « livre blanc » des crimes les plus récents qui auraient mérité la peine de mort, avec l'énumération exacte de tous les facteurs de libération qui peuvent intervenir. Ce sera le « livre noir » de la Justice pénale !

Bierbaum leva les bras au ciel.

— Raison de plus, Karlssen. Allez immédiatement trouver Doernberg et dites-lui que je lui conseille vivement de mettre fin à ce travail. Vous pouvez ajouter que mon conseil a valeur d'injonction. Ce garçon se jette dans la gueule du loup ! Il va gâcher irrémédiablement sa carrière !

— Pensez-vous qu'il tienne à faire carrière ?

— Quel est le jeune procureur qui ne le désire pas ?

— Doernberg, peut-être...

— Dites tout de suite qu'il veut se suicider !

— Doernberg est un idéaliste, prêt à tout sacrifier pour ses idées.

Le procureur général secouait énergiquement sa tête chauve.

— Cela n'a plus rien à voir avec l'idéalisme. C'est du fanatisme aveugle.

Karlssen, songeur, jouait machinalement avec le cendrier posé sur le bureau.

— J'ai, à plusieurs reprises, jeté un coup d'œil sur

le travail de Doernberg. Il a réuni une accablante documentation. Et il ne se contente pas de citer les faits dans toute leur sécheresse... de faire une sorte de statistique qui donne des chiffres sans aucun renseignement sur l'évolution psychologique qui s'opère actuellement dans le milieu du crime. Nous n'avons pratiquement plus à traiter des cas isolés, comme l'étaient, par exemple, Haarmann ou Kürten ou encore Grossmann... Nous avons en face de nous un gangstérisme qui donne naissance d'une part à des bandes de criminels, à ces fameux gangs, d'autre part à des bandits qui agissent pour leur compte personnel et n'hésitent pas à se servir d'une arme. Le nombre des agressions à main armée a augmenté depuis 1952 de quelque deux cent cinquante pour cent. Et on ne se sert plus seulement de revolvers, de poignards et d'armes contondantes, mais de mitraillettes ! Soixante-dix pour cent des criminels agissent par esprit de lucre. La documentation de Doernberg vous donne froid dans le dos !...

— Mais quel résultat obtiendra-t-il ? On nous ressasse sur tous les tons que la criminalité diminue d'année en année !

— Les délits mineurs, c'est possible... le chapardage, les filouteries, les escroqueries au mariage... ce qu'on qualifie de « menu fretin » diminue. Les crimes capitaux augmentent d'autant, eux. En huit ans, plus de cent soixante chauffeurs de taxi ont été assassinés en Allemagne fédérale seulement. N'est-ce pas édifiant ? Cent soixante hommes appartenant à un seul et même groupe professionnel ont payé de leur vie les indigences d'une loi pénale si clémente qu'elle n'offre pas de protection efficace. Les criminels rigolent quand ils entendent le ministère public requérir la perpétuité ! Ils trouveraient beaucoup moins amusant de l'entendre dire : « Je requiers la peine de mort ! »

Le procureur général fit de la main un signe de dénégation.

— Je connais votre position, Karlssen. Vous apportez de l'eau au moulin contre lequel se bat Doernberg. Et le ministre régional de la Justice le sait bien, lui aussi.

— Alors, me voilà tranquillisé, ironisa Karlssen.

— Oui, mais cette tranquillité ne vous avance à rien. C'est Burrmeister que nous devons apaiser. Je serai bien avancé et vous aussi quand mes procureurs seront mis en disponibilité ! A mon avis, ce « livre blanc » de Doernberg est une dépense inutile de forces et de temps... pour ne pas parler de l'usure de nos nerfs !

Karlssen se leva et déclara d'un ton compassé :

— Je transmettrai vos instructions, Monsieur le Procureur général. Mais, étant donné la situation, reste à savoir si Doernberg se conformera à votre désir.

— Vous me rendrez compte immédiatement du résultat de votre entretien.

— J'évoquerai également la question dans mon rapport sur Doernberg.

— Je suis curieux de voir ça ! glapit Bierbaum.

— Cette curiosité sera satisfaite avant longtemps, Monsieur le Procureur général.

Il s'inclina et quitta la pièce. Bierbaum hocha la tête et remit devant lui le cendrier déplacé par Karlssen. Le procureur général était un homme d'ordre.

Par un froid dimanche de janvier, le procureur Doernberg mit à profit d'abondantes chutes de neige pour aller faire du ski et débarrasser un peu ses poumons de la poussière des dossiers. Sa femme et Monika le rejoindraient par l'autobus de l'après-midi.

Les skis sur l'épaule, se servant de ses bâtons comme canne, Doernberg suivait la route qui montait vers les pistes. Une auto le dépassa, freina et stoppa à quelques mètres de lui. Lorsqu'il arriva à la hauteur de la voiture, une tête emmitouflée dans une écharpe et coiffée d'une toque de fourrure surgit, tandis qu'un bras s'agitait.

Doernberg, surpris, s'arrêta et retira sa casquette.

Le Dr Hellmig lui faisait signe de s'approcher. Il lui tendit la main et lui sourit aimablement.

— Ma femme m'emmène faire un petit tour. L'air frais de la montagne réussit à mes nerfs. Voulez-vous monter avec nous ?

Doernberg hésita, jeta un regard à ses skis qu'il avait plantés dans la neige et dit, avec regret.

— Les skis n'entreront pas dans la voiture, Monsieur le président.

— Si ! nous allons ouvrir la fenêtre, vous les passerez de biais et les tiendrez d'une main.

— Mais vous aurez froid.

— Allons, Doernberg, ne vous faites pas prier.

Le procureur salua Mme Hellmig et grimpa sur le siège arrière, à côté du président, après avoir déposé ses skis à côté de la conductrice. Mme Hellmig repartit lentement.

Pendant un moment, personne ne parla, admirant le paysage hivernal, les formes bizarres des arbres enneigés, les filigranes formés par les branches recouvertes de glace. Il y avait entre eux une certaine tension. Hellmig cherchait comment entamer la conversation. Doernberg attendait un mot du président et se demandait comment interpréter la soudaine amabilité à son égard de cet homme jusque-là inaccessible.

Hellmig sortit de sa poche un étui à cigarettes en argent, l'ouvrit et le tendit à Doernberg.

— Fumez-vous ?

— Cela ne vous dérange pas, Monsieur le Président ? Vous êtes encore en convalescence.

— Mon cher Doernberg, je ne suis pas en sucre !

Il avala sa salive, repris brusquement par ses souvenirs.

— La vie continue, Doernberg et c'est bien ainsi. Ce serait affreux si le chagrin ne s'émoussait pas un peu avec le temps. Non pas qu'on oublie, mais...

Il ferma les yeux et se renversa sur son siège. Son visage autrefois replet s'était amaigri et semblait perdu sous la grosse toque de fourrure et l'écharpe de laine enroulée jusqu'au menton.

Doernberg restait silencieux. Que pouvait-il répondre ? Il n'y avait pas de mots qui pussent réconforter Hellmig. Il y a des douleurs qu'on ne peut consoler.

— Dans trois semaines, vous me reverrez au Palais, affirma le président avec crânerie.

— A votre place, je me ménagerais encore un peu, Monsieur le Président. Doernberg observait Hellmig du coin de l'œil. Il est devenu un vieillard, pensait-il.

— Vous craignez que nous ne croisions de nouveau le fer ? — Hellmig jeta un regard à Doernberg puis haussa les épaules avec lassitude. — Aucun risque, mon cher procureur... Je n'ai plus la force de lutter.

Je ne veux pas autre chose que la justice, une justice qui soit conforme aux exigences de Dieu et à celles des hommes. Mon âge et l'épreuve de la douleur m'aideront, je l'espère à comprendre mieux les autres. Le combat, je vous le laisse, à vous, les jeunes.

Doernberg secoua la tête.

— Pourquoi devrait-il y avoir combat ? Le bon sens commun suffit à...

Hellmig l'interrompit du geste.

— C'est la grande illusion de tous les idéalistes. Il n'y a pas de bon sens commun. C'est un espoir auquel aspire le genre humain comme les alchimistes aspiraient à la découverte de la pierre philosophale. Le bon sens commun... Il est vain de l'espérer ou d'y croire.

— Nous devons convaincre.

— Nous ? — Hellmig regarda Doernberg avec étonnement. — Qu'entendez-vous par là ? Qu'a pu vous raconter Karlssen ?

— Le premier procureur ? Mais il ne m'a rien dit !

Doernberg était abasourdi.

Hellmig hocha longuement la tête.

— Dans une explosion de chagrin et d'amertume, j'ai dit devant lui des mots que je ne prononcerais plus aujourd'hui.

— Je ne comprends pas du tout, Monsieur le Président.

— J'ai dit ce que je pensais alors... et c'était peut-être une erreur. Si Karlssen n'en a pas parlé, c'est probablement qu'il s'est rendu compte que je n'étais pas dans mon état normal.

Doernberg avait l'impression qu'un étau lui serrait le cœur.

— Vous vous êtes prononcé en faveur de la peine
de mort ! s'exclama-t-il d'une voix enrouée par l'excitation. Ce... ce n'est pas possible, Monsieur le
Président. Pardonnez mon étonnement, mais... après
tout ce que vous avez dit.

Une fois de plus la main de Hellmig l'interrompit. Elle se posa légèrement sur le bras de Doernberg.

— Oui, je l'ai dit, à l'époque : rétablissez la peine
de mort ! Je l'ai dit... Mais j'avais l'esprit troublé...
Je n'éprouvais plus qu'un seul sentiment, qui m'obs-
curcissait la raison, le désir de vengeance. Je criais
au nom de tous les pères, de toutes les mères qui
avaient perdu un enfant par la faute d'un criminel :
A mort l'assassin ! œil pour œil... C'étaient d'atroces
pensées. Dieu veuille me les pardonner. Aujourd'hui,
je suis plus calme. Ce serait effroyable et ce serait la
décadence de la justice si une sanction devenait une
mesure de vengeance. Si j'avais tenu Pattis à ce
moment-là, moi, le père de Sylvia, j'aurais pu l'étran-
gler de mes mains... mais comme juge j'ai le devoir
d'examiner les mobiles de son crime. A-t-il agi en état
d'ivresse ? Que s'est-il passé dans son esprit ? Au
moment du meurtre, Pattis jouissait-il de toute sa
responsabilité ou son acte est-il celui d'un fou ? Il y
a tant de facteurs qu'un juge se doit d'analyser et de
peser avant d'être autorisé à conclure : cette sentence
est *fondée* sur la Justice.

— Je vous comprends, dit Doernberg.

— Le pouvez-vous réellement ? Je vous ai considéré jusqu'à maintenant comme un fanatique aveugle.

Doernberg détourna la tête et s'absorba un instant
dans la contemplation du paysage avant de reprendre :

— J'ai rassemblé une documentation considérable, qui confirme mon opinion sur la peine de mort.

— Karlssen m'en a parlé. Il faudra présenter votre étude au ministre régional de la Justice.

— Pff ! Il n'y attachera pas la moindre importance et s'y déclarera hostile...

— C'est le sort tragique auquel s'exposent tous les réformateurs. Luther l'a connu et il a dû être épouvanté de voir sa doctrine délencher la Guerre des paysans. Peut-être, Doernberg, serez-vous un jour épouvanté, vous aussi, de voir quelle application on fait de vos idées.

La voiture s'arrêta. Ils étaient arrivés sur le terrain d'où les skieurs attaquaient les pentes. Hellmig tendit la main à Doernberg.

— Je vous souhaite un bon dimanche. Je compte que voilà dissipé le désaccord qui existait entre nous.

— J'en suis heureux, Monsieur le Président... mais, puis-je espérer un peu de compréhension de votre part si je poursuis ma voie, si je tente de faire triompher mes idées ?

Hellmig, le visage impassible, évita les yeux de Doernberg.

— Dispensez-moi de vous répondre, Doernberg. Mon état moral actuel ne me permet pas encore de prendre une position aussi nette que je le devrais.

Doernberg, ému, descendit de voiture. En prenant congé de Mme Hellmig, il lut dans les yeux de celle-ci tout le chagrin qu'elle essayait si courageusement de surmonter. Il y lut aussi la prière muette qu'elle lui adressait de comprendre son mari. Doernberg fit un signe de tête consentant, prit ses skis et, lentement, se dirigea vers le champ de neige. Bientôt un virage lui masqua la grosse voiture noire.

Il cherche un motif de vivre, se disait Doernberg. Il cherche à vaincre ses sentiments et ne veut être qu'un juge impartial, qui puisse se prononcer au nom de la seule Justice.

La première session de la cour d'assises présidée par le Dr Hellmig, après sa guérison, était attendue avec curiosité par les magistrats et le personnel du tribunal. Le premier procureur, le Dr Karlssen, avait, en effet, confié à Doernberg, son substitut, la tâche de soutenir l'accusation. Le garde Kroll, chargé comme d'habitude d'appeler les témoins, lorsqu'il apprit que Doernberg occuperait le siège du ministère public se gratta la tête et dit à un de ses jeunes collègues.

— Si tout se passe bien... j'te paie des prunes ! C'est l'affaire Weigel, la plus sordide histoire d'assassinat qu'on puisse imaginer. Sûr que mon Doernberg va de nouveau dire... enfin, attendons.

Les Weigel, trois sœurs et un frère, avaient tué d'un commun accord Hans Petermann, le mari d'une des sœurs, et l'avaient enterré au fond de leur jardin. Pourquoi ? Parce que Petermann, homme d'une moralité rigide, protestait contre la venue trop fréquente dans la maison où ils vivaient tous ensemble, d'un soldat noir américain. Celui-ci entretenait des relations intimes avec une de ses belles-sœurs et, à une époque où la vie était encore difficile, fournissait cigarettes, chocolats et gâteries. Un empêcheur de tourner en rond, ce Hans Petermann : il fallait le faire disparaître. Les voisins, les camarades de tra-

vail, la police même s'étaient inquiétés de cette disparition subite. La réponse avait toujours été la même :
Hans est passé en zone russe ; il ne pouvait plus supporter la vie ici. Et Anna Petermann, née Weigel,
avait joué les épouses abandonnées et versé quelques
larmes. On s'était même apitoyé sur son sort.

Au bout d'un certain temps, les voisins n'avaient
plus posé de questions, la police avait abandonné
l'enquête et le dossier avait rejoint les autres « affaires en suspens ». C'était l'époque où l'on franchis-
sait facilement le rideau de fer. Petermann reviendrait un jour ou l'autre... Comme il n'avait jamais
écrit ni donné le moindre signe de vie, son cas n'était
pas définitivement élucidé.

Dix ans s'écoulèrent.

Puis intervint la décision — restée célèbre et qui
fit l'effet d'un coup de tonnerre dans le milieu de la
pègre — du ministère fédéral de la Justice de nom-
mer une « commission spéciale chargée de l'étude des
cas en suspens ». On rassembla les dossiers épars
dans toute l'Allemagne. Parmi eux figurait celui de
Hans Petermann, poussiéreux et jauni par dix ans
d'attente.

La « commission spéciale » mit un point d'honneur à faire punir comme il se devait les criminels
éventuels.

Pour les membres de la commission, des spécia-
listes qui ne s'en laissaient pas conter, tout assassin
commet une faute. Il n'existe pas de crime parfait. Si
donc ce Petermann avait été tué — la commission
envisageait toujours le pire d'abord — le meurtrier
devait avoir une faille dans son alibi.

Pendant des mois, on observa discrètement les

allées et venues, les faits et gestes de chacun des membres de la famille Weigel.

Ils ne recevaient aucun courrier de la zone soviétique. Ils n'en avaient d'ailleurs jamais reçu.

On les interrogea et, lorsqu'on leur parla, comme incidemment, de Petermann, leur attitude fut bizarre. L'affaire remontait à dix ans et personne ne se souvenait plus de ce qu'il avait dit exactement à l'époque. Le frère et les sœurs se contredirent, indiquèrent d'autres dates, d'autres motifs à la disparition de Petermann.

De plus, Anna, l'épouse abandonnée, s'était remariée. Comment était-ce possible alors que Petermann avait simplement « déménagé » ? Il était toujours « porté disparu » et aucun acte de décès n'avait jamais été délivré. Les Weigel avaient affirmé que Petermann avait franchi le rideau de fer et cela n'avait pas empêché Anna de se remarier ?

On inculpa d'abord Anna de bigamie. Puis, les membres de la commission spéciale recoururent aux grands moyens : « Vous avez tué Petermann, nous le savons », dirent-ils aux Weigel.

Ceux-ci nièrent énergiquement. Finalement, soumis à de longs interrogatoires contradictoires, ils se coupèrent et s'effondrèrent... tous les quatre. Ils avouèrent le meurtre. La reconstitution du crime eut lieu, dans le petit jardin de la maison qu'ils habitaient encore, en présence du premier procureur Karlssen et des membres de la commission spéciale. Onze ans plus tard !

Lorsque l'acte d'accusation fut dressé, Karlssen fit venir Doernberg.

« Vous soutiendrez l'accusation, Doernberg. Un

cas clair comme le jour. Ce sera la première audience présidée par Hellmig depuis sa guérison. Foncez... n'ayez aucun égard... nous avons ici un cas type, un cas qui peut servir de fondement à toutes les discussions sur le pour et le contre de la peine de mort. Un cas type pour tous les humanitaires, tous les psychanalystes, tous les experts, tous les ministres de tous les cultes ; un cas type pour tous les êtres humains quels que soient leurs pensées et leurs sentiments : quatre frère et sœurs tuent un homme simplement parce que sa présence les contrarie. Parce qu'il les rappelle à la décence, ils s'en débarrassent d'une chiquenaude comme d'une miette de pain restée sur la nappe.

Doernberg avait quitté le premier procureur avec l'impression qu'un poids de cent kilos lui écrasait le cœur.

Il était à présent face aux quatre assassins, qui, blêmes sur leur banc, posaient sur lui des yeux écarquillés.

Dans ce même box, Katucheit le meurtrier s'était entendu condamner à « la perpétuité » ; dans ce même box l'assassin Janowski était affalé sur son banc tandis que de la foule amassée devant le palais s'élevaient les cris : « A mort ! A mort ! »

Et au banc des accusés de tous les tribunaux allemands s'étaient assis et s'assiéraient des criminels, fixant les yeux sur le représentant du ministère public qui, au nom de l'Etat les accusait du crime le plus effroyable, l'assassinat d'un être humain.

Le président du tribunal régional, le Dr Hellmig, était derrière sa table, le torse penché en avant, ses mains maigres et noueuses jointes sur ses notes. Contrairement aux assesseurs et aux jurés, lui ne regardait pas le Dr Doernberg.

Appuyé contre la porte de la salle d'audience, le garde Kroll tripotait son ceinturon. Les bancs des témoins et, derrière, ceux réservés au public étaient noirs de monde : jeunes stagiaires, avocats, curieux. Les journalistes se pressaient autour de la table qui leur était réservée. Sur le dernier banc des témoins avaient pris place le premier procureur Karlssen et le procureur général Bierbaum.

— Nous sommes en présence d'un cas unique dans les annales de la criminalité allemande : une famille entière, un frère et ses trois sœurs, décide de se débarrasser d'un homme gênant, le mari d'une des femmes, le beau-frère des trois autres. Ensemble ils mettent au point chaque détail de cet assassinat, ensemble ils le commettent, chacun exécutant avec précision la tâche qui lui est dévolue.

« Le frère creuse la fosse et tire — il est l'exécutif —, Maria se procure le pistolet et des balles par l'intermédiaire du soldat noir, son amant ; Rosa surveille le déroulement des préparatifs et Anna, l'épouse de la victime, se montre aux petits soins pour son mari afin qu'il ne puisse concevoir aucun soupçon sur ce qui se trame.

Le procureur posa les poings sur son pupitre.

— Les accusés ont avoué après s'être tus pendant onze ans et leur crime serait resté impuni si une commission spéciale n'avait pas été instituée, qui a examiné les dossiers en suspens et repris l'enquête Petermann. Et ces criminels éprouvent-ils des remords ? Hans Weigel a pleuré, il est vrai, lorsque sur ses indications, on a déterré le cadavre de son beau-frère... mais étaient-ce des larmes de remords, des larmes de repentir ? Ou pleurait-il seulement parce que l'on avait découvert son forfait et que onze années de silence étaient réduites à néant ? Une fois de plus se vérifiait le vieux principe qu'il n'existe pas de crime parfait et qu'un assassin finit toujours par commettre l'infime erreur qui le fait prendre.

Doernberg jeta un regard au président, peiné pour lui de ce qu'il allait devoir dire et imaginant facilement la douleur intime que ressentait Hellmig à cette heure où il avait de nouveau en face de lui des assassins, des assassins pareils à celui qui avait tué sa fille unique.

Doernberg poursuivit :

— Les accusés sont coupables au même titre et méritent tous une condamnation identique. Ils ont agi, poussés par les motifs les plus vils.

« Avant de requérir cette condamnation — et chacun dans cette salle sait ce qu'elle sera et qu'elle ne peut être davantage — je voudrais évoquer un point : à l'époque où les accusés ont perpétré leur crime, la peine de mort n'était pas encore abolie en Allemagne. Si donc on avait arrêté les criminels qui sont assis devant nous dans les deux ans qui ont suivi leur forfait, ils auraient les uns et les autres été « au nom de la loi » condamnés au châtiment suprême. Aujourd'hui, onze ans après les faits qui auraient été alors punis comme ils le méritaient, je représente ici l'Etat et suis dans l'obligation de dire : je requiers pour les quatre accusés, solidaires du même meurtre, la réclusion à perpétuité, au lieu de pouvoir dire : je requiers la peine de mort ! Onze années d'un silence opiniâtre trouvent leur récompense : la loi sauve la tête des assassins ! »

Le procureur général jeta un coup d'œil à Karlssen. Le premier procureur était écarlate.

— C'est complètement fou, murmura Bierbaum.
Karlssen acquiesça de la tête.

— Un membre du parquet qui pendant son réquisitoire s'attaque à la loi, c'est un véritable scandale !

— Doernberg a raison, nous tournons en rond,
répondit Karlssen. Lorsqu'il a invoqué la peine de
mort, dans l'affaire Katucheit, le président a explosé.
Aujourd'hui Hellmig se tait, il a perdu sa fille par la
faute d'un assassin. Mais c'est vous qui bondissez...

Elevant la voix, Karlssen continua :

— Aussi longtemps qu'il y aura des hommes, il y
aura parmi eux des assassins. Et aussi longtemps
qu'il y aura des assassins on essaiera d'établir entre
la mesure idéale — l'amélioration de l'homme — et
l'ultime moyen — la peine de mort — des échelons
qu'on appelle la *Justice*. C'est un combat séculaire, et
Doernberg n'en est qu'un des soldats, une petite voix
qui s'élève... une petite voix qu'on ne veut tout
d'abord pas entendre...

Les deux hommes se regardèrent, ils s'étaient soudain compris. Le Dr Hellmig les suivit des yeux tandis qu'ils se levaient et quittaient la salle.

Le regard du président était las et un peu absent.

Pour moi, il n'y a plus de problème, pensait-il. Ma
vie est devenue toute simple.

Le Dr Doernberg s'était rassis et prenait des notes.
Dans la salle régnait un silence tendu. Les chroni-
queurs judiciaires sténographiaient. Le garde Kroll
était toujours appuyé contre la porte.

Six heures de débats.

Un jour comme tous les autres. Un procès comme
il s'en déroulait des centaines d'autres à la même
heure devant les tribunaux du monde entier.

Réquisitoire du procureur.

Plaidoirie du défenseur.

Délibérations du jury.

Attendus et sentence.

Peut-être, en dernière minute, l'annonce d'une demande en révision.

Toujours la même chose.

Jour après jour.

Et les destins vont et viennent, surgissent de l'obscurité et y retournent.

Année après année, à tout jamais... aussi longtemps qu'il y aura des hommes.

Car le grand mystère de ce monde, la suprême énigme restera toujours la créature humaine.

Achevé d'imprimer en mars 1980
sur les presses de l'Imprimerie Bussière
à Saint-Amand (Cher)

Presses
Pocket
8 rue Garancière
75006 Paris
tél. 329 12 80

— N° d'édit. 924. — N° d'imp. 250. —
Dépôt légal : 4ᵉ trimestre 1974.
Imprimé en France